너는,
나의 꽃

강진 소설

너는,
나의 꽃

자음과모음

차례

흰 바퀴벌레 이야기

당신도 본 적이 있다고 했나요? 날아다니는 흰 바퀴벌레, 말입니다. 몸통에서 더듬이로 이어지는 새하얀 등줄기에는 가느다란 털이 하늘거리고, 망사같이 얇은 날개가 투명하게 돋아나 있다고 했지요. 턱을 길게 빼고 당신은 형광등을 오랫동안 올려다보면서 그 말을 했습니다. 마치 방금 전에 형광 불빛을 타고 흰 바퀴벌레가 날아오르기라도 한 것처럼 말입니다. 당신이 보았다던 흰 바퀴벌레가 정말로 있는지 없는지 내겐 그다지 중요하지 않았습니다. 그래서 당신 말을 들으면서도 정작 나는 당신이 보았다던 바퀴벌레를 상상하지 않았습니다. 대신 당신 얼굴을 빤히 쳐다보며 언젠가 껍질을 벗겨보았던 나무를 생각하고 있었습니다. 창백한 당신의 낯빛이 그 나무 속살과 닮아 있었기 때문입니다. 얼마 뒤, 나는 배시시 웃음을 흘리고 말았습니다. 터무니없는 얘기를 하는 사람의 표정으로 보기에 당신은 너무 진지해

보였기 때문이지요. 물론 내가 껍질을 벗겼다는, 하얀 속살을 가진 나무 이름도 끝내 기억해내지 못하고 말았습니다.

바퀴벌레에 대한 것이라면 나도 알 만큼은 알고 있다고 생각합니다. 우리 집은 이사를 아주 많이 다녔습니다. 한 해에 두 번 이사를 한 적도 있습니다. 대개 고향을 떠나온 사람들이 그러하듯 주로 서울 변두리 지역이었죠. 지금은 아파트 단지가 들어서서 작은 개울이 흐르고 분수에서 물이 솟아오르고 코끼리 모양의 미끄럼틀이 세워져 있지만 예전엔 좁은 골목길을 따라 작은 대문들이 늘어서 있던 동네들 말입니다. 이삿짐보다 먼저 도착한 내가 빈집에서 처음 마주치곤 하던 것이 바로 바퀴벌레들이었습니다. 때가 더께로 끼어 있는 싱크대 안쪽이나 뜯겨진 벽지 사이에서 알집들이 발견되기도 했지요. 이사한 집에서의 첫날 밤 알에서 깨어난 수십 마리 바퀴벌레들이 집 안을 돌아다니는 꿈을 꾼 적도 있습니다. 그들은 내 꿈속을 마구 헤집고 다녔습니다. 그리움이나 외로움이 담긴 머릿속을 한동안 어지럽히다가 떼지어 어디론가 몰려가버렸습니다.

아, 또 오래된 기억 하나가 떠오릅니다. 어린 나는 티브이 채널을 이리저리 돌리며 엄마를 기다리고 있었습니다. 그날따라 엄마는 돌아올 시간이 되었는데도 돌아오지 않았고 티브이는 엄마 대신 나에게 많은 말들을 하고 있었습니다. 얼마나 시간이 흘렀을까요? 어느 틈엔가 방 바닥에는 내 엄지손가락만 한 바퀴벌레들이 그들의 긴 더듬이를 흔들며 돌아다니고 있는 것이었습니다. 그들은 가끔 날개를 세차게 흔들며 날아오르기도 했습니다. 파르르, 소리가 들리면 나는 나도 모르게 얼굴을 다리 사이에 묻은 채 잠잠해지기를 기다렸습니다. 어떤 놈이 날다가 내 목덜미로 떨어졌을 때를 생각하면 지금도 온몸에 부스스 닭살이 돋아 오릅니다. 일어서 몇 발자국만 옮겨도 전등 스위치가 있었고, 불을 밝히기만 하면 바퀴벌레들은 사라져버렸을 텐데 나는 몸을 더 움츠리며 엄마가 오기만을 기다리고 있었습니다. 엄마가 돌아오고 불이 켜지자 바퀴벌레들은 자취를 감췄습니다. 그것도 아주 순식간에 말입니다. 그때 처음으로 나는 그런 생각을 하게 되었답니다. 바퀴벌레는 우리의 공간과는 다른 차원에서 살고 있다는, 그런 생각말입니다. 그렇지 않고서야 어떻게 그렇게 순식간에 몸을 숨길 수가 있겠습니까.

먼 이야기를 할 필요도 없습니다. 당신도 와봐서 알겠지만 지금 내가 살고 있는 집에도 바퀴벌레가 많습니다. 골목에서 바로 부엌으로 통하는 철문을 닫으면 낮인데도 방은 아주 컴컴합니다. 문을 열면 갇혀 있던 어둠이 밖으로 밀려 나오고, 밖에 있던 빛은 안으로 파고듭니다. 빛과 어둠이 화해하는 이 짧은 시간에 바퀴벌레들은 빛을 피해 숨으려고 허둥댑니다. 수챗구멍이나 싱크대 문틈, 심지어 갈라진 시멘트벽 사이로 기어들어갑니다. 어두운 곳으로 무조건 숨어들어가는 거죠. 어쩌면 바퀴벌레는 밀폐된 어둠을 먹고 자라며, 어둠의 양분(養分)으로 알을 슬고 부화하고 번식하는지도 모릅니다. 당신의 숨을 멎게 했던 그 짙은 어둠, 말입니다.

간혹 느리게 움직이던 놈이 내 발밑에서 죽기도 하지요. 암갈색의 등껍질 사이로 내장이나 알이 터져 나옵니다. 사실 엉켜서 일그러진 것들을 '내장과 알'이라고 말하는 것은 순전히 내 표현입니다. 신발 아래서 뭉그러진 놈을 향해 나는 물을 퍼붓습니다. 몸통이 수챗구멍 속으로 완전히 쓸려 내려가고 나서도 신발을 시멘트 바닥에 문지르며 몇 바가지의 물을 더 붓습니다. 영화 속 괴물들은 단번에 죽지 않죠. 잘려진 다리들이 붙고, 짓이겨진 몸통이 통통해지며 조금씩 움직거리다가 반격이 시작되지 않습니까. 상상이 그쯤 다다르면 두려워집니다. 마치 플라스틱 망 위로 형체가 으스러진 바퀴벌레가 기어올라오고 있기라도 한 것처럼 검은 수챗구멍으로 물을 쏟아붓습니다.

내가 알고 있는 바퀴벌레는 아주 단순한 놈들이지요. 어두운 곳을 헤집고 다니다가 빛이 들어오면 놀라 도망가는……. 그런데 당신은 몽롱한 눈빛을 띠며 공중으로 날아오르는 흰 바퀴벌레 얘길 하더군요. 창백한 낯빛과 떨리는 음성으로. 흰 몸통과 섬세한 더듬이, 그리고 망사 같은 얇은 날개를 가진, 흰 바퀴벌레 말입니다.

잠깐 졸았던 모양입니다. 벌써 자정이 다 되어가는군요. 가까운 지하철역으로 곧 마지막 열차가 지나갈 것입니다. 지방에서 출발한 버스들이 주차장으로 속속 들어오며 소매상들을 시장에 쏟아놓을 것입니다. 채널을 돌려도 티브이 속은 태풍에 관한 뉴스 특보뿐입니다. 구름에 뒤덮인 한반도 지도와 그 위로 그려진 가상의 태풍 진행 방향이 보입니다. 기상 캐스터는 손으로 짚어가며 앞으로의 태풍 진로를 설명하고 있습니다. 제주도에서 날씨를 전하던 기자의 비옷이 어둠 속에서 회번덕거리며 휘감겼고, 마이크를 통해서 사람의 목소리뿐만 아니라 거센 바람 소리까지 전하고 있습니다. 예보대로라면 서귀포를 통과한 태풍은 방향을 서북쪽으로 틀면서 북상하다가 서해를 통과하거나 서해안을 통해 내륙에 상륙할 가능성이 높다고 합니다.

　태풍이 올라온다는 소식은 거짓말처럼 여겨집니다. 밖에서 바람이 떠돌고 있는 것이 느껴지지만 창문이 흔들릴 정도는 아닙니다. 굳이 태풍이 아니어도 아귀가 맞지 않는 창틀은 작은 바람에도 덜그럭 소리를 내곤 했으니 아직 이곳까지 태풍이 오지는 않은 겁니다. 이미 제주도 앞바다와 남해 먼바다에 발표된 파랑주의보도, 오늘 밤 안으로 육지에 상륙할 예정이라는 태풍도 먼 얘기처럼 들립니다. 퀴퀴한 가죽 냄새만이 떠돌 뿐 이곳 지하상가 어디에도 태풍의 기미는 보이지 않습니다.

　이곳에 앉아 있으면 내가 아닌 다른 사람이 여기 있다는 착각이 들기도 합니다. 밤새 계속되고 있는 뉴스 속보까지 누군가에 의해 조작된 것처럼 여겨집니다. 세상은 얼마든지 조작 가능하니까요. 땅과 맞닿아 있는 창밖을 내다봅니다. 내가 지금 여기 있다는 것을 분명하게 느낄 수 있는 것은 창 너머로 보이는 오가는 사람들의 발걸음과 건너편 쇼핑센터 불빛입니다. 철골 구조가 올라가는 것을 당신도 이곳을 오가며 봤겠군요. 얼마 전에 오픈 행사가 있었습니다. 건물을 감싸고 있는 네온 불빛은 아래에서 위로 올라가며 차례로 켜집니다. 탑신이 한 층 한 층 쌓이듯 말입니다. 어둠에 숨겨졌던 탑이 일어서는 것처럼 보입니다. 유리창은 바뀌어가는 불빛에 따라 다른 색으로 물듭니다. 붉어지다가 푸르게, 금세 다시 초록빛이 됩니다. 이제 막, 건물의 꼭

대기에 초록빛 네온사인이 밝혀졌습니다. 탑이 완성되었다고 생각했는데 와르르 무너지듯 위에서부터 빠르게 네온이 꺼져버립니다. 마치 탑이 어둠 속으로 빨려 들어간 것처럼 말입니다. 다시 아래서부터 네온 불이 밝혀집니다. 빨강, 파랑, 보라……. 그러고는 정점에 이르러 다시 무너집니다. 가죽 더미도 당신의 몸을 향해 저렇게 삽시간에 무너져 내렸겠지요? 네온 탑이 다 무너지기 전에 나는 눈을 감습니다.

날아다니는 흰 바퀴벌레 얘길 하다가 말았군요. 그날, 얘기를 해야겠지요. 당신과 이 이야기를 오늘 밤 안으로 끝마치려면 흰 바퀴벌레를 보았던 얼마 전 일을 떠올려야겠지요. 그날도 나는 여느 때와 다름없이 이곳 평화상가 B126호에 앉아 있었습니다. 하루 종일 비가 내렸었습니다. 출근하자마자 스웨터를 벗어놓고 습관대로 티브이를 켰습니다. 책상 위에 놓인 장부 사이에는 전표 몇 개가 끼워져 있었지만 일을 미루고 나는 브라운관을 멍하니 바라보고 있었습니다. 5인치짜리 티브이 화면 안에는 아이들이 등장했습니다. 각각 다른 동물의 탈을 쓰고 나온 아이들은 영어로 말을 주고받았습니다. 눈은 브라운관에 고정되어 있었습니다.

그래요, 다시 날아오르는 흰 바퀴벌레를 보았던 그날로 얘기를 돌려야겠습니다. 하루 종일 비가 내렸었죠. 당신이 올 거라는 기대 때문에 신발 끝에 떨어지는 빗방울까지도 경쾌하게 보이던 날이었습니다. 밖이 어둑해지면서 주문 전화가 몰렸습니다. 일찌감치 가을에 유행할 핸드백이나 지갑의 샘플을 뽑아본 회사들은 서둘러 원단을 주문했습니다. 곧 가죽 원단 가격이 오른다는 소문이 나돌았거든요.

찌개 냄비와 반찬 그릇 위로 신문지를 덮고 쟁반을 계단 한쪽에 내놓고 돌아오는데 전화벨이 울렸습니다. 당신 전화였죠. 함께 일하던 네팔인 세 명이 없어진 것 때문에 잔업이 많아졌다며 당신은 서둘러 말을 했고, 수화기를 붙잡고 있는 나보다 먼저 전화를 끊었습니다. 그것이 당신의 마지막 목소리가 될 줄 알았다면 황망하게 놓아버리지는 않았을 것입니다. 나는 수화기를 내려놓으며 벽에 새겨진 낙서를 손가락으로 더듬어보았습니다. 트럭 가득 가죽을 싣고 와서 함께 밤을 보냈던 날 당신이 새겨놓았던 낙서들이지요. 아직은 서툰 한국어로 규칙을 말하던 것을 나는 재빨리 알아차리고 이렇게 말했죠. 한붓그리기. 내가 한 음절씩 또박또박 발음을 하자 당신도 따라서 소리를 냈죠. 내가 어릴 적 해보았던 걸 먼 나라에 살던 당신도 해보았다는 것이 신기하기만 했습니다. 주어진 도형을 완성하되 손을 한 번도 떼지 말 것, 어떤 선분도 빼먹지 않고 처음 시작했던 점으로 되돌아올 것, 당신이 말한 규칙들을 떠올리며 천천히 도형을 따라갔습니다. 그날따라 당신의 낙서들은 오래된 무덤 속 벽화처럼 보였습니다. 해독을 해서 하고 싶은 말들을 찾아내야 할 것 같은 생각이 들었습니다. 다섯 개의 사각형이 모여 십자가 모양을 이루고, 각각의 사각형에는 대각선이 그어져 있지요. 나는 도형을 따라 한붓그리기를 해봅니다. 꼭짓점에서 시작하기도 하고 선분 위에서 시작하기도 합니다. 아무리 해도 손가락을 떼지 않고 도형은 완성되지 않았습니다. 급기야 신문지 위에 그려보았습니다. 풀리지 않는 것은 마찬가지였습니다. 신문지를 구겨

휴지통에 집어넣고 멍하니 앉아 있었습니다.

살갗이 간지러운 것은 그때였습니다. 무릎에서 허벅지로 스멀스멀 벌레가 기어들어오는 것 같았습니다. 치마를 무심코 들춰내는데 뭔가가 푸르르 날아오르더군요. 어, 나도 모르게 소리치며 벌떡 일어났습니다. 이미 날아가버린 뒤였지만 치맛자락을 툭툭 털면서 놈이 날아간 곳을 쳐다보았습니다. 하마터면 한 번 더 소리를 내지를 뻔했습니다. 날아오른 놈이 바로 머리 위에서 날개를 퍼덕거리고 있는데 분명 그것은 바퀴벌레였기 때문입니다. 형광 불빛에 눈이 부셔 잘못 본 것일지도 몰라 뒤로 물러나며 놈을 더 자세히 보았습니다. 다시 보아도 놈은 내가 부엌 바닥에 짓이기고 수챗구멍으로 보냈던 바퀴벌레였습니다. 그런데 어두운 부엌에서 보았던 놈과는 좀 다른 데가 있었습니다. 몸통과 촉수, 그리고 날개까지 하얀색이었습니다. 당신이 보았다던 흰 바퀴벌레, 그대로였습니다.

놈은 곧 전등갓 너머로 날아오르더니 높이 쌓아놓은 가죽 더미 끝에서 사라져버렸죠. 나는 고개를 추켜올리고 놈이 사라진 벽 너머 저편을 쳐다보았습니다. 내리비치는 불빛을 손으로 가리며 한참 동안 올려다보았지만 더 이상 놈을 볼 수는 없었습니다. 나를 스쳐간 놈이 정말 흰 바퀴벌레였을까, 처음엔 의구심이 들기도 했습니다. 하지만 시간이 갈수록 눈앞에서 퍼덕거리던 흰 날개가 자꾸만 떠올랐습니다. 나는 뭔가에 홀린 사람처럼 멍하니 서서 당신이 했던 흰 바퀴벌레 이야기를 곰곰이 되짚어보았습니다.

놈이 사라지고 아무것도 보이지 않는데도 내 눈앞에서 가뿐하게 날아오르던 모습과 날아다니는 흰 바퀴벌레를 봤다던 당신의 말이 머릿속에서 떠나지 않았습니다. 당신이 그 얘길 할 때 나는 언젠가 껍질을 벗겨보았던 나무 이름을 기억해내려고 했었죠. 당신의 낯빛을 닮은 하얀 속살을 가진 나무를 말입니다. 시간이 지나자 방금 전 일인데도 바퀴벌레가 내 눈앞에서 날아오른 것이 현실처럼 느껴지지 않았습니다. 당신이 해주었던 얘기도 나를 놀리기 위해 공연히 꾸며낸 거라고, 뭔가가 날아올랐다면 바퀴벌레는 아니었을 거라고, 다 거짓말이라고, 중얼거리며 고개를 가로저었습니다. 그런데 공교롭게도 그 시간쯤 가죽 더미가 당신을 덮친 사고가 일어났던 것입니다.

'섬광피혁'에서 전화가 와서 잠시 이야기를 멈췄습니다. 오후에 주문한 제품 수량을 바꾸려고 전화를 했더군요. 당신도 아시죠? 젊은 사람 몇몇이 모여 만든 회사 말입니다. 어쩌다 우리가 함께 있는 것을 보면 어떤 사이냐며 짓궂게 놀리던 최 전무 말입니다. 언젠가 그들이 들고 온 가방 샘플들을 보며 당신이 가죽을 세세히 살핀 적이 있지요. 소뱃가죽에 찍힌 인두 자국과 긁힌 상처를 그대로 남긴 채 염색한 가죽이었지요. 가방 앞은 표면이 꺼칠하게 일어나 있었고 검은 인두 자국이 선명했습니다. 상처 난 가죽은 색을 입히기 힘들다며 몇 번이고 당신은 중얼거렸습니다.

사고가 있던 날, 현장까지 갔지만 나는 가죽 더미 속에 깔렸던 당신의 주검을 차마 볼 수가 없었습니다. 무두질이 다 끝나지 않은 가죽에는 여러 가지 화학제품들이 남아 있었다지요. 그것들이 당신의 살갗을 녹게 했다고 하더군요. 얼굴 형체도 알아볼 수 없을 정도라며 당신을 본 사람들은 고개를 절레절레 흔들었습니다. 그때 섬광피혁 최 전무가 내 손을 끌고 당신의 주검이 있는 곳으로 데리고 갔습니다. 그러고는 흰 천 안에 감춰져 있던 당신 왼손을 보여주었습니다. 옆으로 깔렸던 모양입니다. 그래도 이 왼손은 멀쩡합니다. 최 전무는 내 등을 떠밀었습니다. 나는 무릎을 꿇고 당신의 손을 찬찬히 살펴보았습니다. 가운뎃손가락에 작은 상처가 있었지만 깨끗한 손이었습니다. 당신은 입버릇처럼 내 왼손 의수(義手)를 떼어내고 대신 당신의 팔을 붙여주고 싶다고 했었죠. 우연일지 모르지만 가죽 더미가 쏟아져 내리던 그 짧은 순간에도 당신은 내게 했던 말을 떠올렸을 거라고 믿고 싶었습니다. 이미 굳어버린 당신 손을 정말 내 것이라도 된 것처럼 만져보았습니다. 내 왼손으로 말입니다.

사장은 아홉시 저녁 뉴스가 끝나기 전에 1층으로 올라가는 계단 밑에 있는 B103호로 건너가버렸습니다. 요즘은 그곳에서 초저녁에 시작한 포커판이 날이 새도록 계속되는 눈치입니다. 장마가 끝나기도 전에 태풍이 올라오고 있습니다. 눅눅한 바닥과 닿아 있는 가죽 더미 밑 어딘가는 썩어가는지 습기 밴 냄새가 가게에 가득합니다. 좁은 통로를 따라 몰려다니는 가죽 냄새가 오늘처럼 비가 오는 날에는 더 진하게 느껴집니다. 고여 있는 물처럼 공기가 이 좁은 공간에만 머물러 있기 때문이지요. 당신의 몸에서 나는 냄새는 이것과는 좀 달랐습니다. 더 비릿했지요. 당신을 안고 등을 어루만질 때면 비릿한 뭔가가 콧속으로 흘러들었지요. 그때 비로소 나는 당신이 곁에 있다는 것을 실감

하곤 했습니다. 가공이 끝나지 않은 생가죽과 화공 약품들, 썩어가는 살갗과 식물 타닌이 들어 있는 약품들. 당신 몸은 그런 것들로 뒤섞여 있었지요. 한 사람이 다른 사람을 기억할 때 가장 오래도록 남는 것이 냄새와 촉감이라고 하던가요? 마지막까지 나를 놓아주지 않는 것이 바로 당신의 냄새일 것입니다.

"도살장에서 막 운반되어온 생가죽이 얼마나 처절한 줄 알아요? 거죽에 남아 있는 털과 멍 자국, 검붉은 핏물, 선명한 인두 자국……. 우린 수일 동안, 아니 때로는 수십 일 동안 그것들을 타닌 액에 담가봐요. 썩은 냄새가 숨 막힐 지경이 돼서야 꺼내요."

당신의 말이 들려오는 듯합니다. 높임말이 익숙하지 않은 당신은 말끝에 붙는 '요'에 유독 힘을 주며 말했죠. 마치 바로 앞에서 소가 도살당하는 것을 보고 있는 것처럼, 살이 썩어가는 악취를 맡고 있는 것처럼, 말을 했지요. 그런 당신을 쳐다보던 나도 그만 눈을 찡그리고 말았습니다. 나는 그때 당신의 모습에서 끌려가지 않으려고 몸부림치는 짐승의 모습을 보았습니다. 예감이었을까요? 당신의 죽음에 대한 예감 말입니다.

가게 안에서는 잠잠해 보였는데 밖은 태풍이 올라오고 있는 징후가 뚜렷합니다. 사장의 심부름으로 샘플에 필요한 지퍼와 단추를 사러 가는 길입니다. 부자재를 파는 광장시장까지 갔다 와야 합니다. 이 시간에 심부름을 자주 갔지만 오늘은 여느 때보다 거리가 어둡습니다. 나뭇가지들이 사납게 흔들립니다. 바람을 못 이겨 찢겨진 나뭇가지들은 발밑에서 나뒹굽니다. 입간판이 쓰러집니다. 제법 굵은 빗줄기까지 흩뿌립니다. 우산을 앞으로 하면 비는 뒤에서 몰아쳐옵니다. 방향을 알 수 없는 바람이 이리저리 휘몰아칩니다. 건물을 돌아서자 우산이 뒤로 젖혀지며 기어이 우산살이 부러집니다. 아직 한참 더 가야 하는데 고스란히 비를 맞아야 할 것 같습니다.

우산도 팽개치고, 나는 태풍 한가운데를 걸어갑니다. 젖은 치맛자락이 다리 사이에 감겨서 걸음을 옮기는 것조차 힘듭니다. 머리칼을 타고 흐르던 빗물이 목덜미를, 등줄기를 타고 내려갑니다. 한기가 밀려드는군요. 아래로 축 늘어진 스웨터 자락을 여며봅니다. 비에 젖은 도로 한복판에는 현란한 네온 빛으로 물들어 있습니다. 붉은빛이 물감이 풀리는 듯 번져 나갑니다. 새로 지었다는 쇼핑센터에 밝혀진 것들입니다. 아직도 네온은 탑이 쌓아 올려지듯 1층에서부터 천천히 밝혀지고 있습니다. 오늘 밤에도 수없는 탑이 만들어졌다가 허물어졌을 것입니다. 나는 도로를 가로질러 걷습니다. 가장자리는 이미 개울처럼 변해버렸습니다. 하수도를 향해 흘러가는 흙탕물이 발목까지 차오릅니다. 나는 망설임 없이 저벅저벅 걸어갑니다. 도로 한가운데 섭니다. 빠르게 달려오던 차가 클랙슨을 울리며 나를 비켜갑니다. 색색의 네온은 이제 내 몸 위로 밝혀지고 있겠지요. 몸이 떨립니다. 발가락 끝에 아무리 힘을 주어도 계속 몸이 떨립니다. 건물 꼭대기에 불이 켜지는 것이 보이나요? 곧 빠르게 무너져 내릴 것입니다. 당신의 몸 위를 덮친 가죽 더미처럼 말입니다. 나도 당신이 마지막 보았던 축축하고 숨 막히는 어둠을 한 번만이라도 들여다보고 싶습니다. 그 절망의 어둠 속에서만이 흰 바퀴벌레가 날아오르지 않을까요? 하지만 발걸음은 자꾸만 앞으로 향합니다. 물이 불어나 지하차도가 통제되기 전에 이 길을 되돌아와야 합니다. 당신이 간 길을 더 이상 따라가선 안 된다고 안 된다고 나를 다그칩니다. 바닥만 바라보고 걸음을 서두릅니다.

계단을 내려오면서 B103에서 들리는 큰 웃음을 듣습니다. 톤이 높은 사장의 목소리가 가장 크게 들립니다. 며칠째 돈을 날렸다면서 오늘은 단단히 벼르고 건너갔는데 판세가 좋은 모양입니다. 좁은 통로에는 아무도 보이지 않습니다. 가게들마다 켜놓은 백열전등마저도 휑하게 보일 만큼 한가합니다. 오늘 중요한 거래는 다 끝난 셈입니다. 지방에서 올라오는 사람들을 위해 가게 문을 열어놓기는 하지만 지금부터는 인적이 뜸하지요. 숙녀복을 파는 1층이나 2층에는 아직도 사람들이 북적거리고 있을 것입니다. 가게를 지키던 사람들의 모습이 보이지 않는 곳도 더러 보입니다. 아마 가죽 더미 안쪽의 좁은 바닥에 누워 있을 것입니다. '볼일이 있으시면 깨우세요'라고 쓰인 종이를 올려놓고 말입니다.

내 키보다 작은 바닥에 등을 구부리고 누워 있으면 밤새 축축한 기운이 시멘트 바닥을 뚫고 올라옵니다. 이렇게 누워 있으면 태어날 때부터 곱사등이였거나 아니면 서서히 등이 구부러지는 병에 걸려 있는 것 같기도 합니다. 잠을 자는 동안에도 가죽 더미 맨 아래에서는 새로 곰팡이가 피어나서 냄새들을 만들어내겠지요. 나는 오늘 밤 안으로 당신에게 흰 바퀴벌레 얘길 다 끝마치려 합니다. 내일이면 너무 늦지요. 내일 당신을 담은 작은 상자는 방콕으로 떠나는 비행기 화물칸에 실리기로 예정되어 있으니까요. 그곳에서 당신은 다시 네팔 카트만두로 갈 비행기에 옮겨지겠지요. 오늘 밤 당신과 나의 흰 바퀴벌레 이야기를 끝내야만 합니다.

비가 거세게 창을 때립니다. 붉은 네온 빛과 뒤섞인 빗줄기가 창에 핏물처럼 번집니다. 창틀 사이로 스며든 빗물이 한 가닥 긴 줄을 만들며 벽을 타고 흘러내립니다. 늘 같은 곳으로만 스며든 빗물 때문에 흰 페인트 위로 검은 곰팡이 자국이 선명합니다. 티브이에서는 여전히 뉴스 특보가 계속되고 있습니다. 전국에 태풍경보가 내려진 상태입니다. 앞으로 있을 폭우에 대비해서 북한강 댐들의 수문을 열었고 앞으로의 상황을 지켜본 후 방류량을 늘릴 계획이라고 합니다. 위성사진의 구름들은 몇 시간 전보다 더 북쪽으로 올라와 있습니다. 태풍이 휩쓸고 지나간 제주도에서는 사망자와 실종자가 생겼고, 가로수 수십 그루가 뿌리째 뽑히는 피해가 있었다고 합니다. 재해대책본부를 연결하는 도중 잠시 티브이 화면이 하얗게 된 채 말소리만 흘러나오기도 했고, 스튜디오의 아나운서가 현장에 나가 있는 리포터를 불렀으나 응답이 없습니다. 위성에서 찍은 구름 사진이 천천히 북으로 움직이고 있습니다. 태풍은 이미 남해안에 상륙한 모양입니다. 동그랗게 휘감긴 구름 덩어리는 남해안 어느 마을에 닿아 있습니다.

한밤중에 내 자취방을 찾아오던 날을 기억하세요? 나는 심한 감기 때문에 며칠간 출근도 못 하고 누워 있었죠. 부엌 철문을 두드리는 소리가 들렸지만 나는 이불을 더 끌어 올리며 몸을 웅크렸습니다. 자정이 넘은 시간에 나를 찾아올 사람은 아무도 없었으니까요. 지나가는 사람들이 장난삼아 문을 두드렸을 수도 있고 누군가에 의해 잘못 던져진 물건이 문에 부딪혔을 수도 있었으니까요. 수연 씨, 수연 씨. 철문의 흔들림에 섞여 들리는 것은 분명 내 이름이었습니다. 너무 낯설어서 내 이름처럼 들리지 않았습니다. 사실 죽은 남편은 나를 부를 때에는 주로 야, 하고만 불렀습니다. 야, 밥 차려. 야, 전화받아. 야, 양말 어디 있어? 이렇게 말이죠. 부엌에 불을 켜고 문을 열었을 때 당신이 불쑥 약봉지를 내밀었습니다. 머리와 어깨 위엔 눈이 녹아들며 반짝거렸습니다. 눈이 와요. 당신은 내 대답도 기다리지 않고 창문을 열었습니다. 정말 많은 눈이 내리고 있었지요.

그날, 당신은 당신 나라말로 내가 모르는 노래를 흥얼거렸죠. 멜로디도 단순하고 거의 비슷한 노랫말이 반복되는 노래였어요. 아마 당신 나라의 동요나 민요였겠지요. 그날 밤 나는 꿈에서도 아주 많은 눈을 봤습니다. 당신의 고향에서 바라다보인다는 안나푸르나의 눈처럼 녹지 않은 그런 눈이었죠. 허우적댈 때마다 더 깊이 눈 속으로 빠져들어갔습니다. 눈은 차갑지 않았고 오히려 따뜻하고 포근했습니다. 그 끝이 어딜까 궁금해서 점점 아득한 눈길을 따라 들어갔습니다. 결국 깊은 눈 속을 허우적거리며 잠에서 깼습니다. 옷은 땀에 젖어 축축했는데 머리는 맑아져 있었습니다. 불을 켜지 않고 나는 머리칼에서부터 차근차근 당신 몸을 더듬어보았습니다. 손가락 끝에 당신 몸을 기억시키기라도 하려는 듯 천천히, 아주 천천히 말입니다. 우리가 죽고 짐승처럼 가죽만 남는다면, 피가 마르고 내장이 꺼내지고 뼈는 추려져 가죽만 남아도…… 그때도 우린 서로를 찾아낼 수 있을까요?

통로를 걸어오는 사장은 어두운 표정입니다. 그사이 돈을 잃었나 봅니다. 오늘 들어온 돈은 이게 다야? 그는 금고에서 꺼낸 돈을 작은 가방에 담습니다. 값싼 중국산 가죽 제품이 들어오면서 경기가 예전 같지 않다고 하지만 그래도 올해는 아주 심합니다. 몇몇 사람들은 가게를 다른 업종에 넘기고 중국으로 갔습니다. 곧 가죽 원단은 모두 중국에서 들여오게 될 거라고 합니다. 외국인 노동자로도 이젠 염색 공장을 운영할 수 없다고 합니다.

"날도 궂은데 대충 정리하고 들어가지."

등을 보이며 사장은 좁은 통로를 지나 문 쪽으로 사라집니다. 이제부터 슬슬 퇴근 준비를 해야 합니다. 가게 밖에 늘어놓은 샘플들을 들여놓고, 장부 정리를 하고, 간판 불을 *끄고*……. 또 무엇을 해야 할까요. 한 줌 재가 되어 당신 혼자 당신의 고향으로 돌아가는 오늘, 여기 남은 나는 무엇을 더 해야 할까요?

가게 불을 *끄고* 당신이 무두질하고 염색했다는 가죽을 깔고 눕습니다. 젖었던 겉옷을 벗습니다. 춥습니다. 가죽 몇 장을 더 끌어와 이불처럼 덮습니다. 마름질되지 않은 소가죽은 몸통을 감싸고 있던 모양 그대롭니다. 넓은 몸통에서 양쪽으로 두 개씩의 다리가 이어져 있습니다. 머리와 꼬리는 이미 잘린 채입니다. 잠시 망설이다 목이 잘려 나간 부분으로 얼굴을 돌립니다. 수없이 다듬어진 가죽은 부드럽고 따스합니다. 나는 한 마리 짐승이 목숨을 내주고 남긴 가죽 위에 누워 있는 것입니다. 눈을 감으면 어둠이고, 지나가는 소리가 선명해지고, 소리와 함께 떠도는 냄새가 가까이 있습니다.

가죽을 끌어 올려 얼굴을 가립니다. 썩어가는 생가죽과 온갖 화공 약품들의 냄새가 뒤섞여 있습니다. 그리고 익숙한 당신의 냄새가 있습니다. 가죽 안에 살이 채워지고 핏줄이 온몸 구석구석 이어지고 살 갖 아래로 피돌기가 살아나 가죽만 남긴 짐승이 온전한 한 생명으로 돌아오는 것을 상상해봅니다. 당신이 살아나 나를 껴안고 있는 듯 따뜻합니다. 어둠도 이렇게 따뜻하고 아늑하군요.

젖은 옷을 벗습니다. 비릿한 물 냄새가 납니다. 숨이 멎고 맥이 끊긴 뒤에도, 그래서 살아 있다고 보기 어려운데도 냄새만은 맡을 수 있다고 하지요? 그렇다면 당신은 이 가죽에서 풍기는 썩은 살갖과 온갖 약품이 뒤범벅된 냄새를 맡으며 흰 바퀴벌레가 날아오르는 것을 보았을 테지요. 당신이 마지막으로 본 흰 바퀴벌레는 당신이 돌아가고자 했던 당신의 고향, 안나푸르나의 흰 눈이 보인다는 그곳, 언젠가 함께 가 보자고 했던 그곳으로 날아가고 있었을 것입니다. 당신과 함께 말입니다.

왼손을 들어 올립니다. 나조차도 혐오스러워 꺼내보지 못했던 손을 형광 불빛을 향해 내밀어봅니다. 늘 호주머니에만 담겨 있던 손을 당신이 꺼내 잡아주었을 때 인조 손끝으로 미세한 떨림이 일어난 듯했습니다. 다섯 개의 정사각형과 그것들을 가로지르는 대각선들. 나는 당신이 수수께끼처럼 벽에 그려놓았던 도형을 허공에 그리기 시작합니다. 한번 지나온 선은 다시 되돌아가지 못하는 규칙을 지키며, 손을 떼지 않은 채 주어진 도형을 완성해야만 합니다. 먼저 사각형을 그리고, 사각형의 꼭짓점을 잇는 대각선 하나를 채워 넣습니다. 그러나 거기서 더 나아갈 수가 없군요. 손을 떼어야 그림을 이어갈 수 있습니다.

당신도 알고 있었나요? 벽에 새겨놓았던 도형은 한붓그리기가 되지 않는다는 것을 말입니다. 이제야 밝히지만 당신이 벽에 새겨놓았던 도형들은 모두 한붓그리기가 되지 않는다는 것을 나는 벌써 알고 있었습니다. 어쩌면 당신도 그것이 풀리지 않는 문제라는 것을 처음부터 알고 있었는지도 모르겠습니다. 한번 지나가면 다시 돌아갈 수 없고 앞으로만 나아가야 하는 게 우리의 삶이라면 당신과 나는 더 갈 수 없는 곳까지 다다른 것입니다. 그래도 우리는 걸어온 것입니다. 여기까지 말입니다. 더 이상 갈 수 없는 여기까지.

어둠을 가르고 뭔가가 날아오르고 있습니다. 놈은 바람에 몸을 맡긴 것처럼 가벼운 몸짓으로 이리저리 떠돌고 있습니다. 점점 나를 향해 다가옵니다. 새하얀 등줄기에서 뻗어 나온 하늘거리는 가는 털과 마디마디 이어져 있는 긴 더듬이까지, 놈의 모습이 아주 또렷이 보입니다. 손을 뻗으면 금방이라도 잡을 수 있을 것만 같습니다. 놈은 내 앞에 놓인 겹겹의 어둠을 가로질러 망사같이 투명하고 얇은 날개를 너울거리며 날고 있습니다. 두려워하지 마. 이제 아무것도 두려울 게 없어. 나직이 소리 내어봅니다.

오늘 밤 나는 당신에게 사소한 얘길 하고 싶었습니다. 당신이 말했던, 내가 웃어넘기고 말았던, 날개를 가진 흰 바퀴벌레에 대한 얘기를 말입니다. 당신이 가고 나면 당신과 함께했던 시간들은 이야기로만 남을 것입니다. 누구의 삶이든 결국 이야기로만 남을 뿐이니까 안타까워하지 않으렵니다. 그래도 다행스러운 것은 우리 둘만의 흰 바퀴벌레 이야기가 있잖습니까.

당신도 본 적이 있다고 했지요? 날아다니는 흰 바퀴벌레, 말입니다. 어둡고 음습한 곳으로 기어드는 바퀴벌레가 아니라 희고 얇은 날개를 하늘거리며 사뿐히 날아오르는 놈을 말입니다. 그 말을 들으며 나는 언젠가 껍질을 벗겨본 적이 있는, 당신의 창백한 낯빛을 닮은 나무 이름을 기억해내려고 했었지요. 이제 그것이 어떤 나무든 내게 중요하지 않다는 걸 압니다.

보세요. 저기, 저 어둠을 갉아 먹으며 흰 바퀴벌레 한 마리가 날아오고 있습니다. 이렇게 태풍이 몰아치고 있는데도 말입니다.

예인선

1

오늘 같은 날, 항구가 폐쇄되지 않은 것은 이상한 일이다. 25노트의 바람과 3미터가 넘는 너울. 내항이라고는 하지만 이 정도 파고라면 배들은 닻을 내리고 정박등을 켜고 바다가 잠잠해지길 기다려야 했을 것이다. 적어도 K의 생각은 그랬다.

오리엔탈 글로리호의 일정표를 받아놓고 오후 내내 도선사 대기실에 앉아 있으면서도 항만 관제실의 항구 폐쇄 조치를 기다렸다. 저녁밥을 먹으면서도 K는 동료들과 심상치 않은 날씨 얘기를 했다. 창밖으로 짙고 어두운 구름이 넓게 자리하고 있는 것이 보였다. 게다가 저녁 무렵부터 눈이 내렸다. 시간이 가면서 눈발은 더 굵어졌다. 높은 너울도 문제였지만 시야 확보가 가장 중요한 좁은 항구에서 눈은 치명

적이었다. 통선(通船)을 타고 10만 톤급 원유선인 오리엔탈 글로리호에 접근하면서도 곧 항만 관제실에서 연락이 올 거라고 짐작했다. 그러나 끝내 항구는 폐쇄되지 않았다.

브릿지 밖은 어두웠다. K의 머릿속에서 일고 있는 불안처럼 짙은 어둠 속에 눈발이 어지러이 떠돌았다. 망원경 렌즈를 통해 본 밖도 마찬가지였다. 날씨가 맑았다면 정박한 선박들이 켜놓은 불빛들이 선명하게 보였을 것이다. 해안 도로를 따라 켜져 있는 가로등이 붉은 띠를 이루고 늘어서 있는 것도 보였을 것이다.

흐음, 침묵을 깬 것은 K의 낮고 굵은 헛기침이었다. 옆에 서 있는 선장은 K의 헛기침에도 불구하고 묵묵히 앞만 보고 있었다. K는 선장에게 뭔가 말하려다 그만두고 망원경을 더 바투 잡고 몸을 약간 오른쪽으로 돌렸다. 희미하지만 부표등(浮漂燈) 하나가 아주 가까이 있는 듯 렌즈 안으로 들어왔다. 그것은 팔미도 도선점에서 배에 올랐을 때 K가 늘 기준으로 삼는 부표등이었다.

현 위치, 동경 126도 33분, 북위 37도 21분.

배는 지금의 방향을 유지하다가 부표등이 뒤로 밀려나는 것이 보일 때쯤 왼쪽으로 10도 정도 돌려 3마일쯤 직진할 것이다. 그 지점에 예인선 두 척이 대기하고 있었다. 거기서부터 오리엔탈 글로리호는 엔진을 끈 채로 예인선의 도움을 받아 움직이게 될 것이다. 줄을 내려 예인선과 연결하고, 그 줄을 예인선이 밀고 당기는 힘만으로 배는 부두로 다가가게 될 것이다. 오리엔탈 글로리호를 무사히 부두에 접안시키는 것이 도선사 K의 오늘 밤 임무인 것이다.

　K가 미리 머릿속으로 그려본 항로는 간단했다. 오늘은 무의도가 아닌 팔미도 도선점에서 배에 올랐기 때문에 부두까지는 7마일에 불과했다. 이 항구라면 35,000분의 1 축척의 해도(海圖)보다 더 자세히 K의 머릿속에 저장되어 있었다. 바닷물의 깊이는 물론이고 바다 밑바닥의 지형, 시간에 따라 달라지는 조류의 방향이나 세기, 그리고 어느 지점에 폐선박이 가라앉아 있는지까지 알고 있었다. 심지어 낮은 수심에서 어떻게 해야 폐그물 뭉치가 스크루에 걸리지 않게 항해할 수 있는지까지 알고 있었다. 그러나 오늘, K는 못내 불안하다. 브릿지에서 느껴지는 바닷물의 출렁임도 예사롭지 않다.

　꿈까지 따라와 괴롭히던 물소리 때문인가. 꿈을 떠올리자 저절로 몸이 부르르 떨렸다. 구렁이는 바닷속에 똬리를 틀고 웅크리고 있었다. 햇빛도 닿지 않는 깊고 어두운 바다였다. 그 속에 진짜 구렁이가 있었는지 알 수 없었다. 하지만 곧이어 잔잔하던 바다가 출렁거리더니 이내 포악해졌다. 구렁이가 거대한 몸을 틀어 올려 바다가 사나워진 것이라고 K는 생각했다. 덮쳐오는 파도가 두려워 K는 비명을 지르며 손으로 눈을 가렸다. 아내의 병실을 걸어 나오며 듣곤 했던 물소리가 이제 꿈속까지 따라온 것이라고 잠결에도 K는 생각했다. 검은 구렁이는 계속 몸을 뒤틀었고 물결은 점점 거세졌다. 꿈을 깨고 싶었지만 꿈에서 벗어나지 않았다. 기어이 파도는 K를 덮치고 또 덮쳤다.

　배를 끌고 십수 년 돌아다녔던 K였지만 이제껏 그렇게 무서운 바다를 본 적은 없었다. 잠에서 깬 후에도 검은 구렁이가 미끄덩거리는 몸통을 뒤틀며 큰 파도를 만들어내는 모습이 눈앞에 어른거렸다. 하루 종일 세찬 물소리가 귀 가까이서 들렸다. 아이들의 조잘거림처럼 시작된 물결 소리는 K에게 다가올수록 점점 광폭하게 들렸다. 공포영화의 음향이 클라이맥스를 향해 점점 고조되듯이, 그래서 급기야 흉측한 괴물이 얼굴을 드러내거나 누군가의 목이 잘리거나 하는 일이 벌어지듯이.

불길한 꿈과 불안감을 떨쳐버리기라도 하듯 K는 단호한 어조로 유리 너머 짙은 어둠을 노려보며 명령을 내렸다.

"하프 어헤드."

곧이어 삼등항해사의 복창 소리가 뒤에서 들렸다. 하프 어헤드. 알피엠 게이지가 천천히 올라간다. 잠시 뒤, 배는 무거운 어둠을 향해 조금씩 앞으로 나아가기 시작했다.

2

어제, 사흘 만에 아내가 깨어났다. 암이 빠르게 전이되면서 진통제 양이 점점 늘어났다. 아내는 까무룩 정신을 잃었다가 간신히 깨어나는 일이 잦아졌다. 처음에는 몇 시간 후에 돌아오던 의식이 하루를 넘기기도 하더니 어제는 사흘 만에 돌아온 것이다. 아내는 양팔 저울에 삶과 죽음을 올려놓고 이리저리 가늠해보고 있는 것처럼 보였다. 처음엔 삶에 두 발을 놓고 있다가 잠깐 죽음의 편에 갔다 오는 것이다. 그러다가 다음번에는 좀더 깊숙한 죽음의 영역까지 가보고 오는 것 같았다. 쇼크 상태 그대로 숨이 끊어질 수도 있습니다. 아무래도 마음의 준비를 해두시는 게 좋을 듯합니다. 보름 전 의사는 그렇게 말했다.

마음의 준비, 마음의 준비…….

나는 몇 번이고 이 말을 되뇌었다. 그러나 마음의 준비가 무엇을 말하는지 와 닿지 않았다. 아내가 죽은 후 남자 혼자 살아갈 각오를 하라는 것을 의미하는 말이라면 자신 있었다. 적어도 나는 반평생을 배를 타고 바다를 떠돌아다니며 살았고 거긴 아내라는 존재가 없는 곳이었다. 혼자 사는 것은 나에게 결코 새삼스러운 일이 아니었다. 마음의 준비는 아니지만 준비할 거라곤 장례 절차 정도 남아 있을 뿐이라고 생각했다. 그런데 의사의 그 말이 주술사의 그것처럼 내가 중얼거릴 때마다 가슴 어디쯤이 저려왔다.

아내가 무균실 병동으로 옮겨지면서 매일 시뻘건 항암제가 투여됐고 전신에 방사선이 쪼여졌다. 이미 부분 방사선 치료를 받았던 아내의 배에는 붉은 매직으로 여러 가지 형태의 도형이 그려져 있었다. 방사선을 정확히 쪼이기 위해 그려졌던 삼각형이나 사각형의 도형들은 급격하게 살이 빠진 아내의 쭈글쭈글한 뱃가죽 위에서 처음과는 전혀 다른 모양으로 변해갔다.

아내는 겨우 눈만 뜨고 있었다. 그것조차 힘겨워 보였다. 나는 푸른 비닐 커튼을 젖히고 밀어놓은 식판을 봤다. 숟가락질도 한 번 안 한 그대로였다. 아내는 이미 삶을 놓아버린 걸까. 아내의 눈을 한동안 들여 다봤다. 살려달라고, 이대로 죽고 싶진 않다고 매달리던 눈빛과는 너무도 다르게 변해 있었다. 모든 죽어가는 짐승의 눈은 선량할 것이라고, 아주 잠깐 동안 나는 생각했다. 그악스럽게 살아왔던 사람도 죽음 바로 앞에서 선한 눈빛을 보인다. 그 순간 나는 하나밖에 없는 자식을 바다로 내몰았던 어머니를 생각하고 있었다. 어머니가 나를 바다로 보내지만 않았다면 내 삶은 지금과는 다른 것이 되었을까. 살면서 수없이 가져본 의문이었다.

배를 타게 된 것은 순전히 어머니 뜻이었다. 돈을 많이 벌 수 있는 방법으로 쉽게 배 타는 것을 선택하던 시절이었다. 처음 한 달 동안 심한 뱃멀미를 했다. 배 어디에 있어도 어지럽고 메스껍고 구역질이 났다. 하루 몇 번씩 토사물을 쏟아냈다. 뱃놈이 되긴 글렀어. 기진맥진한 나를 보고 동료들이 혀를 끌끌 찼다. 나도 바다를 좋아하지 않았지만 바다 또한 나를 쉽게 받아주지 않았다. 그러던 중 갑판에서 일하던 인도인 한 명이 죽은 사고가 생겼다. 나는 울렁증이 심하면 가끔 갑판 위에 나가 먼바다를 바라보곤 했는데 그때 그와 몇 번 얘기를 나눈 적이 있었다.

가벼운 배탈 같은 증세처럼 보였던 그는 약을 먹고 좀 쉬겠다며 선실로 들어갔다. 당직 시간이 지났는데도 나타나지 않았다. 선실에 찾아갔을 때, 그는 침상 위에서 잠을 자듯 죽어 있었다. 그 선실에 들어서자마자 휙 달려들었던 을씨년스러운 공기를 나는 오래도록 잊을 수 없었다. 그의 시체는 냉동고에 선원들이 먹을 고기와 함께 보관되었다. 배가 다음 항구에 들어가 정박하기 전까지 나는 고기 요리를 먹으면서, 죽어 있던 인도인의 거무스름한 얼굴과 그 선실에서 느껴지던 싸늘한 공기를 함께 떠올려야 했다. 핏물이 선연하게 흘러나오는 고기를 씹으며 내가 아주 멀리 떠나왔고 고립되어 있다는 사실에 치를 떨었다.

며칠 동안 망망한 바다를 항해하다 보면 세상 어디에도 배가 닿을 만한 육지는 없어 보였다. 어디로 흘러가는 줄도 모른 채 바다 위를 떠다닐 것 같은 생각이 들어 두려웠다. 혼자 던져졌고 살아남기 위해서는 이를 악물어야 한다고 나를 다그쳤다. 인도인이 죽은 사건 이후 내 뱃멀미 증상은 거짓말처럼 사라져버렸다. 배가 항구에 닿으면 다시 바다로 돌아가지 않을 작정이었다. 그런데 막상 1년이 지나고 첫 휴가가 주어졌는데 갈 곳이 없었다. 그동안 어머니로부터 몇 통의 편지가 왔지만 한 번도 답장을 보내진 않았었다. 두번째 휴가가 돌아오기 전 어머니를 마지막으로 보았다. 위독하다는 소식을 듣고 가장 가까운 항구에 내려 가장 빠른 비행기를 타고 갔을 때, 어머니는 나를 기다리며 힘겹게 버티고 있었다. 내 이름을 부르면서 어머니는 아무 말 없이 눈물만 흘렸다. 어머니의 눈에서 솟은 눈물은 눈초리에 오래 걸려 있었다. 무거웠던 삶이 그 눈물 한 방울 끝에 모두 얹혀 있는 듯.

얼마쯤 그렇게 앉아 있었던 걸까. 누군가 내 가운을 움켜잡는 느낌에 움칫 놀랐다. 아내의 손이었다. 말을 하려는지 아내는 입술을 조금 움직였다. 귀를 가까이 대자 작은 소리가 들렸다. 날씨가 어떠냐구?

큰 소리로 말하자 아내가 고개를 끄덕였다. 추워. 올겨울 들어 오늘이 젤 춥대. 아내는 하고 싶은 말이 더 있는 듯 어어, 하는 소리를 몇 번 더 내더니 말하기를 포기하고 반대편으로 고개를 돌려버렸다.

손이라도 잡아줬어야 했을까. 무슨 말이든 건넸어야 했을까. 병실 문을 닫으며 멸균 가운을 벗으며 슬리퍼를 신발장에 밀어 넣으며 다시 아내에게 돌아가야 할 것만 같았다. 아내가 뭐라 말을 끝내고 고개를 돌릴 때 나는 아내의 눈초리에 반짝, 물기가 어리는 것을 보았다. 아내의 삶은 또 얼마나 무거운 것이었을까. 무균실 병동 문을 닫기 전 나는 뒤를 돌아봤다. 복도는 푸른 불빛으로 꽉 차 있었다. 아내가 누워 있는 침대가 섬 하나 보이지 않는 바다 한가운데 홀로 떠 있는 배처럼 안타깝게 여겨졌다. 며칠을 나아가도 육지가 보이지 않는 망망함, 아주 오래된 기억이 났다. 그러나 이미 면회 시간은 훌쩍 넘어가버렸고 다시 아내에게 돌아간들 내가 무엇을 할 수 있을지 생각나지 않았다.

3

풍향계의 바늘은 북북서 방향에서 흔들리고 있었다.

"관제실, 오리엔탈 글로리에 승선, 인천정유 1번 부두로 들어갑니다."

K는 채널을 열어 항만 관제실에 보고했다. 잠시 뒤, 심한 잡음과 통제관의 목소리가 뒤섞여 들려왔다. 알겠습니다. 기상이 좋지 않으니

조심히 접근 바랍니다.

어둡기는 브릿지도 바다와 마찬가지였다. 해도실(海圖室)의 두꺼운 커튼 사이로 흘러나온 빛이 K와 삼등항해사 사이 바닥에 가늘고 긴 금을 그어놓았을 뿐 선장이나 삼등항해사의 얼굴 윤곽조차 잘 보이지 않았다. 묵묵히 앞만 보고 있는 선장에 비해 삼등항해사는 자주 발뒤꿈치를 들며 더 먼 바다를 바라보는 자세를 취했다. 배를 탄 지 얼마 되지 않은 삼등항해사도 오늘 같은 날씨에 배를 부두에 붙인다는 것이 결코 쉬운 일은 아니라는 것쯤은 알 거라고, K는 생각했다.

"바닷물이 빠지기 전에 끝낼 수 있을까요?"

선장이 무겁게 입을 열었다. 그는 K가 배에 올라왔을 때 간단히 인사만 건넸을 뿐 말을 아끼며 줄곧 밖으로만 시선을 주고 있었다. 내항이 시작되는 도선점에서 짐을 내리는 부두까지는 도선사가 배의 모든 것을 맡게 되어 있었다. 선장도 날씨 때문에 긴장하고 있는 눈치였다. 오리엔탈 글로리호가 붙을 부두는 관문 밖에 있었기 때문에 바닷물이 만조일 때 짐을 모두 풀고 외항으로 빠져나가야만 했다. 선장은 그것이 가능한가 묻고 있는 것이다. K는 대답 대신 손목시계 라이트를 켰다. 19시 50분. 오늘 만조시간은 23시. 바닷물이 빠지기 바로 전인 22시 30분쯤에는 부두에 도착해야 접안 작업이 순조로울 수 있을 것이다. 보통의 날씨라면 송유관을 통해 원유를 육지의 저장 탱크까지 옮기고 내항을 빠져나갈 시간은 충분했다. 날씨가 나쁘다고 해도 지금 속도를 유지한다면 두 시간쯤 뒤에는 배를 부두에 붙일 수 있다는 계산이 나온다. 문제는 예인선들이 높은 너울을 견디며 정확하게 줄을 잡고 배를 밀고 당길 수 있을 것인가, 였다.

천천히 가봅시다. K는 바다를 덮고 있는 넓은 어둠에서 눈을 떼지 않은 채 중얼거리듯 좀 애매한 대답을 했다. 날씨가 나쁘면 항로를 잡는 일이든, 예인선을 쓰는 일이든 대부분 감각에만 의지해서 배를 끌고 갈 수밖에 없었다. 바다에서 무엇을 예측한다는 것은 쉬운 일이 아니었다. 선장도 그쯤은 알고 있을 것이라고 K는 짐작했다. 대양을 항해하다 보면 잔잔하던 바다가 조금 출렁이는가 싶었는데 불과 몇십 분 안에 큰 너울이 되고 급기야 10미터가 넘는 파도가 되어 배를 향해 달려들기도 했다. 더구나 눈발이 시야를 가리고 있는 지금 상황에서 누구도 안전하게 부두에 접근할 수 있다고 장담할 수 없었다. 배를 부두에 붙인 뒤에도 위험은 있었다. 싣고 온 원유를 육지의 기름 저장 탱크에 무사히 옮겨야만 한다. 만약 배와 부두를 연결하는 파이프가 물살을 견디지 못한다면 자칫 바다로 많은 기름이 흘러드는 사고가 일어날 수도 있었다.

오랫동안 바다 위를 떠돌아다녀본 사람이라면 바다가 얼마나 무서운지 안다. 날씨가 나쁘지 않아도 사고는 언제든 일어날 수 있었다. K가 막 선장이 되던 해, 스크루를 점검하려고 사다리를 타고 내려갔던 이등항해사가 그대로 바다로 사라져버린 일이 있었다. 컨테이너를 가득 실은 배는 밴쿠버로 가던 중이었다. 그날 이등항해사는 K와 점심을 먹고 휴게실에서 함께 마작을 하고 헤어졌었다. 그런데 저녁 무렵 이등항해사가 보이지 않는다는 보고를 받았다. 항해도 순조로웠고 바다도 잔잔했다. 나흘 동안 근처 바다를 수색했다. 하지만 시간이 지날수록 바다는 그저 막막했다. 망원경 렌즈 안에는 배를 따라오는 돌고래떼만 가끔 보일 뿐 어디에고 그의 흔적을 찾을 수 없었다. 밴쿠버로 방향을 돌리면서 '이등항해사 실종'이라는 짧은 전문을 본사로 보냈다.

4

병원 맨 꼭대기 층, 무균실 병동에는 늘 푸른 전등이 켜져 있었다. 복도뿐만 아니라 병실 안도 온통 푸른 전등이 내리비추고 있었다. 밤은 물론이고 낮에도 마찬가지였다. 푸른색은 불빛뿐만이 아니었다. 환자복도 면회하는 사람이 입는 가운도 침대를 에두르고 있는 비닐 커튼도 모두 푸른색이었다. 심지어 음식까지도 불빛 때문에 푸르게 보였다. 그곳에 들어서면 지구로부터 몇백 광년 떨어진 또 다른 행성, 혹은 수천 미터 깊이에 있는 해저 도시에 와 있는 것 같은 착각이 든 것은 모두 그 푸른빛 때문이었다. 심지어 푸른 옷을 입고 병실을 오가는 간호사들의 조용한 발걸음은 외계인의 몸짓과 흡사해 보이기까지 했다.

나는 거의 매일 정해진 시간에 병동을 찾았다. 하지만 면회를 하지 않고 돌아온 적이 더 많았다. 어떤 날엔 병실 앞까지 갔다가 되돌아오기도 했다. 나는 쉽게 아내를 용서할 수 없었다. 만성골수백혈병 판정을 받았다고 아내를 너그럽게 볼 수는 없었다. 생각 같아서는 살아서 마주치고 싶지도 않았다. 그런데 저런 몰골로 나타난 것이 화가 나서 견딜 수 없었다. 아마, 그 물소리를 듣지 않았다면 다시 병원을 찾지 않았을 것이다.

그 소리를 처음 들은 것은 아내가 무균실 병동으로 옮긴 지 얼마 되지 않아서다. 저녁 무렵, 나는 병동으로 들어가는 커다란 유리문을 밀고 들어가고 있었다. 에어 샤워가 멸균된 공기를 나를 향해 내뿜었다. 푸른 가운을 입고 다시 작은 유리문을 열고 들어가자 이번에는 푸른 빛이 쏟아져 내렸다. 빛을 가르며 똑바로 스무 걸음을 걸어가 복도 끝 막다른 곳에 있는 병실에 다다랐다. 아내의 병실이었다. 스무 걸음을 걸으며 지나온 복도 왼편으로는 나란히 세 개의 병실이 있었다. 그 병실 문에 작게 달린 유리창으로도 어김없이 푸른빛이 새어 나오고 있었다. 면회라고 했지만 묻는 말은 늘 비슷했다. 아내의 대답 역시 마찬가지였다. 몇 가지 질문과 답이 끝나고 침묵이 이어졌다. 나는 면회 시간이 지났음을 아내가 눈치채도록 시계를 들여다봤다. 그러고는 병실을 나왔다. 문이 채 닫히기 전에 아내가 미친 여자처럼 소리치는 것이 들렸다. 절대 화장(火葬)은 안 돼. 생각해봐, 얼마나 뜨겁겠어. 뜨거워. 제발 날 태우진 마. 그렇게 나한테 복수하고 싶어? 아내는 아마 눈동자까지 희번덕거리며 외쳤을 것이다. 하지만 나는 뒤도 돌아보지 않은 채 등으로 문을 마저 밀어 닫았다.

병실을 벗어나 복도를 걸었다. 작은 유리문을 빠져나와 가운을 입구에 놓인 스팀 살균기 아래 내려놓고 슬리퍼를 신발장에 넣고 큰 유리문을 빠져나왔다. 그다지 긴 복도는 아니었지만 면회 때마다 오가던 그 스무 걸음의 길은 길고 아득하게 여겨졌다. 그곳이 죽음과 아주 가까운 사람들이 있는 곳이기 때문인지 아니면 아내와 나의 감정의 긴 거리 때문인지 그 푸른 불빛 때문인지는 알 수 없었다.

그날따라 더 길게 느껴지는 복도를 나는 천천히 걸어 나오고 있었다. 물속을 걷는 것처럼 내딛는 발등 위에 어떤 저항마저 느껴졌다. 하루가 다르게 아내의 눈은 조금씩 사위어가고 있었다. 죽음을 예감한 환자들은 죽음에 대해 체념한 듯 보이지만 이따금 극도의 공포를 드러내기도 합니다. 병동 앞에 앉아 있던 자원봉사 상담사의 말이 떠올랐다. 대부분 멀거니 내 뒤쪽 어딘가를 바라본 채 체념한 모습을 보이는 것이 고작이었는데 그날 아내는 나에게 악다구니를 써댄 것이다.

막 가운을 벗고 슬리퍼를 신발장에 넣는데 뒤에서 뭔가 출렁였다. 마치 한 아이가 개울가에 앉아 발끝으로 물을 살짝 차올리는 듯한 작은 소리였다. 작지만 울림이 분명한 그런 소리였다. 뭔가에 이끌리듯 뒤를 돌아보았다. 복도는 푸른빛으로 꽉 차 있을 뿐 어디에도 소리를 낼 만한 물건도 사람도 보이지 않았다. 문도 굳게 닫혀 있었다. 얼마 동안 그대로 서서 아내의 병실에서 흘러나오는 푸른빛을 바라봤다. 아내가 홀로 있는 방. 마치 아내가 바다 위에 홀로 떠 있는 것만 같았다. 그렇다면 아내도 바다를 헤매고 있다는 말인가. 나는 망상의 뿌리를 캐내듯 서둘러 그곳을 빠져나왔다. 그뿐이었다. 그런데 그날 이후, 간간이 복도에서 물소리가 들려왔다. 면회를 하지 않고 돌아오는 날에도, 아내를 만나고 복도를 걸어 나올 때도, 뒤에서 물소리가 들렸다. 처음엔 무시해버릴 만큼 작은 일렁임이었는데 날이 갈수록 물은 거세졌다. 어느 날엔 등 뒤에서 거대한 파도가 덮칠 것 같아 서둘러 병동을 빠져나온 적도 있었다.

급기야 어젯밤엔 집에 돌아와 누웠는데도 그 물소리가 나를 따라왔다. 먼바다에서 시작된 파도가 해안에 이르러 사라져도 곧이어 다시 큰 파도가 밀어닥치듯 끝없이 이어지는 물소리는 나를 지치게 했다. 새벽녘, 밤새 바다를 표류한 듯 피곤한 몸으로 잠에서 깼다. 속이 메슥거렸다. 오래전 나를 힘들게 했던 뱃멀미와 비슷했다. 바닷물이 목까지 차오른 것처럼 목젖께가 답답했다. 손가락을 목구멍에 쑤셔 넣고 억지로 토했다. 내뱉어진 토사물에서도 짠 냄새가 났다. 내 몸 어디로 진짜 바닷물이 흘러들기라도 했단 말인가.

5

"왼쪽에서 배 한 척이 다가오고 있는 것 같은데요."

레이더를 들여다보고 있던 선장의 다급한 목소리가 들렸다. K는 급히 레이더 앞으로 가 주사선을 살폈다. 열한시 방향에서 점이 깜박이며 천천히 형광 스코프 중앙을 향해 오고 있었다. 저 배 위치 좀 확인해주시겠습니까? K는 망원경을 들어 앞을 내다보았다. 레이더에 보이던 배는 렌즈 안에는 없었다. 시계(視界)가 점점 나빠지고 있었다. 위스키 13 묘박지(錨泊地)이긴 합니다만 지금 출항을 하려는 건지 항로 쪽으로 조금씩 이동하고 있습니다. 선장의 목소리는 격앙되어 있었다. W-13이라면 여객선이 지나는 길 바로 옆이었다. 급히 무전기를 집어 든 K는 상대 선박을 불렀다.

"위스키 13 묘박지에서 출항하는 선박, 여기는 오리엔탈 글로리. 응답 바랍니다."

수신 채널만 열어놓은 무전기 안에서는 시끄러운 잡음뿐 응답이 없었다.

"저 배까지 거린 얼마 정도 남았죠?"

선장에게 묻는 동안에도 수신 채널이 열린 무전기에서는 흩날리는 눈발처럼 어지러운 소리만 들렸다.

"약 2마일 정도입니다. 바람에 닻이 끌려 항로 쪽으로 밀리고 있는 것 같기도 합니다만······."

이대로 가다가는 충돌할 수도 있었다. K는 계기판 앞의 난간을 움켜잡았다. 바로 앞, 바다에서 나는 소린지 환청인지 모를 물소리가 가까이 들렸다.

"관제실, 관제실. 응답 바람."

"여기는 관제실."

"위스키 13에 정박 중인 배가 강풍에 닻이 끌려 항로 쪽으로 밀리는 것 같은데 호출을 해도 응답이 없는 상황입니다. 비상 연락을 통해 무선호출에 응답하도록 조치 바랍니다."

"오리엔탈 글로리, 잘 알겠습니다."

관제실에서 움직이는 것을 모르고 있다면 일단 출항하는 배는 아니었다. 그렇다면 닻이 끌리고 있다는 선장의 추측이 맞는다는 얘기였다. 계획대로라면 지금 배의 방향을 바꿔야 했다. 하지만 지금 배를 왼쪽으로 튼다면 레이더에 나타난 배와 더 빨리 만나게 될 것이다. K가 미리 머릿속에 그려놓았던 항로가 뒤엉키고 있었다. 우선 충돌을 막는 것이 급한 일이었다. 수심이 얕은 해안선 쪽으로는 갈 수 없고, 일단 현재 방향을 유지하고 올라가다가 더 큰 각도로 배를 북북서 방향으로 꺾으면 될 것이다. 그렇다고 여기서 엔진을 멈출 수는 없었다. 엔진을 끄고 다시 점화하는 데도 상당한 시간이 필요했다. 만조시간까지 부두에 배를 붙이지 못하면 송유관을 통해 원유를 내리는 것이 불가능해질 것이다.

"캡틴, 서치라이트 좀 준비해주시고, 무전으로 저쪽 배가 응답할 때까지 계속 불러주십시오. 삼항사는 선박까지의 거리를 확인해서 알려주세요."

교신이 된다면 서로 피해 갈 수 있을 것이다. K는 윙 브릿지로 뛰어나갔다. 서치라이트 플러그를 꽂고 방아쇠를 당기듯 검지를 끌어당기자 강하고 흰빛이 길게 검은 바다 위로 뻗어 나갔다. 짧게 두 번, 길게 한 번. 굼실거리는 너울 끝에서 흰 포말이 빛을 받아 번뜩였다.

"남은 거리, 1마일입니다."

브릿지 안에서 삼등항해사가 외쳤다. 1마일, 이대로 간다면 10분 후에는 충돌 가능 거리에 놓이게 될 것이다. 그 전에 무전만 연결되면 되는 것이다. 시계가 나쁜 지금 상황에서 서치라이트가 상대편 배에 도달할 수 있을지도 의문이었다. 지금이라도 스탑 엔진, 명령을 내려야 하나. K는 잠깐 망설였다. 귀 가까이서 간헐적으로 들리고 있는 물소리 때문에 K는 이제 속까지 울렁거렸다. 오늘 같은 날 항구가 폐쇄되지 않은 것은 그토록 밉던 아내가 만성골수백혈병 환자가 되어 눈앞에 나타났을 때 아내를 붙잡고 울부짖었던 자신의 모습만큼이나 이상한 일이라고 K는 생각하고 있었다. 빌어먹을. 제발, 제발, 응답 좀 해라. 다시 서치라이트를 움켜잡으며 스위치를 잡아당기는 K의 손이 부르르 떨렸다. 서치라이트에서 쏟아져 나온 빛은 배를 뒤덮고 있던 그 물망 같던 어둠을 끊고 바다를 향해 뻗어 나갔다. 다시 처음 오리엔탈 글로리호에 올랐던 도선점으로 돌아갈 수는 없었다. 조금만 더 기다려보자. 관제실의 비상 연락이든, 선장이 불러대고 있는 채널이든, 서치라이트든 반응만 온다면 아직 늦지 않았다. 초조한 K의 눈에 서치라이트 불빛 위로 하루살이 떼처럼 방향 없는 눈이 흩날리고 있었다.

"상대 배에서 연락이 왔습니다. 이제야 닻이 끌리는 걸 발견한 모양입니다. 지금 닻을 감아들이고 있는데 바람 때문에 쉽진 않은 모양입니다."

무전기를 들고 윙 브릿지까지 선장이 뛰어나오며 소리쳤다.

이제 처음 생각했던 항로나 시간 계산에 연연해할 수 없었다. 일단 배를 정지시켜 상대 배와 빠르게 거리가 좁혀지는 것을 막아야만 했다. 정박한 상태였다면 엔진을 가동하는 데 예열 시간이 필요할 것이다. 스탑 엔진. K의 목소리는 다급했다. 알피엠 게이지 바늘이 0에 가깝게 기울어갔다. 하지만 레이더 안의 오리엔탈 글로리호는 여전히 북서쪽으로 나아가고 있었다. 엔진은 멈췄지만 배가 완전히 정지하려면 적어도 몇 분 후가 될 것이다. 오리엔탈 글로리호의 선수등(船首燈)

이 조금씩 바람에 우측으로 밀렸다. K의 망원경 렌즈 안으로 흐릿한 배의 정박등이 들어왔다.

"위험한 상황은 끝났습니다. 닻을 감고 엔진 시동을 걸고 항로 밖으로 이동하고 있다는 무전이 왔습니다."

선장의 말대로 오리엔탈 글로리호와 충돌할 뻔했던 배는 항로를 벗어나 W-13 묘박지로 이동 중이었다. 일단 충돌 위험은 사라졌다. 급박한 상황은 끝났지만 오리엔탈 글로리호는 처음 예상했던 항로에서 많이 벗어나 있었고 엔진을 멈춘 상태에서 출발해야 하기 때문에 시간을 잘 계산해야만 했다. K는 시계를 들여다봤다. 현재 시간 21시 35분. 빡빡하지만 불가능한 시간은 아니라고 판단했다.

하프 어헤드. K는 서두르고 있었다. 현재 방향은? 제로 원 제로입니다. 조타수가 오리엔탈 글로리호의 방향을 알려줬다. 왼쪽으로 5도. 배의 방향을 서쪽으로 더 틀 것을 지시하는 K의 목소리는 떨리고 있었다. 시계를 오래도록 들여다보는 선장의 얼굴에 초조한 빛이 보였다. 선장은 모자를 벗고 도선사 K에게 다가섰다. 뭔가 말하려다 머리만 쓸어 올리고 말았다.

6

아내의 도박은 언제부터 시작되었을까. 아내의 말대로 처음엔 동네 아줌마들과 심심풀이로 하게 되었을 것이다. 맞선 본 지 한 달 만에 결혼이란 걸 했고, 남편은 신혼여행을 갔다 오자마자 배를 타러 떠나버렸으니 아내로서도 힘들었을 것이다. 마흔이 다 되어 한 늦은 결혼이었다. 몇 년만 더 배를 타면 돈을 더 모을 수 있을 것 같았다.

휴가를 받으면 1년에 한 번쯤 손님처럼 집을 찾아갔다. 며칠간은 집도 아내도 낯설었다. 방에 누워 있어도 선실 침대에 있는 것처럼 흔들리는 것이 느껴졌다. 변기에 앉아서도 옆에 뭔가를 꼭 잡아야 안심이 됐다. 차차 육지 생활에 익숙해지면 휴가가 끝나 짐을 싸서 떠날 때가 되었다. 아들이 태어난 것도, 아들이 커가는 모습도 아내의 편지를 통해 소식을 들었다. 가끔 항구에 내리면 다른 사람들을 따라 아들에게 줄 장난감을 샀다. 하지만 막상 그것을 들고 집에 갔을 때 그 장난감은 아들에게 걸맞지 않았다. 가지고 놀기에 너무 이르거나 혹은 너무 유치한 것이 되어 있었다.

남편을 기다리다 놀이 삼아 도박을 시작했을 것이다. 모든 중독의 밑바닥에는 외로움이 있으니까. 거꾸로 외로움을 따라가다 보면 어떤 중독에 이르게 되니까. 아내의 일도 이미 정해진 길이었는지도 모른다. 보내줬던 돈은 물론 살던 집마저 다 날리고, 친정집에 빚까지 안기고 아내는 도망갔다. 하나밖에 없는 자식을 보육원에 맡기고도 나에겐 잘 있다는 편지를 사진과 함께 부쳐왔다. 그러고는 사라진 것이다. 휴가를 나와 집을 찾아갔을 때 낯선 사람이 살고 있었다. 수소문을 하고 찾아다녔지만 잠적한 아내를 찾을 길이 없었다. 그때 아내를 찾았다면 어떻게 했을까. 아내와 아들을 생각하며 밤마다 그만 떠돌아다니자고 중얼거렸었는데…….

나는 다시 바다로 나가지 않을 수 없었다. 바다만큼 나를 안전하게 숨겨줄 곳은 없어 보였다. 그때 나는 평생을 바다 위에서 떠돌리라, 결심했다.

그런데 아내가 환자가 되어 나타났다. 만나면 멱살이라도 잡고 따지고 싶었는데 아무것도 물어보지 못할 몰골로 아내가 연락을 해온 것이다. 나를 보자마자 아내는 울음을 터트렸다. 살고 싶다고, 이대로 죽기엔 억울하다고, 매달렸다. 뭐라고 소리치고 싶었는데 너무 혼란스러워 아무 말도 나오지 않았다.

배를 몰던 경험으로 도선사 일을 하게 되었으니 결국 나를 육지로 끌고 온 것은 병든 아내였다.

동이 트기엔 아직 이른 시간이었다. 아내가 보내왔던 편지들을 왜 꺼내볼 생각을 했는지 알 수 없었다. 출렁대는 소리 때문에 어차피 더 잠을 이룰 수 없었다. 이따금 매서운 바람 소리가 창 저편에서 몰아쳤다. 편지 봉투는 아내와 나, 둘처럼 누렇게 바래고 귀가 너덜거렸다. 굳이 꺼내 읽지 않아도 어떤 사연이 있는지 알 수 있을 만큼 읽고 또 읽었던 편지들이었다.

푸른빛 속에 홀로 누워 있는 아내는 평생 바다로만 떠돌았던 나를 육지에 내려놓은 채 곧 바닷물이 이끄는 대로 흘러갈 것이다. 바다가 나에게도 무서웠다는 것을 아마 아내는 몰랐을 것이다. 늘 웃으면서 떠났으니까.

나는 창이 훤해지도록 편지 꾸러미를 만지작거렸다.

7

윙 브릿지에 서서 선장은 배 앞에 나가 있는 일등항해사와 무전을 주고받았다. 예인줄, 잡았습니까? 선장이 손을 들어 예인선의 속도를 낮추라는 신호를 보냈다. 아직 예인줄을 끌어올리지 못한 모양이었다. 풍속계는 30노트 가까이서 바늘이 움직였다. 브릿지 안에서 K는 무전기를 입 가까이 들이댄 채 거기서 흘러나온 말들에 귀 기울이고 있었다. 지금부터는 아주 작은 실수도 큰 사고로 이어질 수 있었다. K의 얼굴에 긴장의 빛이 역력했다. 바람이 세게 불어서 배의 속도를 줄이지 않고는 예인줄을 끌어올리는 타이밍을 맞추기 어려울 것이다. 오리엔탈 글로리호의 속도를 낮춰 예인선과 움직임을 맞춰야 한다. 마음은 급하지만 속도를 줄여야만 한다고, 침착하게 배를 붙인다면 시간은 충분하다고 K는 스스로를 다독였다. 데드 슬로 어헤드. 접근 허락이 떨어진 1번 부두 불빛이 점점 가까워지고 있었다. 바람은 거세졌지만 다행히 눈은 잦아들고 있었다.

"스탑 엔진. 밋십."

엔진이 멈췄다. 이제부터 거대한 원유선은 예인선이 밀고 당기는 대로 움직일 것이다. 일단 오리엔탈 글로리호가 부두와 평행해질 때까지 뒤에서 연결된 예인줄을 끌어당겨야 한다. 그다음 두 척의 예인선이 오리엔탈 글로리호의 앞뒤로 붙어 부두로 밀어붙일 것이다. 예인줄이 연결되었다는 말이 K의 무전기 안에서 들려왔다. 윙 브릿지 난간에 서 있던 선장의 손이 시계 반대 방향으로 원을 그리자 배가 서서히 움직였다. 브릿지 안에서 창밖을 보고 있던 K의 눈에도 차츰 부두의 불빛들이 사라지고 어둑한 바다만 시야에 들어왔다. 뒤에 붙은 예인선의 마스트 등(燈)이 낚싯대 끝에 매달린 야광찌처럼 어둠 속에서 튕겨 올랐다 가라앉기를 반복했다. 아직까지는 바닷물이 들어오는 시간이었고 부두가 가깝기 때문에 같은 풍속에 비해 너울의 폭이 높다고 봐야 했다. 선장은 손을 천천히 아래로 내리며 서두르지 말라는 신호를 보냈다.

"예인선, 풀 어헤드."

어느덧 오리엔탈 글로리호는 부두와 나란해졌다. K는 예인선이 배를 부두 쪽으로 밀 것을 지시했다. 그러고는 급히 부두 쪽 윙 브릿지로 뛰어나갔다. 이제부터는 아주 정교하게 부두로 다가서야만 했다. 부두의 불빛들이 출렁이는 바닷물에 반사되었다. 돌풍이 말 울음소리를 내며 한차례 휘몰아치고 지나갔다. 배가 부두를 향해 움직였다. 속도를 줄여. 너무 빨라. 부두로부터 무전이 들어왔다. 예인선이 미는 힘과 부두로 밀려들어오는 조류의 힘이 합쳐져 생각했던 것보다 빨리 배가 떠밀리고 있었다. 예인줄은 묶여 있고 바람은 부두 쪽으로 몰아치고 있지 않은가. 그렇다면 줄을 뒤로 끌어당겨 배가 부두로 다가서는 속도를 낮춰야만 하는가. K의 머릿속이 복잡하게 얽히기 시작했다.

예인선, 전속 후진. K는 예인선이 보이는 반대편 윙 브릿지를 향해 뛰며 무전기에 대고 외쳤다. 전속 후진. 전속 후진. 마주 보고 있는 두 거울 사이에 갇힌 소리처럼 무전기 속에서는 똑같은 말만 반복되고 있었다. 세찬 물소리가 K의 귀를 아프게 하고 사라졌다. 금방이라도 토할 것처럼 울렁거렸다. 아내가 누워 있는 바다에도 지금쯤 심한 너울이 일고 있는 것은 아닐까. 잠시 동안이지만 K는 자신이 푸른 불빛이 가득한 무균실 병실 안에 갇혀 있는 듯한 착각이 들었다.

예인선이 뒤로 물러나자 오리엔탈 글로리호와 연결해놓았던 예인줄이 팽팽해지면서 철판을 갉아대는 마찰음이 들렸다. 예인선 두 척이 3미터가 넘는 너울 속에서 거대한 원유선과 연결된 채 바람을 힘겹게 버티고 있었다. 예인선 마스트 등이 크게 위아래로 출렁이는가 했는데 순간 퍽, 소리와 함께 줄이 끊어지며 공중으로 치솟아 올랐다.

"위험합니다."

K의 목소리는 이제 절규에 가까웠다. 엔진도 꺼져 있고, 예인줄도 끊어진 배는 이제 바닷물이 움직이는 대로 밀려가고 말 것이다. 뛰어온 선장은 K가 들고 있던 무전기를 빼앗았다. 예인선 전속 후진. 전속 후진. 두 무전기에 대고 선장이 악을 써댔다. 하지만 오리엔탈 글로리호의 앞머리는 점점 부두로 다가서고 있었다.

멍하니 서 있는 K의 귀에 다시 거대한 물소리가 들이친 것은 그때였다. 맨 처음 아내의 푸른 병실에서 시작된 작은 소리가 이제는 거역할 수 없는 물결이 되어 자신을 향해 오는 것을 K는 분명히 듣는다. 이제껏 이렇게 끈질기게 K를 쫓아온 파도를 본 적이 없었다. 푸른 병실에 아내를 홀로 두고 올 때면 그녀 혼자 바다 위에 누워 있는 것만 같았다. 아내의 삶을 어딘가에 정박시킬 때가 되었다고 K는 생각했다. 이미 엔진이 꺼진 지 오래인 당신을 예인해줄 수 있는 것은 무엇일까. 아내에게 다 하지 못한 말들이 K의 머릿속을 어지럽혔다. 당신 혼자 떠난다고 서러워하진 마. 결국 당신이나 나는 우리가 모르는 그 어떤 곳에 닿기 위해 평생을 떠도는 것뿐이니까. 이제 소리가 아니라 진짜 바닷물이 귓속을 넘나든 것처럼 K의 온몸이 얼얼해지고 있었다. 바다가 더 포악해지기 전에 서둘러야 해. 혼자 떠나보내기에 오늘은 바람이 너무 세고, 너울이 무서워. 고개를 가로저으며 K는 중얼거렸다.

그들은 어디로 갔을까

1. 열차 탈선 사고

그날 열차 탈선 사고는 대도시에서 일어날 수 있는 크고 작은 여러 사고 중 하나에 불과했어. 멀쩡해 보이던 다리가 무너졌던 것보다는 훨씬 덜 충격적인 일이었으니까. 티브이 저녁 뉴스에서 사건 사고를 모아 보도하는 소식에 슬쩍 끼워놓았던 것만 봐도 그것이 대수롭지 않은 사고였다는 걸 알 수 있지. 다음 날 주요 일간지에도 작은 사진과 짧은 기사가 실렸을 뿐이었지 않나. 부상자가 있었지만 대부분 가벼운 찰과상과 골절 정도였으니까 누가 봐도 그리 심각한 사고는 아니었지. 사고 소식을 티브이나 신문을 통해 본 사람들도 일상의 무료함을 달래기 위해 퇴근 후 동료들과 가벼운 맥주 한잔 기울이는 정도, 혹은 옷을 입는데 갑자기 단추 하나가 바닥에 떨어지는 사소한 일상의 흐트러짐, 뭐 그런 정도로 생각했을 거야. 혹시 알아? 열차도 정해진 선로만 달리다 보면 지루할 수도 있고 그래서 탈선도 해보는 거다, 하는 농담을 누군가가 던졌을지. 게다가 그로부터 며칠 후에 열차 탈선 사고보다 비참한 일이 일어났잖나. 반지하 방에서 자고 있던 일가족이 불에 타 죽는 사고 말이야. 티브이 화면에 쇠창살 사이로 비치는 시커멓게 그을린 반지하 방이 나오면서 열차 탈선쯤은 아무것도 아닌 사고가 되어버렸지. 적어도 사람들의 기억 속에서는 말이야.

그런데 왜 새삼스레 3년도 더 지난 이 얘길 꺼내느냐고? 사실 사고에 대한 이야기를 하려는 게 아니야. 탈선 사고에 숨겨진 비밀을 자네에게 말하고 싶을 뿐이지. 내가 보기엔 자네의 삶도 선로를 벗어난 열차 같아서 말이야. 자네는 잊었는지 모르지만 그 사고에 대해 나와 얘기한 적이 또 있다네. 지난겨울, 차량 기지 숙직실에서 함께 잠을 잘 때를 떠올려봐. 그래, 맞아. 작은 소동이 있었던 날 말이야.

그날따라 바람 소리가 요란하지 않았나. 자정 무렵이 되자 운행을 마치고 돌아온 차량들로 선로들은 금세 빽빽해졌지. 객실을 청소하는 사람들도 돌아가고 새벽 운행을 앞둔 차량은 선로를 이리저리 바꾸며 움직이고…… 퍽, 하는 소리가 들린 것은 일이 거의 정리되어가던 무렵이었어. 고개를 돌렸을 때 기관사 한 명이 아무것도 아니라는 듯 손 신호를 보냈지. 선로를 바꾸다가 다른 차량과 신호가 잘 맞지 않아 차량끼리 살짝 부딪쳤던 거지. 워낙 천천히 움직이고 있었기 때문에 소리는 크게 들렸지만 별다른 피해는 없었던 작은 소란이었어. 자네와 함께 그 차량을 살피다가 평소보다 늦은 시간에 잠자리에 들었던 것으로 기억하는데.

　사무실에 딸린 숙소에 누운 것이 새벽 두시가 지난 시간이었을 거야. 둘 다 새벽 첫차를 배정받아놓고 있어서 그야말로 눈만 잠깐 붙이고 일어나야 할 상황이었지. 밖에서는 듣기만 해도 매서운 바람 소리가 이따금씩 들려오고 있었어. 숙소는 따뜻했지만 바람 소리 탓인지 몸은 긴장이 풀리지 않더군. 아주 피곤했지만 좀처럼 잠이 오지 않았어. 건너편에 누워 있던 자네도 자꾸 뒤척이더군. 침대에서 삐걱거리는 소리가 나는 걸 듣고 "자나?" 하고 물었을 때 자넨 아무런 대답이 없었지. 자네가 잠들었는 줄 알고 벽 쪽으로 돌아누우며 잠을 청하려는데 등 뒤에서 자네 목소리가 들리더군. "아직요." 아마 그렇게 대답했을 거야. 그때 밖에서는 또 한바탕 바람이 몰려오는 소리가 들렸지. 먼 곳으로부터 서서히 다가왔다가 반대편으로 사라져갔어. 터널 속에서 기적을 울리면 소리는 열차를 따라오는 것이 아니라 열차가 지나왔던 길을 따라 다시 흘러가잖아. 바람 소리도 그렇게 멀어지더군.

　"그 사고 생각나? 몇 년 전에 한강철교에 진입하기 전에 일어났던 탈선 사고 말이야. 터널을 빠져나와 막 지상 구간으로 접어들면서 탈선되었던 사고였는데……." 나는 불쑥 그 사고 얘길 꺼냈지. 그때 왜 자네에게 그 얘길 시작했는지 모르겠어. 우연이었을 거야. 차량 기지에서 있었던 가벼운 접촉 사고가 지나간 사고를 떠올리게 했는지도 모르지 뭐. "기억나죠. 그런데 왜 갑자기 그 사고 얘길 하세요?" 나이는 같지만 입사가 몇 년 빠르다는 이유로 자네는 끝까지 나에게 말을 놓지 않았지. 생각해보면 나뿐만 아니라 다른 사람들에게도 자넨 예의 바른 사람이야.

자네 목소리에는 호기심 같은 건 없었어. 그저 잠이 오지 않았기 때문에 내 말을 받아주고 있었던 거지. "난 가끔 그 탈선 사고가 생각나. 사람들은 가볍게 잊어버렸겠지만 뭔가 석연치 않은 게 있어. 열차가 그 자리에서 선로를 벗어났다는 것도 이상해. 그리고……." 난 거기까지 말하고 입을 다물었지. 열차의 기술적인 것을 조금이라도 아는 사람이라면 그 자리에서 열차가 선로를 벗어날 확률이 거의 제로에 가깝다는 것도 알았을 거야. 곡선 구간이 아닌 곳에서 열차 바퀴가 선로를 벗어난다는 것은 극히 드문 일이거든. 바퀴 플랜지가 심하게 마모되어서 일어난 사고로 결론은 내려졌지만 그 차량의 바퀴는 바꾼 지 1년이 채 되지 않은 거였어. 실제로 그때 탈선된 3호차 바퀴들의 플랜지 마모 정도를 조사했지만 사고가 날 만큼 심각한 상태는 아니었어. 그건 자네도 확인했잖아. 그렇다고 기관사 과실도 찾기 어려웠지. 초 단위로 열차 운행 데이터가 저장되는데 거짓말을 할 수 있겠어? 하지만 사고가 났으니까 뭔가 원인이 있어야 했고 그래서 바퀴의 결함으로 결론이 내려졌던 거지. 뭔가 이상하지 않나?

사고 직후 일을 한번 다시 더듬어보게. 회사에서는 신속하게 정밀 조사 팀을 꾸렸지. 나도 자네와 함께 조사 팀에 들어갔고 대외적으로는 별거 아닌 사고인 양 했지만 내부적으로는 가볍게 넘길 만한 일은 아니었지. 열차가 그 상태로 10여 미터만 더 나갔다면 대형 참사로 이어졌을 게 뻔했으니 회사 입장에서는 사고 원인을 알아내는 것이 중요했겠지. 대외적인 이미지도 있고. 하지만 엄밀히 말해서 정확한 사고 원인은 알아내지 못했지. 회사 측에서는 최대한 빨리 사고를 마무리 지으려고만 했고.

현장 조사 자료와 승객들의 증언, 제어 모니터링 시스템 기록을 토대로 사고 당시의 열차 움직임이 3D 영상으로 만들어졌어. 그게 자정 무렵이었으니까 중앙 관제실에 사고가 기록된 지 꼭 여섯 시간 만이었어.

중앙 관제실의 기록에 따르면 열차가 바로 전 역을 출발한 것은 18시 13분 50초였고, 출입문에 승객의 가방이 끼여 다시 문을 여닫은 것 말고는 다른 어떤 이상 징후는 발견되지 않았어. 열차는 35킬로미터 속력으로 역을 출발했고 승강장을 떠난 지 53초 만에 사고 발생 지점에 진입했지. 그곳은 지하 터널이 끝나고 지상으로 나가는 지점이었어. 거기서 약 3백 미터 정도만 앞으로 나아가면 한강철교야. 운전실이 어두운 터널을 나와 막 햇빛을 받는 지점에서 탈선이 시작되었어. 굉음을 듣고 눈으로 궤도를 이탈한 것을 확인했겠지. 재빨리 보안 제동기를 밀었을 거야. 그것이 가장 빨리 열차를 세울 수 있는 방법이니까. 열차는 선로 옆 맨땅을 40여 미터 긁고 멈춘 거지. 예정대로라면 열차는 다음 역에 18시 16분 32초쯤 도착했어야 하는데.

만들어진 3D 영상을 보면서 자네는 사고 과정을 설명했지만 나는 알고 있었네. 자네도 브리핑 내용에 대해 확신이 없었다는 것을. 특히 사고의 원인에 대한 것이라면 더더욱.

3D 영상은 열차가 승강장을 떠나는 장면부터 시작되었지. 53초 뒤, 궤도를 이탈하고 언덕 아래에 열차가 멈춰 선 순간까지를 제작한 화

면은 완벽했어. 영화의 한 장면을 보는 것처럼 실감 났지. 특히 인상적인 것은 열차가 최초로 궤도를 이탈하는 지점, 그러니까 지하선로에서 벗어나 막 지상으로 나오는 지점부터 열차 바퀴를 크게 확대시켜 보여줬다는 거야. 카메라를 바퀴 가까이 가져가 화면 가득 바퀴로 채우는 것처럼 말이야.

화면 아래엔 계속해서 초 단위로 시간이 넘어가고 있었지. 잘 맞아들어가던 바퀴와 선로가 어그러지는 부분에서 화면이 느려지자 시간을 헤아리던 숫자도 천천히 바뀌었지. 처음에는 아주 조금 선로에서 벗어난 바퀴가 급기야 선로를 완전히 이탈했고 이제 열차는 걷잡을 수 없이 흔들리며 앞으로 나아가다 멈췄지. 순식간에 일어난 일이야. 30초 안팎의 일. 탈선한 채 멈춘 열차의 화면은 사고 현장 전체를 내려보는 듯한 화면으로 끝났어. 마지막 장면은 내가 언덕 위에서 찍어온 현장 사진을 그대로 그래픽으로 만든 것뿐이었지. "완벽해" 하고 누군가 외쳤고 대회의실 전등이 켜졌지. 스크린 속 열차도 희붐해지고. 하지만 그것은 어디까지나 가상 화면일 뿐이었어. 사고 뒤에 여러 가지 정황을 가지고 만든 그림들에 불과한 거지. 누군가 사고가 일어났던 그 현장을 촬영했다면 3D 영상과 전혀 다른 영상이 나왔을 수 있는 일이었지.

다음 날, 기자들을 불러놓고 사고 경위를 발표하고 제작된 영상물을 방송국에 전송함으로써 일단 공식적인 사고 처리는 끝났지. 사고 원인을 명확히 밝히지 않은 것이 걸렸지만, 거기까지는 일어날 수 있는 많은 일 중 하나가 일어났던 것이라고 생각해. 문제는 그다음부터야.

그날 밤, 그러니까 차량 기지 숙직실에서 매서운 바람 소리를 함께 듣던 그 밤, 자네와 나는 많은 말을 했지. 하지만 서로 대화다운 대화를 나누진 못했다고 생각하네. 둘 다 몹시 지쳐 있어서 상대방 말에 집중할 수 없었고, 간간이 바람 소리가 잡음처럼 끼어들어 이야기 맥이 끊어진 탓도 있겠지. 하지만 지금 생각해보면 자넨 그 사고 얘길 말하는 건 물론이고 듣는 것조차 불편해했던 것 같아. 뒤집어 생각해보면 자네도 나와 같이 그 사고에 대해 뭔가 석연치 않은 구석이 있다는 것을 알고 있었다는 반증이기도 하지. 혹시 그 열차에 탔던 사람 중 일부가 사라졌다는 사실을 자넨 나보다 먼저 알고 있었던 건 아닌가?

2. 시승 체험, 그리고 여자

사고가 났던 그 노선이 개통되기 전의 일이야. 개통을 앞두고 시민들을 상대로 시승 체험을 할 기회를 준 적이 있지. 인터넷으로 접수 몇 시간 만에 시승을 할 인원이 다 차버렸을 정도도 인기가 있는 행사였어.

최첨단의 열차가 도입될 것이라고 방송이 되었던 터라 운전실 내부를 구경하고 싶어 하는 사람들도 많았어. 지금은 신모델에 밀려 폐기되고 없는 모델이 되긴 했지만 차량 앞부분이 코브라처럼 생겼다고 우리 기관사들 사이에서는 코브라라고 부르기도 했던 열차였지. 일반인이 호기심을 가질 만한 모델이었어. 터널 안으로 불을 밝히면 헤드라이트가 코브라의 눈처럼 번뜩였으니까. 아, 시승 체험에 참여한 어떤 여자에 대해 말하려던 참이었지.

시승 체험에 참여한 사람들 중에 몇몇은 운전실에 탑승할 기회가 주어졌는데 여자는 그 기회를 얻은 사람 중 한 명이었어. 다른 사람들은 열차가 출발하기만을 조용히 기다렸는데 여자는 운전실에 들어오자마자 호기심 가득한 눈동자를 이리저리 굴리며 묻기 시작하더군. 이건 뭐예요? 저건 뭐 하는 장치예요? 이런저런 질문들을 던지더니 급기야는 대답하기 곤란한 질문까지 하더군. 운행하다 갑자기 똥이 마려우면 어떻게 하나요, 같은. 나는 신문지를 항상 준비해놓는다는 거짓말로 얼버무렸지. 사실대로 말을 한다고 해서 그 사람들이 우리를 이해해줄 리 없다고 생각했지. 그렇잖아, 일반 사람들이 우리 같은 특별한 일을 하는 사람들을 얼마나 알겠어.

열차가 출발하자 여자는 금세 조용해졌지. 앞을 뚫어져라 쳐다보고 있더군. 심각한 표정으로 말이야. 약간의 기계적 장치들을 들먹이며 나는 사람들에게 열차가 어떻게 움직이는지 설명을 시작했어. 속력을 25에서 35, 65, 이런 식으로 높였다가 다시 35, 25로 낮춰가며 열차가 어떻게 속력을 높이고 낮추는지도 보여줬지. 대충 설명을 끝내자 속력을 더 내고 싶어지더군. 속력을 더 높였지. 그날 그 선로에는 우리가 탔던 열차밖에 없었어. 그 긴 선로 위에 시승 체험을 하는 우리 열차만 달리고 있었던 거지. 보통은 역과 역의 거리가 짧기 때문에 시속 80킬로미터를 넘겨 달리기 힘들지만 그날은 시속 100킬로미터까지 달렸던 것 같아. 역마다 꼭 정차해야 하는 부담도 없었고 따로 정지신호를 받아야 할 의무도 없었으니까 가능했지. 제어기를 당겨 열차 속력을 더 높였지. 빠앙, 기적도 가끔 울려주고 제어기를 더 끌어당겼지.

갑자기 여자의 목소리가 들렸어. "와, 꼭 빨려 들어가는 것만 같아" 하는. 처음엔 소음 때문에 여자의 말을 정확히 못 알아들었어. 창문을 열고 달리고 있었거든. 속력을 줄이자 여자의 말이 잘 들렸지. 여자는 비슷한 말을 반복해서 외쳤어. "다른 세상으로 빨려 들어가는 것만 같아." 그 지점이 나중에 열차 탈선 사고가 난 곳이었어. 자네도 그 구간을 달려봐서 알겠지만 지하 터널을 빠져나와 지상으로 이어지는 지점인 그곳에서는 기관사들이 좀 색다른 경험을 해. 지하 터널에서 터널 끝을 바라보면 어둠 한가운데 둥그런 원이 하나 보이지. 지하에서 지상으로 들어가는 입구 같은 둥그런 원. 원이 점점 커졌다가 마침내 그 크기가 열차보다 커졌을 때 비로소 열차는 터널을 빠져나가게 되지. 둥글고 밝은 원 안으로 열차가 들어가는 것처럼. 갑자기 운전실로 햇빛이 쏟아져 들어오고 한강이 가까이 보이지.

"터널 속에서는 어둠이 우릴 빨아들이는 것 같더니 여긴 빛이 우릴 데려가는 것 같네. 그렇잖아요?" 여자는 들뜬 목소리로 운전실에 있던 다른 사람들을 돌아보며 말했어. 그중 누군가는 정말 그런 느낌이 들었는지 고개를 끄덕이며 호응했고 누군가는 이상한 눈으로 여자를 쳐다보더군.

오랫동안 운전실에 앉아 지하 터널을 지나다닌 나는 여자의 말이 새삼스럽진 않았어. 나도 종종 그런 기분이 들 때가 있었으니까. 아무리 많은 승객이 열차에 타고 있다고 해도 운전실에서 검은 터널을 바라보며 어둠 속으로 나아가는 것은 운전실에 있는 나 혼자잖아. 언제나 말이야. 열차가 선로를 따라 달려가지만 때론 그걸 잊고 블랙홀 같은 거대한 힘이 열차를 빨아들인다는 착각이 들 때도 있거든. 기관사라면 한 번쯤은 해봤던 생각일 거야. 그렇지 않은가? 운전 핸들에서 손을 떼면 열차는 자동으로 정지하게 되어 있어. 하지만 어느 순간에는 손을 떼도 열차는 보이지 않는 힘에 이끌려 터널 속을 질주할 것 같기도 하거든. 특히 첫새벽, 밤새 고여 있던 어둠을 가르며 달릴 때는.

나와 여자가 다른 점은 난 여자와 비슷한 느낌을 많이 가졌음에도 불구하고 한 번도 내 기분을 그런 식으로 내뱉어본 적은 없었던 것이었지. 승강장을 출발하면서 벌써 다음 승강장에 도달할 일에 긴장해야 하니까. 앞차와의 간격을 중앙 관제실과 교신을 통해 확인해야 하고, 정해진 위치에서 제동을 잡아야 하고, 역에 들어가기 직전 기적을 울려야 하고. 어둠 속으로 빨려 들어가는 것 같다는 식의 생각을 길게 할 수는 없지.

그런데 이상하게 그 일을 겪은 뒤부터 운전석에 앉아 열차가 앞으로 나아가면 터널 속으로 빨려 들어가는 착각에 빠지는 일이 많아지게 되었어. 어두운 터널이라면 검은 구멍으로, 지상 구간이 시작되는 지점이라면 밝은 빛 속으로 내 몸이, 나를 태운 열차가 통째로 들어가는 것 같았지. 우리가 익히 들어왔던 버뮤다삼각지대 같은 곳이 실제로 존재하고 또 그것은 결코 멀리 있지 않을지도 모른다는 생각이 들었지. 비행기가 추락했는데 원인도 밝혀지지 않고 더구나 잔해를 찾을 수 없는 경우도 많잖아. 선박들도 종종 흔적 없이 사라지기도 하고.

풍랑도 일지 않은 잔잔한 바다에서 구조 요청 한 번 없이 배가 침몰해 버리는 일 말이야. 자넨, 이 모든 게 좀 웃기는 얘기처럼 들리나?

시승 체험 이후 곧 지하철 개통식이 있었지. 시승 체험 프로그램에 참여했던 그 여자는 가끔 종착역에서 열차를 타곤 했어. 승강장에 서 있는 여자는 지친 표정일 때가 많았지. 시승 체험 때 보여준 발랄한 모습과는 표정부터 완전히 달랐지. 막차를 배정받는 날이면 가끔 그 여자를 볼 수 있었지. 급하게 계단을 내려와 가까스로 열차에 오르는 모습을. 여자를 볼 때마다 그녀가 했던 말이 머릿속을 울렸지. 어둠이 우릴 다른 세상으로 데려가는 것 같다던 그 말이. 한 점을 응시하며 천천히 속력을 높이면 터널 속 어둠은 나를, 열차를 통째로 빨아들였지. 다음 역에 멈추지 않고 그대로 더 깊은 어둠으로 빨려 들어가고 싶은 욕구가 치솟기도 했고.

때론 여자가 승차하곤 했던 역에서는 일부러 길게 출입문을 열어놓고 했던 것 같아. 여자를 기다리느라고 말이야. 그런데 어느 날부터 막차 시간에도 여자는 나타나지 않더군. 출입문을 오래 열고 기다려도 여자가 달려오지 않았지. 어디론가 사라져버린 게 아닐까, 싶더군.

3. 아버지의 냄새를

"선배는 어쩌다 이 일을 하게 되었어요?" 자네가 물은 적이 있지? 그땐 내가 돈 많이 벌려고, 하고 대답했었던 것 같은데. 실제로 예전의 기관사는 돈도 제법 벌었다고 해. 견장이 달린 제복을 입고 낯선 도시를 다니는 기관사는 모두가 부러워한 직업이었어. 제복이라는 것이 주는 권위가 살아 있던 시절에는 말이야. 하지만 난 그것보다 아버지의 냄새를 좇다 보니 이 길로 들어서게 됐다는 말이 맞을 거야. 막연히 아버지처럼 빨리 어른이 되고 싶었던 것 같아. 그 당시 내가 생각했던 어른이 되는 가장 빠른 길은 내가 매일 바라봤던 산과 강을 벗어나는 길이었어. 그 시절을 겪은 사람들이 대개 비슷하듯이 내가 태어나서 자란 곳에서 벗어나는 것은 기차를 타고 떠나는 방법밖에 없었어. 물론 버스가 있었지만 먼 길을 떠나는 것은 기차만이 할 수 있는 시절이었지.

나는 아버지처럼 멀리 떠나고 싶었어. 1년에 한두 번 집에 들렀던 아버지는 며칠 머물다가 온다 간다 말도 없이 다시 떠났지. 돌아왔다는 말보다는 들렀다는 표현이 더 맞을 거야. 어느 해에는 영영 아버지가 나타나지 않은 적도 있었어. 그런데 아버지가 돌아와도 나를 들뜨게 한 건 아버지가 아니라 아버지가 싣고 온 낯선 냄새들이었지. 아버지는 짭조름한 갯내를 풍기며 돌아오기도 했고, 때로는 매캐한 겻불내 비슷한 냄새를 가지고 오기도 했지. 어느 해엔 콜타르 냄새를 풍기기도 했나 봐. 나의 동경은 거기서부터 시작되었을 거야. 도시를 가로막고 있는 강과 산을 벗어나야 아버지의 진짜 모습을 볼 수 있을 것만 같았어. 기관사가 되는 것 말고는 다른 길이 없었지.

모두가 부러워하는 제복을 입고 고향을 떠날 수 있게 되었지만 끝내 아버지가 갔던 곳이 어딘지는 알 수 없었어. 내가 고향을 떠난 뒤엔 아버지도 더 이상 고향을 찾지 않았지. 기차를 타고 전국을 돌아다녔지만 아버지를 찾을 수도, 나를 들뜨게 했던 아버지의 낯선 냄새를 맡을 수도 없었어. 세상은 내가 생각했던 것보다 훨씬 크고 복잡하다는 걸 비로소 알게 된 거지.

그러다 여기까지 흘러온 거야. 땅속으로 열차를 몰고 다니게 될 날이 있을 줄은 몰랐지. 그 여자의 표현대로라면 어둠이 우릴 데리고 다녔다고 해야 하나?

자네가 겪은 일에 비하면 아무것도 아닌 것처럼 보일지 모르지만 이대로 계속 달리다가는 어느 겨를에 어둠 속으로 사라져버릴 것 같아 두려워. 아버지처럼 말이야. 한편으로는 어두운 터널이 나를 다른 세계로 데려다 주길 간절히 바라기도 하지. 단지 시승 체험 때 만난 그 여자의 말 때문만은 아닐 거야.

4. 휴가, 사흘의 특별 휴가

자네에게 사흘의 특별 휴가가 주어졌다는 것은 열차로 치자면 바퀴 플랜지가 심각하게 닳았다는 말과 같은 의미지. 다시 말해 그만큼 탈선 사고가 날 확률이 높다는 의미였고.

운행 중 사망 사고는 자네만 겪는 일이 아닌데 자넨 유독 힘들어했던 것 같아. 사흘 동안의 특별 휴가로 충격적인 사고에 대한 기억을 지울 수는 없었겠지. 차량 기지 발령을 원했던 것은 더 이상 열차를 운행

할 수 없었기 때문일 테지.

경찰의 조사가 끝나갈 무렵 사망자 유족들이 경찰서로 들이닥쳐 난동을 부렸던 걸 봤네. 열차에 뛰어든 것은 사망자였지만 그때 열차를 운행했다는 이유만으로 유족들에게까지 시달리는 것이 기관사들의 현실 아닌가. 다행히 동료들이 유족들과 얘기하는 사이 자넨 경찰서를 빠져나갈 수 있었지. 나는 창 너머로 자네의 뒷모습을 보고야 말았네.

그날따라 거리는 맑은 햇빛으로 가득하고 세상 모든 게 아주 선명하게 보이더군. 자넨 그 한가운데 서 있었네. 경찰서 정문 앞에서 머뭇거리며 한참을 서성이더군. 마치 그 맑디맑은 햇빛을 이겨보기라도 하려는 듯. 그런데 그게 자네에겐 힘들었던 모양이야. 20년 가까이 어두운 터널 속을 헤집고 다닌 우리에게 햇빛이란 얼마나 낯선 것인가. 어둠이 우리의 현실이라면 햇빛이 비치는 곳은 오히려 비현실적인 공간에 가깝지. 그곳은 뭔가 조작된 냄새가 나. 햇빛까지도 만들어진 것 같고 말이야.

잠시 후 자네는 지하철 입구로 들어가더군. 나중에 들었네만 그 길로 자네는 곧장 사망 사고가 났던 역으로 갔었다지. 죽은 여학생의 얼굴이 너무 생생해서 잠을 이룰 수도 없다고 호소했던가. 몇 번의 상담 치료도 자네의 기억을 지울 수는 없었겠지. 따지고 보면 어떤 것도 자네 잘못은 아니지만.

여느 때나 다름없는 날이었어. 네 시간째 운전실에 앉아 있어서 조금 피곤하긴 했지만 그 정도 피곤은 늘 있었으니까 대수로운 일은 아니었지. 자네는 빠른 속력으로 역에 들어서고 있었겠지. 출발역에서부터 그 역까지는 직선 구간이었으니까 속력은 시속 60킬로미터쯤. 안전선 밖으로 승객들이 서 있는 것이 보였을 테지. 퇴근 시간이었으니까 사람들이 조금 많았겠지만. 자네는 서서히 제동을 잡았겠지. 그런데 그때 승강장에 있던 승객들 사이로 한 사람이 앞으로 쑥 나오는 것을 봤겠지. 교복을 입었고 머리를 양 갈래로 딴 여자아이. 자넨 직감적으로 그 아이가 선로로 뛰어들 것이라는 것을 알아챘겠지. 거기까지 판단했지만 자네가 취할 수 있는 행동은 이미 아무것도 없다는 것까지 알아차렸을 테지.

아이의 몸이 약간 허공으로 떠올랐을 때 아이의 눈과 마주쳤을까. 뛰어들면서 아이는 운전실 쪽으로 고개를 돌리고 있었던 것이지. 아주 짧은 시간이었는데 자넨 아이의 눈동자가 젖어 있었던 것까지 보고야 말았어. 제동을 잡은 상태였지만 열차는 아이의 몸을 끌고 100미터가량 더 가서야 멈췄을 거야. 열차 바퀴가 여자아이의 몸 위를 지나간 다음에 말이야. 사람들 사이로 아이가 튀어나오는 것을 본 시간부터 열차가 아이 몸 위를 지나 멈춰 선 시간까지는 채 20초를 넘지 않은 시간이었지만 자네에겐 아주 긴 시간이었겠지. 아이의 눈이 젖어 있었다는 것까지 볼 수 있는 시간이었으니까.

CCTV를 보면 그 여학생은 사고 발생 40여 분 전에 역 승강장에 처음 모습을 드러냈어. 교복을 입고 있었고 머리를 양 갈래로 땋아서 발랄해 보이기까지 한 인상이었지. 열차를 기다리는 듯 안전선 가까이

서 있었지만 아이는 열차를 타지 않았어.

두 대의 열차를 보내고 아이는 노란 안전선을 따라 느리게 걷더군. 승강장 이쪽 끝에서 저쪽 끝까지. 그사이 사람들이 열차를 타기 위해 모였고 열차가 도착했고 다시 역에는 아이만 남았어. 여학생이 승강장을 오가는 것은 약 10분 정도 계속됐어. 승강장 끝 지점에서는 기차가 빠져나갈 터널을 쳐다보기도 했어. 목을 길게 빼고 말이야. 아이의 행동은 자연스러워서 친구를 기다리는 사람처럼 보였지. 결코 자살할 사람처럼 보이진 않았지. 그사이 세 대의 열차가 왔다 갔고.

아이의 행동이 초조해 보인 것은 사고 10분 전부터였어. 그때부터 아이는 자신이 뛰어들 위치와 열차의 진입 속력을 치밀하게 계산했던 것 같아. 열차가 승강장으로 막 들어서는 입구에서 가장 속력이 빠르다는 것도 알았겠지. 의자에 앉았어. 열차가 들어오는 승강장 가장 끝쪽에 놓여 있는 의자에. 마지막 결심이라도 하듯 오래 고개를 숙이고 한참 동안 바닥을 내려다보았지. 곧이어 열차 도착을 알리는 안내 방송이 나왔고 아이는 메고 있던 가방을 의자에 내려놓고, 일어나 안전선까지 걸어갔지. 망설임 없는 발걸음으로. 기적이 들리고 열차 헤드라이트 불빛이 환하게 아이 몸 위로 쏟아졌을 때 아이는 선로로 몸을 던지더군.

사고가 났던 역 승강장을 다시 찾은 자네는 안전선을 밟으며 천천히 걸었다고 했지. CCTV 화면 속에서 여학생이 걸었던 것처럼. 그리고 여학생이 앉았었던 의자에 앉아보았겠지. 너무도 생생히 그날 일이 되살아났겠지. 운전실 차창을 사이에 두고 마주했던 여학생의 앳된 얼굴과 젖은 눈동자, 열차가 멈춘 뒤 선로로 뛰어 내려갔을 때 보았던 처참한 광경과 그때까지 온기를 잃지 않고 있던 그 아이의 손.

그 모든 걸 잊기란 자네에게 사흘의 특별 휴가가 너무 짧았겠지. 자네도 이 세계가 아닌, 이 공간이 아닌 다른 공간이 필요한 사람이 된 거지.

5. 그들은 어디로 갔을까

나는 다시 열차 탈선 사고 얘길 하지 않을 수 없네. 그날 밤, 그러니까 차량 기지 숙소에서 매서운 바람 소리를 함께 듣던 그날 밤, 자네에게 감쪽같이 사라진 사람들에 대한 얘길 하려고 했네. 둘 다 피곤하지만 않았어도, 바람 소리가 우리의 대화를 방해하지만 않았어도 이 얘길 그때 했었을 거야.

이 세상에는 의외로 아무 이유 없이 사라지는 사람들이 많다는 걸 자네는 혹시 알고 있나? 실종자들 말이야. 내가 자네에게 이렇게 긴 얘기를 하는 것은 이제 자네도 새로운 공간으로 들어가는 입구가 필요할 것 같아서야. 열차로 뛰어들었던 여학생의 젖은 눈동자는 이 세상에 살고 있는 한 아마 끝내 지워지지 않을 걸세. 그것이 떠오를 때마다 어딘가로 도망치고 싶을 테지. 이 세상에 대한 기억을 가지고 이 세상 어디로 도망갈 수 있겠나? 이 세상에 대한 기억에서 벗어날 수 있는 길은 다른 세계로 들어가는 수밖에 없다고 나는 생각하네.

놀라지 말게. 3년 전, 탈선 사고가 났던 열차 안에는 새로운 세계의 입구를 통해 사라진 사람들이 있었다네. 현장에 달려갔을 때, 열차 안은 아수라장이었지. 큰 사고는 아니었지만 놀란 탓인지 사람들은 물건을 제대로 챙기지 못하고 밖으로 나갔던 모양이야. 온갖 물건들이 마구 뒤섞인 채 흩어져 있었네. 신문이나 잡지들 사이에서 승객들의 신발이나 가방도 꽤 여럿 발견되었지. 사고 처리를 하면서 그중 쓸 만한 물건들은 유실물 센터로 보내졌지. 몇 달 뒤 다시 유실물 센터에 들르지 않았다면 그 사고는 나에게도 기억 밖의 일이 되었을 거야. 유실물 센터에서 나는 낯익은 가방들을 발견했지. 열차 탈선 사고에서 버려졌던 가방 몇 개가 아직 거기 있더군. 규정대로라면 벌써 어떤 식으로든 처리했어야 할 물건들이었지만 혹시나 하고 아직 유실물 센터에 보관하고 있었다더군. 가방 하나에는 디지털카메라와 휴대폰이 들어 있었고, 다른 가방에는 제법 많은 현금이 들어 있었어. 찾아가는 것이 귀찮다고 해도 그냥 버리기엔 아까운 물건들인데 왜 찾아가지 않는 것인지 좀 의아했지. 신분증을 근거로 주인을 찾아주려다가 나는 놀라운 사실을 알았다네. 그 가방의 주인들 몇 명은 실종 처리가 되어 있었다는 것을. 심지어 가족들조차 사고 열차에 타고 있었다는 걸 모르는 눈치였어.

대학교 2학년인 한 여학생은 남자친구를 만나러 나갔다가 영영 집에 돌아오지 않고 있다더군. 물론 남자친구도 그 여자를 그날 못 만났고. 한 50대 남자는 친구들과 등산을 갔다 오다가 헤어졌는데 집에는 돌아오지 않았고 실종 처리된 상태였어. 그 남자의 배낭 안에는 남자의 알리바이를 말해주듯 빈 도시락과 휴대용 컵과 수건 등이 들어 있었지. 어느 경찰에게서 직접 들은 얘긴데 큰 사고가 난 며칠 뒤엔 실종 신고 수가 평소보다 늘어난다고 하더군. 큰 사고가 나는 장소와 다른 차원의 세계로 들어가는 입구가 무슨 연관이 있지 않나 하는 생각이 들기도 해. 물론 어디까지나 내 짐작이고 또 사고가 없어도 실종자는 있을 테지만.

그런데 그들은 모두 어디로 간 것일까?

6. 다시, 열차 탈선 사고

3년 전 있었던 열차 탈선 사고 영상을 다시 보고 있네. 다시 봐도 참 그럴듯하게 만들어진 자료야. 열차 탈선 사고의 모든 원인은 한번 잘못 굴려진 바퀴에서 비롯된 것처럼 보이지. 마모된 바퀴 플랜지 하나 때문에 열차 전체가 선로를 벗어나게 되는 거지. 아무리 빨리 달리고 최첨단의 기계장치를 갖춘 열차라 할지라도 일단 선로를 벗어난 열차는 한낱 쇳덩어리에 불과하다고. 이건 자네가 한 말인데 기억하는지 모르겠군. 잘못 굴려진 바퀴 하나가 모든 걸 어그러지게 하듯 분명 삶도 작은 어긋남에서 피폐해지기 시작했을 테지. 가장 깊게 파인 상처, 가장 열등한 것, 가장 깊게 묻힌 욕망, 그것부터 썩고 갉아먹히고 마모되었겠지. 거기가 삶이 어그러진 지점일 거야. 그렇다면 그다음의 삶은, 선로를 벗어난 열차처럼 한낱 쇳덩어리에 불과한 삶은, 아무것도 아닌 걸까. 나는 잘 모르겠네. 자네는 대답할 수 있나?

일부러 화면 속력을 느리게 해보네. 시간을 나타내는 숫자들도 그만큼 천천히 바뀌고 있지. 만약 우리가 다른 세계로 들어가는 입구를 찾는다면 화면 속 느리게 변하는 시간처럼 우리가 살았던 이 세상과는 전혀 다른 시간 체계를 가진 세계가 펼쳐지겠지. 때로는 이 세상에 대한 기억이 질겨서 아무리 다른 차원으로 간다고 해도 지워지지 않을 것만 같아 두렵기도 해. 그래도 기억들을 벗어나려면 다른 세계로 들어가야 하지 않겠나?

3년 전 열차 탈선 사고의 원인은 조작되었을 거야. 지하선로에서 지상으로 나아가려던 그 지점에 우리가 알 수 없는 힘이 열차를 이끌었던 것이지. 그 열차에 타고 있던 몇몇은 다른 세계의 입구로 들어가버린 것이라고 나는 확신하네.

생각해보게. 자네가 열차를 끌고 터널 속을 달렸다고 생각하나? 정말 우린 터널 속을 달린 적이 있는 걸까. 스스로 제어기를 밀고 당겼고 우리 힘으로 선로를 달렸던 것일까. 우린 달렸던 것이 아니라 거대한 힘에 의해 빨려 들어간 건 아닐까. 검은 커튼을 열면 빛이 가득 숨어 있듯 우리가 사는 곳곳엔 다른 공간으로 들어가는 수많은 입구가 우릴 기다리고 있는 것은 아닐까.

달려오는 열차에 몸을 던졌던 그 여학생도 다른 세계로 들어가는 그 입구를 찾고 싶었을 테지. 그러니까 두려움을 무릅쓰고 선로 위로 몸을 날렸겠지. 이제 와 생각해보면, 낯선 냄새를 찾아다녔던 내 아버지도 다른 세계로 데려다 줄 거대한 힘이 필요했을 거야. 솔직히 말하면 나도 다른 세상으로 들어가는 입구를 찾고 있네. 자넨, 어떤가?

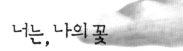

너는, 나의 꽃

1. 소생 거부 Do Not Resuscitate

여자가 자신의 삶을 마감하기로 결정한 장소는 작은 모텔이었다. 그곳은 도심에서 벗어나 아파트가 밀집되어 있는 위성도시로 들어가는 길목에 위치해 있었다. 결혼 전 여자는 그 위성도시에서 몇 달 산 적이 있었고, 그때 그녀는 매일 버스를 타고 도심에 있는 큰 서점으로 출근했다.

모텔은 외벽이 유리로 되어 있었다. 밖에서는 안이 보이지 않지만 안에서는 밖이 훤히 볼 수 있게 되어 있는 곳이었다. 한낮에도 젊은 남녀가 모텔 앞에 쭈그리고 앉아서 빈방이 나기를 기다린다는 소문이 날 정도로 그 근처에선 제법 유명한 곳이었다. 특히 한강이 바라다보이는 방에서 바라보는 노을은 죽이게 아름답다는 것이다.

그해 여름, 퇴근길이었다. 버스 안은 사람들의 몸에서 뿜어져 나오는 후끈한 땀 냄새와 에어컨의 냉기가 뒤섞인 공기로 채워져 있었다. 밖은 낮 동안 달궈진 아스팔트 뜨거운 열기가 눈으로만 보아도 느껴질 정도였다.

강변을 따라 달리다가 위성도시로 들어서기 위해 버스가 방향을 바꿨을 때 졸고 있던 여자는 몸이 한쪽으로 쏠리는 걸 느끼며 고개를 들었다. 멀리 유리로 외벽이 치장된 그 모텔이 눈에 들어왔다. 노을 때문에 건물 한쪽이 주홍색 물감으로 그러데이션 해놓은 것처럼 보였다. 맨 위는 아주 짙은 주홍빛을 띠었고 아래로 내려갈수록 점점 엷어지며 노랑에 가까웠다. 그때 여자는 유리 너머로 붉은 하늘을 보며 나누는 애인과의 낭만적인 정사(情事)를 상상했다. 하지만 그럴 기회가 여자에겐 주어지지 않았다.

땀 냄새와 에어컨의 퀴퀴한 바람이 뒤섞인 버스에서 바라본 주홍빛 유리벽이 여자에겐 분명 다른 세상처럼 느껴졌다. 죽음을 그 모텔에서 맞이하고 싶은 것은 그날 여자가 가진 낭만적 상상이 그녀의 기억 속에 남아 있었기 때문이었다. 아마 여자에게는 그런 장소가 필요했을 것이다. 죽음까지도 황홀하게 받아들일 수 있는 곳, 여자는 죽음을 통해 세상으로부터 격리되길 원했으니까. 그곳은 분명 일상에서 벗어난 곳이었고, 누구의 방해도 받지 않을 수 있는 곳이었으니까.

장소가 결정되자 여자에게 죽음이라는 것이 아주 구체적으로 다가오는 듯했고 피할 수 없는 어떤 것이 되어 있었다. 밖에선 안을 볼 수 없지만 안에서는 밖을 훤히 볼 수 있는 곳이라. 여자는 자신의 결정에

흡족해했다. 노을을 기대할 수는 없겠지만 가능하다면 도로가 보이는 방을 얻어야겠다, 생각했다.

　여자가 갑자기 마른기침을 했다. 산소호흡기 흡입 장치를 붙잡고 가쁜 숨을 쉬었다. 호스피스가 들어와 레버를 돌려 서둘러 침대를 세우고 그녀의 등을 두드렸다. 순간 피 섞인 가래 덩어리가 물컥, 쏟아졌다. 놀랄 만한 일은 아니었다. 그 정도는 이미 익숙한 증상이 되어 있었으므로. 하루가 다르게 병세가 악화되고 있었다. 남자는 의자에서 일어났지만 엉거주춤 서 있을 뿐 여자에게 다가가지 못했다. 여자의 숨소리가 거칠게 이어졌다. 대부분의 짐들이 치워진 여자의 방은 작은 소리도 증폭되어 크게 들렸다. 소리는 벽에서 벽으로, 벽에서 천장으로 갔다가 위에서 뚝 떨어지듯 돌아왔다.

　이불 위로 검붉은 피가 또 쏟아졌다. 한번 시작된 구토는 멈출 기세 없이 이어졌다. 호스피스가 그녀의 등을 두드렸지만 구토를 멈추는 데 소용없는 행동이었다. 여자는 몸을 구부리고 앉아 떨고 있었다. 이까지 맞부딪치는 소리가 났다. 열이 나며 심한 오한이 온 것이었다. 온몸이 흔들리며 입에서는 마치 깨진 심벌즈끼리 마구 부딪치는 소리가 나왔다. 아이들의 장난스러운 심벌즈 놀이처럼 부정형의 소리들이 방 안에 울렸다. 밖엔 아침부터 비가 부슬부슬 내리고 있었다.

　간신히 진정되는가 싶었는데 물 한 모금을 마신 다음 다시 구토가 시작되었다. 시큼하고 썩은 냄새 나는 토사물이 이불에 흥건했다. 여자는 가슴을 쥐어뜯으며 높고 긴 비명을 질렀다. 이번엔 통증이었다.

모르핀을 주사한 지 얼마 되지 않았고 보통의 열 배까지 늘렸으니 이미 한계까지 사용한 셈이었다. 침대 끝에 서 있던 호스피스는 서랍에서 펜타닐 패치를 찾아 여자의 가슴에 붙였다. 풀어 헤쳐진 그녀의 납작한 가슴엔 비현실적인 느낌의 검은 유두가 붙어 있었다. 인간의 육체라기보다 캔버스에 기하학적 무늬 하나를 그려놓은 것처럼 느껴졌다. 남자는 그것이 한때 자신을 들뜨게 하고 욕정에 빠져들게 했던 육체였다는 것이 믿어지지 않았다.

여자의 몸은 더 이상 손쓸 수 없을 정도에 이르러 있었다. 폐암은 뼈까지 전이되었고 할 수 있는 일이란 통증을 최대한 견디며 죽음을 기다리는 일뿐이었다. 그나마 의식이 또렷해지는 것은 강한 통증이 올 때뿐이었다. 매일 한계량의 마약성 진통제가 투여되고 있었지만 여자의 통증을 잠재울 순 없었다.

남자는 여자가 죽음을 준비하고 있다는 것을 알고 있었다. 죽음을 기다리지 않고 스스로 선택할 것도 알고 있었다. 여자에게 병과 맞서 싸울 만큼 삶에 대한 애착이 없었고 더구나 치료가 불가능한 상태까지 왔으니 누구나 할 수 있는 생각이었다.

여자는 먼저 자신이 살고 있는 아파트를 처분하고 작은 방 한 칸을 구했다. 아파트를 팔고 받은 돈 중 일부만을 남긴 채 남편 이름의 계좌에 넣었다. 사우디아라비아 리야드로 떠난 그녀의 남편은 도착 후 한 통의 메일만을 보냈을 뿐 1년 가까이 연락이 없는 상태였다. 그래도 그녀가 가지고 있는 남편의 월급 통장으로 매달 돈은 꼬박꼬박 입금되었다. 그게 여자의 남편이 여자에게 해줄 수 있는, 여자가 남편의 존재를 확인할 수 있는 유일한 것이었다. 남자는 여자와 그녀의 남편과의 관계를 더 묻지 않았다. 어차피 그건 남자에게 중요한 것이 아니었으니까.

알약을 삼킬 수 없는 여자가 죽음의 방법으로 선택할 수 있는 것은 무엇일까. 여자의 수첩에 기록되어 있던 여러 가지 방법들이 뇌리에 스쳤다. 누구에게나 그렇듯 여자에게도 죽음에 이르는 과정이 두렵고 짐작조차 할 수 없는 무거움일 것이다. 항우울제로도 제어가 안 되는 극심한 우울에 빠져 있던 여자에게도 죽음의 무게만큼은 예외가 아닐 것이다.

중증 환자들은 대개 두 가지 감정을 가져요. 컨디션이 좋은 날에는 병마와 싸워서 이겨야겠다는 의지를 다지지만, 통증이 심해지거나 기력이 없어지면 주위 사람을 더 괴롭히기 전에 빨리 죽었으면 좋겠다는 절망적인 생각을 하게 됩니다. 모순된 감정이지요. 죽음을 앞둔 사람들을 많이 본 호스피스의 말이었다. 여자에게 병에 대한 투쟁 의지가 있었던가. 남자는 고개를 가로저었다.

대부분의 시간은 약 기운 때문에 늘어져 있었지만 때론 눈동자가 번뜩일 때도 있었다. 그럴 땐 심장박동이 다른 사람의 귀에도 들릴 정도로 과격하고 빠르게 뛰었다. 호흡도 거칠어졌고 금방이라도 뛰쳐나갈 듯한 흥분된 상태가 되었다. 그러다가 갑자기 눈동자가 풀리고 온몸이 늘어지며 쇼크에 빠지기도 했다. 깨어나면서 자신의 눈을 파고드는 강한 형광 불빛에 여자는 살아 있음에 진저리를 냈다.

여자는 죽음에 이를 수 있는 여러 가지 방법들을 메모해놓았다. 알

약을 먹거나 목을 매거나 물에 빠져 죽는 것에서부터 감전사나 가스 질식사 같은 것들까지 다양한 방법들을 적었다. 그녀의 애완견 까미를 어떻게 할 것인가에 대한 고민도 적혀 있었다. 무엇보다 실패하지 않고 최소한의 고통으로 숨이 끊어질 수 있는 방법에 대해 고심한 흔적이 보였다. 남자는 여자의 수첩에서 큰 글씨의 페이지 하나를 발견했다. 볼펜을 여러 번 덧칠한 굵은 글씨로 이렇게 적혀 있었다.

'소생 거부.'

2. 너는, 나의 꽃

남자는 그녀를 '꽃'이라 불렀다. 그렇다고 그녀를 앞에 놓고 그렇게 불러본 적은 한 번도 없었다. '꽃'이라는 단어가 포함하는 넓은 범위와 그로부터 파생되는 수많은 은유를 생각한다면 한 사람을 부르는 말로는 분명 적합하지 않다는 것을 남자도 알고 있었다. 그렇다고 꽃, 보다 훨씬 좁은 의미를 가진 글라디올러스나 달리아 같은 좁은 의미를 가진 낯선 꽃 이름이 그녀와 어울린다고 생각하지 않았기 때문에 남자는 여자를 그냥 '꽃'이라고 불렀다. 어쩌면 남자의 비극은 한 여자를 아주 큰 범위를 가진 단어로 부르면서 시작되었을지도 몰랐다.

사실 남자가 여자를 '꽃'이라고 부르게 된 것은 아주 우연한 일에서 비롯되었다. 한 인간을 몰고 가는 운명이란 것도 따지고 보면 사소한 우연이 거듭되면서 만들어지는 것이다. 남자도 이론적으로는 충분히 알고 있는 사실이었다. 우연이 반복되면 운명처럼 느껴진다는 것을. 그러나 대개의 사람들은 막상 자신의 삶에서 사소한 우연이 어떻게 운명으로 바뀌게 되는지는 알아채지 못하는 법이다. 모든 우연이 운명으로 이어지는 것은 아니며, 보통 그것은 시간의 문제이며, 얼마나 절박한가의 문제이기 때문이다. 남자의 경우도 마찬가지였다. 이 사소한 우연이 운명이 되기까지를 말하려면 남자가 여자를 다시 만난 어느 휴일 한낮에서부터 이야기를 풀어야 한다.

그날, 남자는 아침부터 컨디션이 좋지 않았다. 온몸이 쑤시고 눈언저리에선 열이 나고 머리까지 지끈거렸다. 그 몸으로 동물병원에 나간 것은 맡겨진 개 한 마리 때문이었다. 여행에서 돌아오는 길에 찾아가겠다던 개 주인은 약속 시간이 한참 지났지만 나타나지 않았다. 발을 책상 위로 올리고 의자 등받이를 뒤로한 채 두통이 가라앉기를 기다리고 있었다. 일부러 버티컬을 열지 않았기 때문에 실내는 어두웠고, 티브이에서 뻗어 나온 푸른빛이 한쪽 벽을 채우고 있을 뿐이었다. 오래된 명화를 상영해주는 프로그램이었다.

처치실에 갇힌 개가 계속해서 문을 긁어댔다. 남자는 영화에 집중할 수가 없었다. 녀석은 낮은음에서 높은음으로 이어지는 긴 신음 소리를 냈고 그럴 때마다 남자가 처치실 문을 두드렸지만 소용없는 일이었다. 두통이 점점 심해지면서 관자놀이가 불쑥거렸다. 뚱이를 내일 찾아가면 안 될까요? 문자메시지를 작성하던 남자는 취소 버튼을 눌렀다. 개 주인은 병원을 오픈했을 때부터 다니던 손님이었고 좀 까다로운 성격이라는 것이 맘에 걸렸던 것이다. 진열대를 더듬어 간식 봉지 하나를 뜯었다. 닭가슴살이 들어간 간식을 먹은 지 얼마 되지 않았지만 어쩔 수 없는 선택이었다. 남자는 개가 징징대는 것을 견딜 수 없었다. 금방이라도 몸이 바닥으로 녹아내릴 것같이 피곤했다.

티브이 화면 가득 무지개 깃발이 흔들리고 있었다. 한눈에도 게이들의 도시, 샌프란시스코가 배경이라는 걸 알 수 있었다. 영화 속 두 남자는 손을 잡고 깃발이 나란히 꽂힌 길을 걷고 있었다. 두 남자가 걸어가는 뒷모습으로 노래가 흘러나왔다. *당신은 내게 마약 같은 존재야. 그 밖에 달리 생각해본 적이 없어. 내 눈을 똑바로 바라보고 말하는 당신의 거짓말을 나는 사랑해. 흥분제는 아니지만 코카인보다 더하지.* 남자에겐 아주 익숙한 곡이었다. 하지만 아직 그 노래가 남자의 어떤 기억과 맞닿아 있는지 그땐 알지 못했다.

영화 속 남자 주인공은 게이였고, 그는 여자 역할을 하는 자신의 애인을 다른 사람에게 소개했는데 그때 그가 이렇게 말했다. 이쪽은 나의 꽃, 이라고.

동성애자 사이에서도 여자와 남자의 역할이 정해져 있다는 것쯤은 알고 있었지만 여자 역할을 하는 사람을 꽃, 이라고 부른다는 것은 남자도 몰랐던 사실이다. 남자가 그 흔한 꽃, 이라는 말에 왜 충격을 받았는지 설명할 수 없다. 하지만 그것이 무료한 휴일 오후를 보내고 있는 남자에게 신선하게 다가온 것만은 분명했다. 그는 책상에 올리고 있던 발을 내리고 의자를 당겨서 티브이 가까이 다가갔다. 무지개 깃발이 펄럭이는 길을 따라 한 남자가 그의 '꽃'의 허리에 팔을 두르고 걸어갔다. 노래의 마지막이 멀어지는 두 사람을 배경으로 계속되었다.

'꽃'은 동성애자들 사이에서는 일반화된 단어인 듯 보였다. 그런데 동성애자도 아닌 남자가 그 일반화된 단어에 매달렸으며 한 여자를 떠올렸다. 그 여자는 남자의 기억 속에 파묻혀 있던 사람이었다. 한순간 그 여자가 기억의 표면으로 솟아오른 것이다.

남자는 운명을 믿지 않았다. 최소한 그때까진. 이제 와 그걸 운명이라고 설명해야 하는 것이 구차하기도 하지만 남자에겐 달리 방법이 없다.

꽃, 이라는 아주 평범한 단어가 남자에게 왜 특별하게 다가왔는지도 설명할 수 없는 것처럼 동성애자도 아닌 그가 꽃, 이라는 단어를 그녀와 연결시킨 과정은 더더구나 설명 불가능하다. 여기서 중요한 것은 그날부터 남자는 여자를 꽃, 이라고 불렀다는 사실이다. 그것도 아주 은밀한 비밀처럼 혼자서. 더 중요한 것은 이 은밀한 비밀을 가지게 된 남자는 그날부터 운명의 동굴로 걸어 들어가게 되었다는 것이다. 원하지도 않았는데 남자의 발걸음이 한 줄기 빛도 허용되지 않은 곳을 향해 걸어가게 되었던 것이다. 자신이 동굴 깊숙이 들어와 있다는 걸 알아차린 뒤에는 되돌아갈 수 없는 곳에 이르러 있었다. 동굴이 어떤 곳인가. 어둠을 버티기 위해 촉수까지 잘라버리고 살아가는 생명체가 득실대는 곳이 아닌가.

아마 남자의 운명은 그날 버릇없는 개가 처치실 문을 박박 긁어대는 소리를 들으며 어두운 동물병원 실내에서 익숙한 음악을 듣는 것에서부터 결정되었을 것이다. 꽃, 이라는 단어가 주는 정말 은밀한 경험을 했으니까. 그러면서도 그는 열이 오르고 머리가 아픈 것이 단순히 감기 몸살 때문이라고만 생각했을 것이다.

노래가 해부 실습실의 경험과 맞닿아 있다는 것과 그 시절은 한 여자를 빼고 얘기할 수 없다는 것을 남자는 나중에 알게 되었다. 익숙한 음악 때문에 평범한 단어가 남자에게 황홀한 산란(散亂)의 경험을 가져다주었던 것이다. 탄산음료 기포가 식도를 타고 내려가 가슴 한 부분에서 퍼지는, 온몸에 퍼지는 알싸한 그 자극을.

그렇다면 남자가 여자의 죽음과 얽히게 되는 운명은 아주 오래전부터 예고된 진짜 운명이었을까. 이 우연이 남자의 운명으로 어떻게 잠식해 들어가게 될지 그땐 누구도 몰랐다.

이게 비극적 이야기라면 이 비극은 거기서부터였다.

3. Drug By The Czars

해부학 첫 실습, 스테인리스 실습대 위에는 기름과 포르말린 용액에 범벅된 고양이 사체가 놓여 있었다. '임신 6주째의 고양이'. 실습 차트대로라면 죽은 고양이 배 속에는 이미 형태를 갖춘 새끼들이 들어 있을 것이었다. 보기만 해도 끈적거리는 느낌의 기름이 잔뜩 묻은 고양이 사체와 눈이 매울 정도의 포르말린 냄새 때문에 누구도 선뜻 실습대 앞으로 다가서지 못하고 있었다. 노래가 들린 것은 바로 그때였다. *당신은 내게 마약 같은 존재야. 그 밖에 달리 생각해본 적이 없*

어. 내 눈을 똑바로 바라보고 말하는 당신의 거짓말을 나는 사랑해.

건조한 목소리였다. 오직 통기타 반주만 있는 그 노래는 계속 반복되도록 세팅되어 있었다. 세 번쯤 반복되었을까. 남자가 제일 먼저 실습대 앞으로 다가섰다. 가수의 목소리는 아무런 감정이 묻어 있지 않아서 더욱 절망스러운 느낌을 주었다. 꼭 이 세상 사람의 목소리가 아닌 것 같았다. 남자의 생각이었다. 나중에 알았지만 남자만 그런 느낌을 가진 게 아니었다. 노래가 거듭될수록 죽음에 대한 공포가 점점 사라졌다.

다른 사람들도 천천히 실습대 앞으로 다가왔다. 먼저 털을 벗겨 내야만 했다. 털 뭉치가 실습복에 튀었고 기름 얼룩을 남겼다. 그러나 계속해서 털은 벗겨지고 있었다. 시간이 흐를수록 포르말린 냄새가 눈을 심하게 자극했다. 곧 살갗이 드러났다. 누구 있어요? 누군가는 불룩한 고양이 배를 노크하듯 두드리며 농담하는 여유까지 보였다. 노래가 끝나고 다시 노래의 처음이 시작되기 전 실내가 잠시 조용해졌다. 갑자기 동작이 정지되었고 잡담 소리도 끊겼다. 고양이 한 마리가 어디서 뚝 떨어진 것처럼 털이 벗겨진 고양이 사체가 낯설었다. 누군가 카세트의 볼륨을 더 높였고 노래가 시작되고서야 실습은 계속되었다. 남자는 고양이의 배를 메스로 갈랐다. 노래는 꼭 죽음과 삶을 하나로 연결해주고 있는 듯했다.

고양이는 어떤 외상의 흔적도 없었다. 혈액은 이미 응고되어 있었다. 상대를 공격할 듯 이를 다 드러내놓고 꼬리를 뒤로 말아 감은 채 굳어 있었다. 고양이는 고통스럽게 죽어갔을 거라고 남자는 확신했다. 혈관에 공기를 주입하거나 아니면 알코올을 투입하는 고전적인 방법이 사용되었을 것이다. 돈이 거의 들지 않지만 동물은 오랜 시간 고통을 느끼며 서서히 죽게 된다. 흔히 말하는 안락사의 '안락(安樂)'과는 어울리지 않는 죽음이었다. 혈관이 지나치게 팽창되어 있는 것을 확인하고서야 그것이 공기 때문이라는 걸 알았다. *당신이 내게 하는 말들은 점점 더 나를 고통스럽게 할 뿐이야. 더 이상 내게 거짓말을 하지 마. 그것들은 나를 점점 중독되게 만들 뿐이야.* 노래는 계속되었고 남자는 스스럼없이 암고양이 몸에서 죽은 새끼들을 꺼냈다. 둥글게 몸을 말고 웅크린 채 굳어진 새끼 세 마리가 어미 몸에 화석처럼 박혀 있었다.

이것 좀 들어봐. 그날 남자는 레코드 가게를 뒤져서 '차르'의 시디를 샀다. 남자와 여자는 포장해온 김밥을 먹으며 '드럭'을 들었다. 좋은데. 목소리가 매력적이야. 누가 추천해줬어? 리듬에 맞춰 여자가 천천히 몸을 흔들었다. 실습 시간에 누가 가지고 왔어. 이게 아니었음 오늘 실습이 엉망이 되었을 거야, 아마. 김밥 하나를 집어 남자에게 넣어주면서도 여자의 몸은 리듬을 타고 있었다. 덤벼들 듯 남자가 여자를 안았다. 그때 남자의 생각이란 이런 것이었다. 순간의 연속이 영원이라면 남자에게 있어 사랑도 영원할 것만 같았다. 학교 동아리에서 처음 만난 둘은 사랑에 빠졌고 곧 동거를 시작했다.

실습이 거듭되고 메스나 켈리를 다루는 솜씨가 제법 능숙해졌을 때 살아 있는 개가 실습대에 놓여졌다. 개의 혈관을 찾아 최면제와 마취제를 투여하고, 큰 혈관과 큰 근육들의 위치를 확인하고 장기(臟器)를 모두 적출해내는 것이었다. 따뜻한 살갗을 메스로 가르는 것은 포르말린 속에서 꺼낸 동물을 대하는 것과는 전혀 다른 일이었다. 어차피 개는 결국 낱낱이 해부된 채로 죽을 운명이었지만 고통을 얼마나 적게 주며 실습을 마무리할 수 있느냐가 문제였다. 카세트의 볼륨은 여느 때보다 높아 있었다. 남자는 속으로 노래를 웅얼거리며 가슴을 진정시켰다. 그땐 음은 물론이고 가사까지 저절로 흥얼거리는 것이 자연스러운 일이 되어 있었다.

메스를 대자마자 연분홍의 뱃가죽으로 피가 번졌다. 손가락 끝에 좀더 힘을 주자 피가 솟구치며 피가 손목까지 튀어 올랐다. 손에 따뜻한 피가 닿자 남자는 약간 흥분되었다. 먼저 심장 주위의 혈관과 근육을 분리했다. 고무장갑을 낀 손 위에서도 심장 뛰는 것이 선명했다. 그때 실습대 위의 개가 버둥거렸다. 두 시간은 버틸 만한 양의 마취제를 넣었는데도 한 시간이 채 안 되어 깨어난 것이다. 장기가 다 드러나 있고 피범벅이 된 상태에서 심장을 막 떼어내려고 하는데 개가 움직인 것이다. 케이 시 엘, 누군가 소리쳤다. 급하게 KCL을 주사기에 채웠지만 혈관을 못 찾고 근육에 주입했다. 다량의 주사액 때문에 개는 신음소리조차 내지 못하고 늘어져버렸다. 나머지 장기를 꺼내면서는 개가 조금만 움직여도 깜짝 놀라 뒤로 물러났다. 개는 가끔씩 몸을 떨어서 아직 살아 있음을 알렸지만 실습이 끝나갈 무렵엔 그나마 움직임도 멈췄다. 삶과 죽음의 경계를 넘어가는 것은 언제일까? 분명 어느 순간이 있을 텐데 말이야. 피 묻은 장갑을 벗으며 누군가 가볍게 물었지만 그 말에 대꾸하는 사람은 없었다. 노래만 계속되고 있었을 뿐이었다. *네 거짓말은 나를 점점 중독되게 만들 뿐이야. 이제 나를 그만 도살장에 데려가서 그만 내 목을 따고 네 갈 길을 가.*

둘은 오래 함께 살지는 못했다. 남자는 여자와 함께 있으면 있을수록 갈증이 났다. 그럴수록 여자는 남자가 자신을 옭매는 게 싫었고 더 자유롭기를 원했다. 불안 때문에 남자의 생활은 점점 엉망이 되어갔다. 여자와의 동거가 들통 나면서 집에서 올라오던 생활비마저 끊겼다. 싸움이 계속되었고 피폐한 생활이 이어졌다. 여자가 휴학을 하고 먼저 떠났다. 뒤이어 남자도 도망치듯 군대에 들어갔다.

그 노래의 리듬은 오랫동안 남자의 머릿속에 떠다녔다. 병원을 개업하고 특히 수술대 위에 동물을 올려놓으면 갑자기 노래가 떠올랐다. *이것은 운명적인 사랑도 아니고, 더구나 동화 같은 사랑도 아니야. 내 눈을 똑바로 보면서 너는 내게 달콤한 거짓말을 했지. 나는 그것조차도 사랑했지. 당신이 내게 한 말들은 나를 점점 고통스럽게 할 뿐이야. 이제 당신이 했던 거짓말들을 거두고 당신 길을 가야 할 시간이야.*

4. 하트웜 Heartworm

멀쩡하던 하늘이 갑자기 어둑해지더니 비가 쏟아졌다. 여자가 남자의 동물병원으로 뛰어들어온 것은 소나기 때문이었다. 일기예보에서 천둥번개를 동반한 소나기를 경고했지만 여자는 집을 나서면서 우산을 챙기지 않았다. 건조대에 빨래를 널 때만 해도 햇빛이 아파트 베란다에 밀려와 있었기 때문이었다.

검은 그림자가 땅에 서리면서부터 굵은 빗줄기가 퍼붓기까지는 5분도 채 걸리지 않았다.

모든 게 한순간에 달라질 수 있다는 것, 삶도 또한 그렇게 갑자기 변할 수 있다는 것을 여자는 잘 알고 있었다. 한때 여자도 다가올 시간을 준비하며 살았다. 퇴근하는 남편을 위해 저녁식사를 준비하고, 일주일의 하루는 대형마트에 다녀오고, 하루 중 일정한 시간에 개를 산책시켰으며, 잠들기 전 내일 할 일을 메모하기도 했다. 여자의 남편이 떠나기 전까지는 그렇게 살았다.

출장을 가듯 여행 가방에 속옷과 겉옷 몇 벌을 챙기는가 싶었는데 그 길로 남편은 돌아오지 않았다. 사우디아라비아에서 보낸 남편의 이메일에 따르면 그가 중동 지사에 지원한 것은 1년 전의 일이었고, 회사로부터 공식적으로 발령을 받은 것도 떠나기 두 달 전이었다. 그러나 그녀의 남편은 한 번도 여자에게 해외 지사 이야기를 꺼낸 적이 없었다. 그동안의 일을 간략하게 적어 보낸 남편의 이메일에도 그가 왜 아무런 말도 없이 떠났는지 밝혀져 있지 않았다. 남편이 떠났다는 것보다도 남편이 떠난 이유도 모른 채 그 사실을 받아들여야 한다는 것이 여자는 견디기 어려웠다. 시간이 흘러도 여자는 그 해답을 찾을 수 없었다. 어느 날 문득 자신이 더 이상 남편이 떠난 이유에 대해 생각하지 않고 있음을 여자는 알았다. 세상에는 답이 없는 질문도 많으며 자신에게 그중 하나가 던져졌을 뿐이라며 체념해버린 것이다.

비가 여자의 치맛자락으로 달려들었고, 밖에 서 있던 여자는 유리문을 밀고 병원 안으로 들어왔다.

남자는 심장사상충 키트 결과가 나오기를 기다리고 있었다. 빳빳한 모시 적삼 차림의 할머니가 그 앞에 서 있었다. 혈액이 번지며 진단 창 왼쪽에 보라색 줄이 나타났다. 개는 진료대 위에서 계속 기침을 했다. 물이 찬 배는 지나치게 팽창되어 있었다. 병이 상당히 진행된 것 같은데요. 엑스레이를 찍어봐야 알겠지만 사상충이 심장뿐 아니라 폐나 간까지 공격한 걸로 보입니다만……. 할머니는 개를 만지지도 못하고 눈물만 글썽이고 있었다. 병세를 설명하면서 남자는 여자가 서 있는 문 쪽을 얼핏 봤다. 여자는 돌아서서 유리문 밖을 보고 있었기 때문에 뒷모습만 보였다.

검사를 계속해볼까요? 개 주인은 어떻게 할지 결정을 못 내리고 있었다. 육안으로 봐서 개는 치료가 불가능한 상태에 이른 것으로 판단되었기 때문에 남자는 공격, 이라는 좀 과격한 단어를 사용한 것이다. 모기에 의해 감염이 됩니다. 처음에는 사상충 한 마리가 심장 표피를 뚫고 들어갑니다. 그것이 심장 안에서 번식을 거듭하고 나중엔 다른 장기까지 옮겨가 죽음에 이르게 하는 병입니다. 남자는 이제 와 별 의미도 없는 설명을 늘어놓고 있었다.

할머니는 개를 끌어안았고 한참 후 내려놓았다. 고통스럽지 않게 잘 부탁합니다. 할머니의 흐느낌에 여자가 얼핏 뒤를 돌아보았다.

빗줄기가 가늘어지자 여자는 밖으로 나갔다. 남자는 할머니에게 안락사가 어떻게 이루어지며 그 후 어떻게 처리가 되는지 설명하느라 여자가 나가는 것을 보지 못했다. 유리문에 달아둔 종이 흔들렸고 남자가 고개를 들었을 때 여자는 횡단보도 앞에 서 있었다. 발걸음을 뗄 때마다 종아리에 엉겨 붙는 치맛자락이 횡단보도를 건너는 그녀의 걸음을 방해했고 남자는 여자가 시야에서 사라질 때까지 바라보았다. 단발머리에서 목덜미로 이어지는 선과 좁고 둥근 어깨. 남자는 그 어깨에서 눈을 뗄 수가 없었다.

이것이 다시 시작된 남자와 여자의 우연이었다. 아니, 운명이었다.

5. 프로포폴 Propofol

우윳빛 액체, 프로포폴 120밀리그램.

충분한 치사량이었다. 주사기를 앰플에 꽂았다. 남자의 머릿속에는 고통으로부터 여자를 벗어나게 해줘야겠다는 생각뿐이었다. 처음엔 KCL을 사용할 생각이었다. 동물병원에 흔한 것이 그것이니까 그러나 다른 주사액과 함께 사용하지 않으면 아주 많은 양을 주사해야만 했다. 여자의 죽어가는 모습을 긴 시간 지켜봐야 했다. 그것 자체가 남자에겐 부담스러웠다. 어렵게 프로포폴을 구했다. 알고 보면 지나간 여러 우연이 남자를 여기까지 끌고 왔다. 남자도 어느 지점에선 되돌아가고 싶었으나 이미 되돌아갈 수 없는 상태가 되어 있었다. 남자는 여자의 정맥을 찾았다. 옛 애인을 자신의 손으로 안락사시켜야 하는 자신의 운명을 인정하고 싶지 않았다. 스스로를 예민한 사람이라고 생각했지만 그렇다고 자신의 운명 모두를 촉수로 더듬을 수 없는 일이었다. 그건 거대하고 또한 인간이 감지할 수 있는 영역 밖이니까.

여자는 손을 들었다 내려놓으며 아, 아, 소리를 냈다. 쉰 목소리였다. 성대까지 암세포가 혈관을 뻗어 자라고 있었다. 남자가 알아들을 수 있는 말은 높지도 그렇다고 낮지도 않은 아, 아, 하는 소리뿐이었다. 그것은 아프다는 말일 수도, 아니면 더 아프고 싶지 않다는 말일 수도, 고맙다는 말일 수도, 미안하다는 말일 수도 있었다.

여자는 인간이 아니라 한낱 실습대 위의 동물처럼 어떤 의지도 없는 상태였다. 삶이 연장되고 있다고 말할 수 있을지 의문이었다. 더구나 여자에겐 그녀의 삶을 지지해줄 단 한 사람도 없었다. 심지어 여자는 그녀의 남편에게조차 병을 알리지 않았다. 남자는 여자의 고통을 끊어주고 싶었을 뿐이었다. 남자에게 있어 여자는 꽃, 꽃, 이었으니까.

쇠약해진 혈관은 쉽게 튀어 오르지 않았다. 발등에서 혈관 하나를 겨우 잡았다. 주삿바늘이 정확히 혈관으로 들어가자 피가 스멀스멀 주사기에 차올랐다. 아직 여자의 육체에 피가 남아 있었다는 것이 낯설게 여겨졌다.

주사기 피스톤을 밀기 전 남자는 그녀의 얼굴을 쳐다보았다. 여자는 눈을 감고 있었다. 모든 것을 체념하고, 모든 것이 정리된 표정이었다. 남자가 엄지손가락에 힘을 주어 주사기 피스톤을 밀자 여자의 얼굴이 살짝 일그러졌다. 해부실에서 죽어가던 개가 살아 있음을 알리기 위해 마지막으로 몸을 떨었던 것처럼. 남자의 손이 심하게 떨렸다. 그럴수록 남자는 차르의 노래를 떠올리려 했다. 그렇게 익숙하던 가사가 생각나지 않았다. 두려움을 뿌리치듯 피스톤을 밀었다. 최면제는 급하게 여자의 혈관으로 들어갔다.

여자가 잠깐 얇게 눈을 뜬 것은 그 순간이었다. 작게 열린 눈 틈으로 여자의 검은 눈동자가 얼핏 보였다. 그녀의 눈동자가 푸른색이 아니고, 연한 갈색이 아닌 것이 다행스러웠다. 푸른 동자였다면, 연갈색의 동자였다면 여자의 마음이 보였을 것만 같았다. 무엇을 말하는지 알 수 없는 검은 눈동자가 남자를 안심시켰다. 만약 남자가 여자의 마음을 봤다면 남은 주사액을 밀어 넣을 수 있었을까.

이제 와서 남자에게 했던 여자의 말들이 거짓말이었다고 해도 상관없었다. 여자가 말한 사소한 것들까지도 의심할 수 있었을 것이다. 결혼을 하지 않았을 수도 있고, 결혼을 했다고 해도 남편이 사우디아라비아 같은 먼 나라에 가지 않았을 수도 있었다. 그녀의 부모가 미국에 살고 있지 않을 수도 있는 일이었다. 남자에게 아무런 말도 없이 떠났던 이유를 늘어놓았지만 그 모든 것이 믿을 만한 사실은 아니었다. 하지만 남자는 그 모든 게 거짓말이라고 해도 여자와의 약속을 지키고 싶었다. 편하게 죽음에 이르게 해주겠다던 약속을.

눈을 마저 감기 전 여자의 눈동자가 흔들렸다. 오늘이 그날인가? 여자는 그렇게 말하고 있는 것 같았다. 감겨진 눈을 보며 남자는 고개만 끄덕였다. 여자의 기억 어느 한 쪽, 어느 한 자락에 자신이 묻어 있다면 좋을 것이라고만 생각했다.

호흡이 느려지고 있었다. 주사기 안에는 아직 프로포폴 60밀리그램이 남아 있었고 당장에라도 인공호흡을 한다면 여자는 살아날 수 있을 것이다. 남자는 여자의 검은 눈동자가 다시 한 번 보고 싶었다. 하지만 여자의 눈은 감겨 있었다. 남자는 주사기 피스톤을 서서히 밀어넣었다. 주삿바늘에 찔린 혈관이 서서히 부어올랐다. 작별 인사를 하듯 여자의 엄지발가락 끝이 움직였다. 여자가 이 세상에서 느끼는 마지막 통증이었다. 남아 있던 우윳빛 액체는 떠밀리듯 쇠락한 육체로 스며들었다. 돌이킬 수 없는 상태가 되니 남자는 오히려 마음이 편안해졌다. 남자는 처음으로 여자를 앞에 두고 소리 내어 불러보았다. 꽃, 나의 꽃, 이라고.

꼬온, 이라는 소리가 벽을 타고 돌아 남자의 머리 위에서 뚝 떨어졌다.

여전히 그 단어에는 알싸한 기운이 남아 있었다. 탄산음료가 식도를 타고 내려가 가슴 한 부분을 자극하며 가져다주는, 그 온몸에 퍼지는 산란의 기운이. 그러나 남자는 그의 비극이 꽃, 이라는 사소한 단어에서 비롯된 것을 인정하고 싶지 않았다.

오직 곧 멈추어질 여자의 호흡과 심장에 신경을 집중할 뿐이었다. 그러고는 부탁대로 수첩 한 페이지를 찢어 여자의 가슴 위에 올려놓았다. '소생 거부'라고 적힌.

여자가 죽은 뒤 남자는 여자가 자신의 삶을 마감하기로 했던 그 모텔을 찾아갔다. 근처를 몇 바퀴 돌고 나서야 겨우 찾을 수 있었다. 그동안 주변에는 큰 건물들이 많이 들어서서 여자의 설명만으로는 찾기 어려웠다. 새로 들어선 오피스텔과 상가 들로 사방이 꽉 막힌 모텔은 그냥 퇴락한 건물에 불과해 보였다. 외벽의 유리는 군데군데 깨져 있었고 금이 간 곳은 테이프로 여러 번 덧붙여져 있었다. 옥상에서 땅으로 빗물을 내려보내는 홈통은 반쯤 뜯긴 채 건물 모서리에서 덜렁거렸고 벽과 홈통을 고정시키기 위해 박힌 못은 녹이 슬어 길고 누런 녹물 자국을 남기고 있었다. 여자가 말한 분위기와는 전혀 다른 곳으로 변해 있었다.

도로가 보이는 방을 달라고 했을 때, 방 열쇠를 건네는 모텔 주인은 뜨악한 표정을 지었다. 방에 들어서고야 남자는 그 이유를 알았다. 창문 밖엔 커다란 오피스텔 건물이 가로막고 있어서 도로가 하나도 보이지 않았던 것이다. 그래도 남자는 도로 쪽으로 난 창문의 커튼을 열었다. 그러고는 가방에서 개 한 마리를 꺼냈다. 사람으로 따지면 노인에 가까운 까미는 슈나우저였다. 여자와 오랫동안 함께 살아왔으니 누구보다 여자에 대해 잘 알고 있는 녀석이었다. 여자는 자기의 죽음을 남자에게 맡긴 것처럼 까미를 남자에게 맡겼다.

침대에 눕자 세상과 차단된 것 같은 정막이 몰려왔다. 남자는 여자가 왜 거길 자신의 삶을 정리하는 마지막 장소로 선택하려고 했었는지 알 수 있을 것 같았다. 외롭게 죽어가고 싶어 했던, 세상이 자신을 거부하기 전 먼저 세상을 버리고 싶어 했던 여자의 의도와 어울리는 곳이라는 생각이 들었다. 또 비록 낡고 퇴락해서 여자가 마지막까지 꿈꾸던 낭만적인 것이 남아 있지 않지만 노을을 보며 죽어가고 싶었던 여자가 선택할 만한 곳이라는 생각이 들었다.

　남자와 남자의 다리에 턱을 괴고 누운 까미는 오래 사귄 친구처럼 말없이 창밖을 바라보았다. 곧 노을빛이 스며들 시간이었다.

회전목마 안으로 걸어가다

그와 처음 눈이 마주친 것은 지상 80여 미터 높이에서다. 자이로드 롭이 낙하하기 직전, 추락의 공포가 극에 달해 있던 찰나, 서로를 봤다. 그러니까 그와 나는 처음부터 땅에서 벗어난, 현실에서 벗어난 어떤 지점에서 만난 것이다.

회전목마의 속도가 느려진다. '04:00'으로 시작되었던 타이머의 숫자는 어느새 모두 0으로 되돌아와 있다. 목마는 지금껏 달려왔던 탄력에 의해 몇 바퀴 더 돌 것이다. 나는 습관처럼 마이크를 집어 든다. 완전히 멈출 때까지 내리시면 안 됩니다. 스피커를 통해 밖으로 나가는 목소리는 내 것이 아닌 듯 낯설게 들린다. 아이들이 안전벨트를 푸는 모습이 모니터에 보인다. 기계실 유리 부스에서 보이는 곳이 회전목마의 앞쪽이라면 모니터는 뒤쪽에 붙어 있는 카메라와 연결되어 있다. 완전히 멈출 때까지 내리지 마세요. 작동 기계의 빨간 불이 비로소 꺼진다.

기계실 유리 부스에서 나가 아이들이 내리는 것을 도와준다. 안전벨트를 풀어주고 아이들을 안아 목마에서 내려준다. 막 꿈에서 깬 것 같은 표정으로 허둥거리다가 아이들은 엄마들이 부르는 소리를 향해 뛰어간다. 출구는 저쪽입니다. 저쪽으로 나가세요. 나는 손으로 출구 쪽을 가리키며 똑같은 말을 아이들 뒤통수에 대고 외친다. 목마들 사이로 한 바퀴 돌며 사람들이 모두 빠져나갔는지 다시 확인한다. 일은 교육받은 대로, 순서대로 진행해야 한다. 한 번의 실수가 사고로 이어질 수도 있기 때문이다.

입구로 사람들이 들어선다. 표를 받으며 수를 헤아린다. 한 번에 회전목마를 탈 수 있는 정원은 대략 서른 명 정도다. 줄지어 서 있는 사람들을 훑어본다. 청재킷을 입은 아이까지 끊으면 될 것 같다. 입구를 통과한 사람들은 자신을 태우고 달릴 말을 찾아 앉는다. 나는 입구를 쇠사슬로 가로막고, 회전목마를 한 바퀴 돈다. 두 마리가 비어 있다. 쇠사슬을 풀어 두 사람을 더 입장시킨다.

"회전목마, 출발하겠습니다."

마이크를 내려놓으며, 레버를 밀어 올린다. 동작 등에 빨간불이 켜지고 목마가 움직이기 시작한다. 타이머의 숫자가 빠르게 변한다.

어젯밤에 우리 아빠가 다정하신 모습으로 한 손에는 크레파스를 사가지고 오셨어요.

앰프 볼륨을 높인다. 모니터에 목마를 탄 사람들의 얼굴이 획획 지나간다. 나는 그가 서 있는 놀이동산 입구 쪽을 쳐다본다.

키다리 피에로, 그는 이제야 스틸트(stilt)를 끼고 걷는 것이 좀 익숙한 모양이다. 2미터가 훨씬 넘는 키와 보라색 가발, 과장되게 그려진 코와 입술, 헐렁한 옷, 빨간 신발……. 그의 모든 것이 비현실적이다. 게다가 놀이동산 담장을 따라 그려진 바다 그림 때문에 그는 물 위를 걷고 있는 것처럼 보인다. 파도 끝 하얀 포말이 짐승의 아가리처럼 일어나 있다. 금방이라도 그의 다리를 덮칠 기세다. 그를 먼바다로 데려갈 것만 같다.

그는 오른발을 내디디면서 피리 소리를 낸다. 이제 막 첫 비행을 하고 돌아온 어린 새는 저렇게 가늘고 떨림이 많은 울음소리를 낼 것 같다. 나는 그의 입안에 있는 작은 피리 하나를 떠올리며 입술을 작게 오므려 후, 하고 분다.

아이의 손을 잡은 여자가 '마린 월드' 정문 입구를 지나 그를 둘러싸고 있는 사람들 뒤에 붙는다. 그는 마치 그 여자와 아이를 기다리기라도 한 것처럼 그제야 호주머니에서 풍선 하나를 꺼내 든다. 빨간 바탕 위에 흰 물방울무늬가 프린트된 피에로 옷. 그의 헐렁한 옷이 바람에 부풀려지고 출렁인다. 맞바람을 맞고 있는 새의 깃털 같다고, 나는 생각한다.

공기 주입기를 위아래로 움직이자 풍선은 금방 부풀어 오른다. 그는 주위를 천천히 살피며 익숙한 손놀림으로 푸들을 만든다. 지금쯤 그의 망막엔 사람들의 얼굴이 동그란 풍선처럼 어려 있을 것이다. 긴 풍선이 올망졸망 작은 공 모양으로 나누어지고 비틀리자 미용을 갓

끝낸 푸들 모양으로 변한다. 잠시 그는 동작을 멈추고 천천히 사람들을 둘러본다. 그러고는 한 아이에게 시선을 고정시킨다. 나는 그가 이제 어떤 행동을 할 것인지 안다. 푸들 만들기의 마지막 과정, 몸통에 몰려 있던 공기의 일부를 꼬리 쪽으로 보낼 것이다.

그는 자기와 눈이 마주친 아이에게 푸들의 꼬리가 될 풍선 끝을 불어달라고 한다. 아이가 그에게 다가가 풍선 끝에 입김을 넣는다. 그 순간, 푸들의 예쁜 꼬리가 만들어지면서 그의 입에서는 새 울음 같은 피리 소리가 후룩, 흘러나온다.

긴 허리를 굽혀 풍선 푸들을 바로 앞에 서 있는 아이에게 건넨다. 투명 아크릴 상자 안으로 어린아이가 엄마 손을 잡고 걸어 나와 돈을 넣는다. 뒤이어 또 한 사람이 지폐를 상자에 넣는다. 그의 입술이 움직인다. 붉은 물감과 하얀 물감으로 과장되게 그려진 그의 입술은 진짜 입술 표정과는 상관없이 언제나 웃고 있다. 그는 풍선 하나를 꺼내 바람을 넣는다. 그가 꺼낸 풍선보다 먼저 피에로 옷이 바람에 팽팽해진다.

놀이공원 중앙에 우뚝 솟은 시계는 12시를 가리키고 있다. 오늘 같은 날은 시간을 가늠하기 어렵다. 시간이 갈수록 구름은 점점 낮아지고 사위는 어두워지고 있다. 공원 안에도 한 시간 전보다 사람들이 눈에 띄게 줄었다. 버섯 모양으로 만들어진 매표소 건물은 화려한 페인트칠 때문인지 아니면 날씨 때문인지 오늘은 음지(陰地)에서 자라난 독버섯 같다. 매표소 앞도 사람들의 줄이 짧다. 나는 쇠사슬을 풀어 사람들의 표를 받는다. 모두 열아홉. 빈 목마들이 드문드문 보인다.

풍뎅이가 뛰어온다. 함께 일하는 사람들은 각자가 담당한 놀이기구를 그 사람의 이름처럼 불렀다. 그러나 풍뎅이만은 별명으로 불리었다. 한시도 가만히 있지 않고 움직인다고 붙여진 별명이다. 얼마 전 안전 검사에서 그가 맡고 있는 '코인 라이더'는 불합격 판정을 받았다. 한 달간 운행 정지를 먹은 상태다. 정지가 풀릴 때까지 풍뎅이는 점심시간에 놀이기구들을 돌면서 운행을 대신해주었다. 그래도 일손이 바쁜 계절이어서 쉬지 않게 되었다고 우리는 위로해줬지만 정작 풍뎅이는 하루 일당이 3분의 1쯤 깎이게 되었다고 투덜거렸다.

회전목마를 한 바퀴 돌며 안전을 확인하는 동안 풍뎅이가 기계실 유리 부스 안으로 들어간다. 나는 빈 목마 하나를 골라 올라앉으며 손으로 풍뎅이에게 오케이 사인을 보낸다. 여러분의 꿈을 실은 회전목마, 출발하겠습니다. 어느새 앰프를 조작했는지 에코 섞인 풍뎅이의 목소리가 들린다. 곧 회전목마가 돌고 노래가 흘러나온다. 입을 작게 들썩이며 노래를 따라 해본다.

초록빛 바닷물에 두 손을 담그면, 초록빛 바닷물에 두 손을 담그면, 물결이 살랑 어루만져요. 물결이 살랑 어루만져요.

세상이 움직인다. 안전선 밖에 서 있던 사람들 중 한 여자가 손을 흔든다. 카메라 플래시가 터진다. 언제였던가. 아득히 가라앉아 있던 기억들 틈에서 먼지 하나가 부유(浮游)하듯 되살아난다. 아버지는 어린 나를 회전목마에 태워놓고 구식 카메라를 들고 있다. 내가 아버지 앞을 지나가기만 기다리고 있다. 그러나 내가 너무 빨리 지나쳐버린 까닭인지 아버지는 번번이 셔터를 누르지 못한다. 나는 아버지의 모습이 보이기 전부터 카메라를 향해 손을 흔든다. 그리고 속으로 외친다. 빨리 찍어요, 제발.

문을 흔들어대는 소리가 들리는 것만 같다. 지 애빌 죽이려고 작정을 했어, 이 빌어먹을 년이. 아버지의 거친 목소리가 음악 소리에 묻혀 있다. 아버지는 잠긴 문을 쉴 새 없이 흔들어댔다. 알아들을 수도 없는 말들을 계속 웅얼거렸다. 나는 아버지의 목소리가 따라오는 골목을 지나 도망하듯 집을 빠져나왔다. 고향 집에 내려가야 한다며 무작정 집을 나섰던 아버지를 파출소에 가서 몇 번 찾아온 후부터 밖에서 방문을 걸어 잠그고 출근했다. 치매 증세는 점점 더 심해지고 있었다. 제 정신일 때는 온순하고 말이 없다가도 어느 순간에 걷잡을 수 없게 변했다. 자다가 벌떡 일어나 헛소리를 하는가 하면 어느 날엔 내가 방에 들어서자마자 두들겨 패기도 했다. 한번은 신혼살림을 했던 고향 집이 눈에 선하다며 내 손을 끌고 다시 내려가자고도 했다. 나를 오래전 집을 나간 엄마로 착각했던 모양이었다. 퇴근 후 집에 돌아가면 문밖까지 똥 냄새와 상한 음식물 냄새가 진동했다. 똥이 뒤범벅된 종이 기저귀를 벗겨내고 짓이겨진 오물들을 치우고 나면 맥이 빠졌다. 방바닥에 털썩 주저앉은 나는 눈물도 나지 않는 마른 울음을 꺼이꺼이 토해냈다. 이년아 밥 내놔, 하며 옷자락을 잡아끌기라도 하면 온몸에 소름이 돋아났다. 멀리 달아나버릴 수만 있다면……, 얼마나 바랐던가.

장갑을 벗으며 그가 서 있는 곳을 쳐다본다. 공기 주입기로 풍선을 부풀리던 그가 나를 본다. 뻥, 그의 손에서 풍선이 터진다. 사람들을 향해 어깨를 으쓱해 보이고는 풍선 하나를 다시 꺼낸다. 달팽이, 왕

110

관, 강아지, 칼……. 사람들은 여러 가지 모양의 이름들을 외친다. 결심이 선 듯 그는 풍선 입구에 공기 주입기를 끼우고 펌프질을 한다. 풍선 끝이 5센티미터가량 부풀지 않은 상태에서 펌프질을 멈춘다. 틀어쥐고 있던 주둥이를 비틀어 매듭을 만들고 풍선 하나를 더 꺼내 부풀린다.

이번엔 달팽이 왕관이다. 그가 어떤 색 풍선을 고르고, 얼마만큼 바람을 넣는가만 봐도 그가 무엇을 만들려고 하는지 알 수 있다. 파란 풍선을 투명하게 보일 정도로 팽팽하게 부풀리면 어김없이 칼이 되었다. 여러 번 풍선을 비틀어야 하는 푸들을 만들 때엔 그렇게 바람을 많이 주입하면 안 된다. 요즘 그가 가장 많이 만드는 것은 달팽이 왕관이다. 풍선의 매듭 부분이 달팽이의 눈이 되고, 미처 부풀지 않은 반대편 끝 부분은 더듬이가 된다. 완성된 달팽이 왕관을 아이에게 씌워준다. 피에로 옷이 그의 움직임과 상관없이 이리저리 흔들린다. 그의 머리 위로는 낮아질 대로 낮아진 검은 구름이 빠르게 흘러가고 흘러오고 있다. 어쩐지 그는 늘 검은 하늘을 이고 있는 것 같다.

80여 미터 높이에서 처음 그를 만나던 날도 그는 검은 하늘을 배경으로 앉아 있었다. 곧 땅을 향해 곤두박질할 자이로드롭은 준비운동을 하듯 천천히 돌았다. 아파트나 상가에서 밝혀놓은 불빛들은 땅에 박힌 별처럼 보였다. 눈에 보이지만 가 닿을 수 없는 것이다. 곧 들이닥칠 무서운 속도를 견뎌내야 한다는 공포와 두려움만이 현실처럼 느껴졌다. 땅으로 내려가기 전 자이로드롭은 잠깐 움직임을 멈췄다. 풍선이 부풀어 오르다가 터지기 바로 전의 긴장처럼 공포가 가장 최고점에 이른 것이다.

　바로 그때, 옆에 앉은 그가 눈에 들어왔다. 뒤에 보이는 어둠 때문인지 아니면 머리 위에서 내리쬐고 있던 조명 탓인지 얼굴 윤곽이 뚜렷해 보였다. 무서움에 나는 안전바를 움켜쥐었다. 그런데 그는 슬며시 손을 안전바 밑으로 내려놓았다. 그가 고개를 돌려 나와 눈이 마주쳤다고 느꼈을 때 자이로드롭이 땅으로 내리꽂히듯 떨어졌다. 여기저기서 비명이 터졌다.

　나를 묶고 있는 의자는 굉장한 속도로 추락했지만 몸은 공중으로 솟구쳐 올라 산산이 흩어지고 있는 것 같았다. 나도 모르게 소리를 내질렀다. 채 가시지 않은 공포를 떨치듯 안전바를 올리며 일어서는데 놀랍게도 그는 낙하하기 직전의 태연한 표정 그대로 앉아 있는 것이 아닌가.

　간이식당 안에는 대관람차를 맡고 있는 미스 윤이 혼자 앉아 있다. 창 옆에 자리를 잡은 그녀는 내가 식당 문을 열고 들어갔을 때에도 눈을 탁자에 떨어뜨린 채 국숫발을 건져 올리고 있었다. 그녀는 일주일 전부터 이곳에서 일을 시작했다. 가장 다루기 쉬운 대관람차는 처음 들어오는 사람에게 맡겨지는 것이 보통이었다. 대관람차의 둥근 통이 큰 원을 그리며 올라갔다가 내려오는 데는 10여 분 걸렸다. 사람들이 타고 내리는 것만 도와주다가 마지막에 정지 버튼만 누르면 되는 단순한 기구였다. 미스 윤이 한 달쯤 버틴다면 그때쯤엔 사람들이 그녀를 대관람차, 하고 부르게 될 것이다. 국수사리가 미스 윤의 젓가락 사이에서 뚝뚝 끊어진다.

첫날부터 그녀는 별반 말이 없었다. 아마 지금껏 그녀 입에서 세 마디 이상 말이 이어지는 것을 본 사람은 없을 것이다. 어디서 시작되었는지 모르지만 그녀에 대한 소문들이 놀이공원의 기구들 사이로 떠돌아다녔다. 친한 친구에게 애인을 빼앗겼다는 말과 의붓아버지에게 강간당하고 가출을 했다는, 혹은 미스 윤이 원래 동성연애자인데 애인이던 여자가 다른 남자와 결혼해버렸다는 소문들까지.

바닷가 유원지 작은 놀이공원엔 떠도는 사람들로 가득했다. 새로 들어온 사람들에겐 으레 특별한 사연이 있는 것처럼 말이 만들어지는 것이 당연한 일인 것처럼 되어 있었다. 그와 내가 처음 들어왔을 때에도 말들이 많았다. 심지어 둘이 이복 남매 사이라는 소문도 있었다. 그대로 결혼할 수 없어서 둘 다 가출을 했다는 내용이었다.

표를 파는 몇몇 여직원을 제외한 나머지 사람들은 일용직에 불과했다. 행락객들이 몰리는 봄이 지나면 대부분의 놀이기구는 멈출 것이다. 사람들도 흩어져 제 갈 길을 갈 것이다. 여름쯤이면 그는 어디에서 키다리 피에로 복장을 하고 풍선을 부풀리게 될까.

"올해는 장마가 빨리 올라나?"

무거운 공기를 일깨우듯 주방 아주머니가 말을 건넨다. 벌써부터 후덥지근한 걸 보면 빨리 올 것 같아요. 나는 밖을 내다보며 대답한다. 하늘엔 먹장구름이 넓게 드리워져 있다. 그가 관리 사무소를 향해 걸어가는 것이 보인다. 키다리 피에로는 어디에서고 금방 찾을 수 있다. 가발이 벗겨지려고 하자 오른손을 올려 잡는다. 성큼성큼 빠르게 관리 사무소 건물 뒤로 사라진다. 관리 사무소와 담 사이에 쳐놓은 천막이 그의 임시 숙소였고 분장실이었다. 거기서 그는 피에로 옷을 벗고 스틸트를 벗을 것이다.

힘없는 가락국수의 면이 자꾸만 젓가락 사이로 빠져나간다. 아이들의 함성이 들린다. '날으는 개구리'에서 나는 소리다. 배가 불룩한 커다란 개구리 그림에 의자가 있다. 의자는 개구리 배 부분을 위아래로 왔다 갔다 한다. 기구가 출렁일 때마다 아이들의 다리가 개구리의 배 위에서 리듬을 타며 흔들거린다. 아래로 내려오다가 갑자기 다시 위로 솟구치면 아이들의 비명이 터져 나온다.

익숙한 진행 방향과는 다른 방향을 체험해보는 것, 보통의 속도와는 비교할 수 없는 무시무시한 속도를 즐기는 것, 사람들이 놀이동산에서 찾는 것은 그런 것들일 것이다. 현실에서는 불가능한 것, 현실에서는 이룰 수 없는 환상으로 들어가고 싶을 때 사람들은 놀이동산을 찾는다. 놀이기구를 타는 동안은 살아온 삶과는 다른 방향이거나 아니면 환상, 그 둘 중 하나다. 현실이 아닌 것만은 확실하다.

맞은편 미스 윤은 국물뿐인 그릇에 계속 젓가락질을 하고 있다. 눈동자는 여전히 탁자에 박혀 있다. 괴기스러운 느낌마저 든다.

네 사람의 승차권을 상자 안에 넣는다. 손등 위로 빗방울이 몇 개 떨어진다. 하늘이 어둑해졌다. 사람들이 어디로 사라졌는지 놀이공원 안이 썰렁해졌다. 회전목마 앞에도 줄 서서 기다리는 사람이 이제 없다. 네 사람 모두 회전목마에 올라탔다. 나는 밖으로 나가지 않고 그대로 레버를 밀어 올린다. 전구에 빨간 불이 켜진다.

파란 하늘, 파란 하늘 꿈이 드리운 푸른 언덕에. 아기 염소 여럿이 풀을 뜯고 놀아요. 해처럼 밝은 얼굴로.

음악이 회전목마를 따라 돈다. '일일 시설물 점검표' 위에 걸려 있는 디지털시계의 붉은 숫자가 1시 23분을 알리고 있다. 시간은 더디게 흐르고 있다.

놀이공원은 문을 닫기 바로 전처럼 한적하다.

바이킹이 가볍게 하늘을 가른다. 배 옆면 애꾸눈 선장 그림이 솟아올랐다가 가라앉고 다시 반대쪽으로 솟구친다. 풍뎅이는 범퍼카에 엉덩이를 반만 걸친 채 한 손으로 핸들을 잡고 차를 이리저리 움직이고 있다. 범퍼카와 천장에 잇닿은 전선 끝에서 불꽃이 튄다. 차를 모두 한곳으로 모으고 있는 걸 보니 그쪽도 이미 손님이 끊긴 모양이다.

…… 해처럼 밝은 얼굴로. 앞면에 녹음된 마지막 노래가 끝난다. 회전목마만 조용히 돈다. 새 노래가 나오길 기다린다. 노란 원피스를 입은 아이가 탄 목마가 눈앞으로 지나간다. 한 번. 두 번. 노란 원피스가 돌아오는 것을 센다. 아이가 내 앞을 지나갈 때쯤에 회전축에서 삐걱삐걱 소리가 난다. 속도가 빨라지면서 아이의 치맛자락이 둥글게 펼쳐진다. 목마에 커다란 노란 풍선 하나가 매달려 돌아가고 있는 것처럼 보인다.

어떤 놀이기구든 그것을 타고 있는 동안은 비현실적이다. 움직임이 멈췄을 때 비로소 모든 건 제자리로 돌아온다. 바람이 채워지고 손놀림에 따라 여러 가지 모양으로 변한 풍선도 그냥 풍선은 아닐 것이다.

그의 손에서 부풀리고 비틀리고 터지는 풍선은 이미 비현실적이다.

회전목마의 속도가 느려지다가 멈춘다. 풍선 속의 바람이 빠지듯 노란 원피스가 가라앉는다. 노란 원피스에게 다가가 안전벨트를 풀어주고 안아서 내려준다. 물컹한 살이 부드럽고 따뜻하다. 아이의 볼과 내 볼이 살짝 스쳤다고 느꼈는데 어느새 아이는 내 손아귀에서 빠져나가 뛰어가고 있다. 저쪽으로 돌아 나가야지. 나는 목청을 높여 소리친다. 시계 방향으로 돌아간 아이는 밖에서 기다리던 엄마에게 달려가 안긴다. 방금 아이의 살에서 느껴지던 물컹함과 따뜻함이 나를 마취시키기라도 한 것처럼 나는 회전목마 앞에 그대로 서 있다. 목마는 텅 비어 있고, 더 이상 움직이지 않는다.

빗줄기가 갑자기 굵어진다. 조정 레버에 안전핀을 걸고 자물쇠로 잠근다. 스웨터를 머리에 뒤집어쓰고 식당 쪽으로 뛴다. 약속하지 않아도 일이 끝났을 때나 쉬는 시간이면 모두들 간이식당으로 모였다. 비가 아주 많이 내린다면 모를까 정상 근무시간인 오후 여섯시까지는 공원 안에서 대기하고 있어야만 한다. 변덕스러운 날씨가 언제 해를 비출지 모르기 때문이다. 바이킹, 풍선여행, 후룸라이드, 날으는 개구리, 로데오 레이스카……, 모두 멈췄다. 대관람차만 돌고 있다.

"내가 정말 물 좋은 곳 알아냈는데 오늘 밤 어때?"

풍뎅이의 목소리가 문밖까지 새어 나온다. 또 싸구려 나이트클럽 얘기일 것이다. 지난번 정기 휴일에도 몇몇이 풍뎅이와 함께 나이트클럽에 갔다는 얘기를 들었다. 풍뎅이는 춤추는 것보다 부킹에 관심이 더 많다. 부킹에서 만난 여자와 여관에 간 얘기를 무용담 늘어놓듯

떠벌렸다. 문을 열고 들어가자 풍뎅이를 둘러싸고 있던 모두가 나를 쳐다본다. 나는 얘기를 못 들은 척하고 창가를 찾아 앉는다.

"회전목마, 너도 오늘은 같이 가자."

다가서며 풍뎅이가 말한다. 그를 향해 눈을 치켜뜬다. 나보다 다섯 살이나 어린 녀석이 언제부턴가 그냥 회전목마, 회전목마, 하고만 불렀다. 누나, 그러지 맙시다. 누난 다 좋은데 인생을 너무 심각하게 사는 게 문제야. 풍뎅이는 굳어 있는 내 표정이 마음에 걸렸는지 금세 말투를 바꾼다. 오늘은 꼭 끌고라도 가겠다는 심산인지 인생까지 들먹인다. 그의 얼굴을 빤히 올려다본다. 인생을 너무 심각하게 사는 게 문제야, 하는 말을 속으로 되씹어본다. 괜히 껄끄러운 웃음이 나온다.

주방에서 아주머니가 쟁반 위에 커피가 든 병과 종이컵을 들고 나온다. 안 가겠다는 사람을 왜 자꾸 끌어들여. 우리끼리 가자. 누군가 말한다. 온수기 물을 종이컵 안에 넣자 금세 커피 향이 식당 안에 퍼진다. 풍뎅이가 탁자 위로 커피를 내려놓으며 윙크를 한다. 종이컵을 낚아채듯 집어 들고 나는 창밖으로 눈을 돌린다. 유리창에는 빗물이 방울방울 맺혀 있다. 위에서부터 물 한 줄기가 아래로 흘러내리며 맺혀 있던 물방울들을 끌고 내려간다. 중앙 매표소 앞 아크릴 구멍이 더 이상 표를 팔지 않겠다는 말처럼 하얀 종이로 가로막혀 있다.

야야, 이게 무슨 소리냐? 저 나무에서 들리는 소리가 아니냐? 아버지는 죽기 며칠 전부터 자꾸만 새의 울음소리가 들린다고 했다. 고개를 창밖으로 내밀고 아무리 둘러보아도 나무도 새도 보이지 않았다. 새 울음소리도 들리지 않았다.

"그만 좀 하세요, 아버지. 무슨 소리가 들린다고 그래요. 하고 싶은 말이 있으면 해요. 뭐든…… 엄마 얘기든 고향 얘기든……."

아버지의 뺨 위로 눈물만 흘렀다. 가물가물한 눈동자는 터진 수맥처럼 눈물을 흘려보냈다. 더 이상 억지를 부리지도 않았고 생떼를 쓰지도 않았다. 모든 걸 소진해버린 사람처럼 누워 있었다. 아버지의 손을 잡았다. 검버섯이 뒤덮인 살갗 위로 갈래갈래 검푸른 혈관이 드러나 보였다. 철이 들고 그렇게 아버지의 손을 잡아본 적이 없었던 것 같았다.

"정말로 새가 울고 있어. 새가."

진물이 끈적거리던 아버지의 눈은 이미 눈으로 볼 수 있는 곳보다 더 먼 곳을 바라보고 있다는 것을 나는 알아차렸다. 정말 새가 날아오르는 것이 보이기라도 한 것처럼 눈동자가 움직였다. 표정도 생생했다. 그러나 허공을 응시하고 있는 아버지의 눈동자는 텅 비어 있었다.

며칠 뒤, 아버지는 세상을 떠났다. 그날 아침 밥상 앞에서 아버지는 손가락을 목에 넣고 억지로 음식물을 토해내기 시작했다. 누런 위액과 김치 가닥과 퉁퉁 불은 밥알이 장판 위로 쏟아졌다. 이렇게 질기게 살면 뭐해. 내가 죽어야 해. 내가 죽어야 니가 편치. 아버지는 정신이 멀쩡해지면 음식을 먹지 않았고 그나마 먹었던 음식까지도 억지로 토해냈다. 방문을 밀고 나서는 나를 불러 세웠다. 그러고는 말없이 자물쇠를 내밀었다. 잠그고 가거라. 그것이 내가 이 세상에서 들을 수 있었던 아버지의 마지막 목소리가 되고 말았다.

풍뎅이의 말에 사람들이 웃음을 터뜨린다. 대관람차엔 아직 손님이 있나? 미스 윤이 안 보이네. '플라잉 헬리콥터'의 목소리다. 밖을 내다본다. 움직이는 놀이기구는 아무것도 없다. 놀이기구가 멈춰버린 놀이동산은 폐가처럼 괴괴하다.

"그러고 보니 피에로도 안 보이네."

그를 끌어들이는 풍뎅이의 말이 귀에 거슬린다. 나는 그가 사라진 관리 사무소 쪽을 쳐다본다. 건물 뒤로 그가 쳐놓은 주황색 천막이 삐죽 나와 있다. 누나, 피에로도 불러올까요? 내 어깨 위로 손을 올려놓으며 풍뎅이가 비아냥거리는 투로 말한다. 화가 치밀어 오른다. 나쁜 자식. 나는 탁자 위에 있던 커피를 풍뎅이의 얼굴 위로 뿌렸다. 풍뎅이가 내게 달려들려고 하자 몇몇이 뒤에서 그를 붙잡는다. 밖으로 나오는 내 뒷덜미에 잡스러운 말들이 쏟아진다.

빗줄기는 조금 가늘어져 있었다. 얼굴 위로 비가 내린다. 시원하다. 애써 눈을 떠보려 한다. 낮은 구름 사이로 뭔가 움직이고 있다. 바람에 구름이 밀려가고 있는 것도 같고, 내리는 비에 구름이 흔들려 보이는 것도 같다. 죽은 사람의 영혼이 새가 되어 떠돈다는 이야기가 생각난다. 이집트의 전설이었나. 영혼의 새가 허공을 떠돌아다니다가 마법을 통해 죽은 자기의 육체와 다시 만난다는. 오래전 들었던 얘기다. 그러고 보니 새들이 한곳으로 날아가며 휘저어놓은 구름 사이로 길이 나 있는 것 같기도 하다. 나는 구름이 만들어내는 길을 따라 걷듯 하늘을 올려다보며 허청허청 걷는다.

후르르. 분명 새 울음소리다. 멈춰 선다. 발길을 관리 사무소 쪽으로 돌린다.

천막 안 공기가 후끈하다. 그는 두꺼운 스티로폼 위에 앉아 있다. 가발과 피에로 옷을 입은 채였다. 그는 내가 온 것을 모르는 것처럼 쳐다보지도 않는다. 피리를 불면서 테니스공으로 저글링 연습을 하고 있다. 버클이 풀린 스틸트를 치우고 나는 그 옆에 앉는다.

"줘봐. 나도 한번 불어보게."

그가 입안에서 작은 피리를 꺼낸다. 이거? 피리를 옷에 쓱쓱 문질러서 내게 준다. 입안에 넣고 불어도 소리가 나지 않는다. 쉬쉬. 피리 사이로 바람만 빠져나간다. 왜 이렇게 어려워. 이것도 요령이 있는 거야? 그는 피리를 가져간다. 이렇게 혀로 입구를 반쯤 막아. 그는 혀를 길게 뺀 뒤 그 끝에 피리를 댄다. 공기를 그냥 흘려버리면 안 돼. 이렇게 하다 보면 맑은 소리가 나는 순간이 있어. 그의 입에서 피리 소리가 난다. 되받아 가르쳐준 대로 해보지만 소리가 나지 않기는 마찬가지였다.

발끝에 놓여 있는 그의 가방을 끌어당긴다. 물감 꾸러미를 꺼낸다. 집게손가락에 빨간 물감을 묻힌다. 거울 좀 줘. 손거울을 얼굴 높이에 맞추고 콧등 위에 빨간 물감으로 동그란 원을 그린다. 거울을 아래로 내린다. 코 바로 밑에서 볼을 지나 턱으로 이어지는 큰 타원형을 그린다. 이번엔 하얀 물감을 가운뎃손가락에 묻힌다. 타원형 안을 하얗게 채워 넣는다. 거울을 들여다보며 입술을 움직여본다. 큰 입술이 꿈틀거린다. 우스꽝스럽고, 슬퍼 보인다.

나는 버럭 그를 껴안는다. 빨간 물감으로 그려진 큰 입술을 헤집다가 그의 진짜 입술을 찾아낸다. 그는 혀끝으로 피리를 내 입안으로 밀어 넣는다. 나는 피리 대신 그의 혀를 깊숙이 빨아들인다. 새의 혀가 입안의 점액질을 타고 밀려들어오는 것 같다. 가늘고 긴 혀다. 곧 그의 몸에서 새 울음이 울릴 것만 같다. 새의 깃털 속을 파고들듯 나는 그의 겨드랑이로 파고들어간다. 빗줄기가 굵어졌는지 천막 위로 비 내리는 소리가 요란하다.

나는 풍선이고 싶다. 그가 넣어주는 바람을 타고 달팽이가 되고, 칼이 되고, 우산이 되고……. 그와는 이 세상에 없는, 결코 헤어지지 않는 그런 사랑을 하고 싶다. 그것만 현실이었으면 좋겠다.

천막 위에 고여 있던 빗물이 작은 틈새로 떨어져 바지를 적신다. 허벅지가 차갑다. 엄마랑 싸우던 횟수만큼 자이로드롭을 탔다는 말은 거짓이었어. 우리 엄만 오래전에 돌아가셨어. 엄마가 너무 보고 싶으면 놀이공원으로 달려갔지. 남들이 무섭다고 말하는 것들만 골라 탔어. 처음 자이로드롭을 탈 때를 잊을 수 없어. 땅에서 점점 멀어질 때 두려웠어. 그런데 그 두려움이 커지다가 어느 순간엔 황홀해졌어. 처음 함께 밤을 보내던 날, 그는 그렇게 말했었다. 그날도 두런거리는 우리들 말 사이로 밤새 빗소리가 들렸었다.

"우리 엄만 내가 어렸을 때 도망갔어. 이젠 얼굴도 가물가물해. 큰 거 한 건 해서 뭉칫돈을 가지고 오겠다며 중3 때 집을 나간 아버지는 치매에 걸려 나타났어. 시에서 운영하던 단기 보호소에서 연락이 왔더라고. 난 아버지에게서 도망가고 싶어. 하루에도 몇 번씩 이게 모두 꿈이었으면, 하고 생각하지. 왜 가끔씩 그런 꿈을 꾸기도 하잖아. 꼭 진짜 같은 꿈."

천장을 올려다보며 깊은 한숨을 내쉬는 내게 그가 대답 대신 이마에 긴 입맞춤을 해주었다. 아무 말도 하지 않았지만 그래, 모두 꿈이야, 하고 그가 말하는 것 같았다.

그의 소개로 '마린 월드'에서 일하게 된 얼마 후 아버지는 세상을 떠났다.

갑자기 밖이 소란스럽다. 관리 사무소 문 여닫는 소리가 들리고 사람들이 뛰어가는 것 같다. 대관람차야. 119 부르고, 빨리 사장님께 연락해. 다급한 외침이다. 대관람차, 라는 말에 문득 식당에서 마주쳤던 미스 윤의 무표정한 얼굴이 생각났다. 그녀의 젓가락 사이에서 끊기던 국수 가락들과 탁자에 박혀 있던 그녀의 시선. 거기 섬뜩한 뭔가가 있지 않았던가. 서둘러 밖으로 나간다. 그도 뒤따라온다.

낯익은 뒷모습이 빙 둘러서 있다. 그들의 젖은 어깨 사이를 헤치고 앞으로 나간다. 얼굴은 점퍼로 가려져 있지만 밑단에 꽃무늬가 수놓아진 청바지는 미스 윤의 옷이었다. 가끔씩 경련을 일으켰다. 피 때문에 빗물은 점점 붉어진다. 손님도 없는데 혼자 기구를 탔나 봐요. 식당을 나오는데 저기서 뭔가가 떨어졌어요. 풍뎅이가 대관람차를 손가락으로 가리키며 말한다.

검은 구름을 배경으로 솟아 있는 대관람차는 공상과학영화에 나오는 거대한 괴물 같다. 연인들의 키스 장소라고 믿기지 않을 정도로 무시무시해 보인다. 대관람차에 오르면서 미스 윤은 뛰어내릴 생각을 했던 것일까. 그냥 높은 곳에 올라가 세상을 내려다보고 싶었던 것은 아닐까. 그런데 땅에서 점점 멀어지면서 삶이 비현실적으로 느껴지기 시작했던 것은 아닐까. 자이로드롭이 지상을 떠나 80미터 높이까지 올라갔을 때 방 안에 갇힌 아버지의 얼굴까지도 환상처럼 느껴졌던 것처럼. 내가 살아온 날들이 다 꿈처럼 여겨졌던 것처럼.

머리카락을 타고 빗물이 뚝뚝 떨어진다. 옷이 젖고, 한기가 몰려온다. 구급차 소리가 들린다. 사람들이 길을 내어주고, 구급대원들이 들것을 들고 뛰어온다.

안전핀에 걸어놓았던 자물쇠를 푼다. 출발 레버를 밀어 올리자 기구 작동을 알리는 빨간 불이 선명하게 밝아온다. 회전목마 지붕 가장자리에 붙어 있는 색색의 꼬마전구들에도 불이 들어와 환하게 빛난다. 목마들이 돌기 시작한다. 천천히, 곧 빠른 속도로 돈다. 화려한 그림과 불빛들, 거울까지……. 회전목마는 현란하다. 앰프 전원을 넣는다.

빗방울이 뚝뚝뚝뚝 떨어지는 날에는 잔뜩 찡그린 얼굴로. 엄마 찾아 음매, 아빠 찾아 음매, 울상을 짓다가.

줄에 매달린 목마들은 빗속에서도 한달음에 멀리 달려갈 기세다. 나는 기계실 유리 부스를 나와 목마 가까이 다가간다. 저기 어디쯤 구식 카메라를 들고 아버지가 서 있을 것만 같다. 회전축에 붙은 화려한 거울과 말, 그리고 금색 안장. 저 거울 속으로 걸어 들어가면 목마는 나를 환상의 세계로 데려다 주지 않을까.

회전축에 붙어 있는 거울 안에 내가 있다. 목마가 돌 때마다 거울은 각을 달리하며 나를 비춘다. 꼬마전구의 불빛을 배경으로 거울 속에 있는 나는 현란한 빛 때문인지 내가 아닌 것만 같다. 앞모습을 보여주다가 살짝 비껴가고, 하나로 보여주는가 싶었는데 여럿으로 나를 흩어놓고 만다. 분명 내 얼굴이었는데 어느 순간에는 낯선 누군가가 거울 속에 서 있다. 내 등 뒤로 아버지의 모습도 보인다. 아버지, 하고 부르려는데 어느새 사라져버린다.

후르르.

분명 그 새소리가 들렸다. 뒤를 돌아본다. 아무도 없다. 대관람차 앞에 모여 있던 사람들도 어디로 갔는지 보이지 않는다. 그 많던 사람들이 어디로 가버린 것일까. 두리번거리며 그를 찾는다. 그도 보이지 않는다.

그런데 저 소리는 어디서 오는 것인가. 고개를 젖혀 하늘을 본다. 굵은 빗줄기가 따갑게 퍼붓는다. 가늘게 눈을 떠본다. 구름에 무늬를 새겨놓은 듯 새들이 떠다니고 있다. 구름을 향해 손을 뻗어 휘젓는다. 새들이 손가락 사이로 빠져나간다. 얼굴에 칠했던 붉고 흰 물감이 빗물과 섞여 흘러내린다. 흰 셔츠가 점점 붉게 물든다.

후룩, 후룩. 이번에는 새소리가 아주 선명하게 들린다. 회전축을 따라 돌고 있는 거울 속에 그가 걸어오고 있는 것도 보인다. 피에로 옷을 벗어버린 그는 가늘고 긴 스틸트를 드러낸 채 걸어오고 있다. 발을 내디딜 때마다 피리 소리가 따라온다. 손에는 파란 풍선으로 만든 우산이 들려 있다. 그는 나를 향해 걸어오는 것이 아니라 회전목마의 거울 속으로 들어가는 것처럼 보인다.

지상 80여 미터 높이, 자이로드롭이 낙하하기 직전, 추락의 공포가 극에 달해 있던 찰나에 우리는 서로를 봤다. 그러니까 그와 나는 땅에서 벗어난, 현실에서 벗어난 어떤 지점에서 만난 것이다. 나는 거울 속으로 점점 다가드는 그의 모습을 뚫어지게 바라본다.

　회전목마는 그를 품고 쉬지 않고 돌아가고 있다.

건조주의보

"휘익"

드디어 호루라기가 울렸다. 그 소리에는 마력이라도 있는 걸까. 두 마리 개는 순식간에 뛰어나와 엉겨 붙었다. 그들은 호루라기 소리에 반사적으로 튀어나오도록 조련된 것처럼 보였다. 날카로운 허연 이와 붉은 잇몸이 드러난 도사견 두 마리는 뒷다리로만 땅을 딛고 앞다리를 서로에게 맞붙여놓은 채 한동안 허우적거렸다. 그들이 움직일 때마다 마사토 위로 흙먼지가 일었다. 링 안으로 쏠려 있는 사람들의 눈길은 금방이라도 터져버릴 듯 팽팽하다.

앞다리를 들며 맥스에게 달려들었던 쟈칼은 맥스에게 목덜미가 물렸다. 하지만 몸을 잽싸게 뒤로 빼며 머리를 더 아래로 수그린 쟈칼은 맥스의 아가리에서 쉽게 빠져나왔다. 둘 다 심상치 않은 움직임이었다. 와, 하는 탄성이 사람들 틈에서 새어 나왔다. 만만치 않은 상대임을 알고 서로가 탐색전을 벌이고 있는 것처럼 보였다. 잠시, 개들은 여섯시의 시곗바늘처럼 일자로 늘어선 채 움직이지 않았다. 그러나 둘은 곧 거꾸로 가는 시계가 되어 천천히 움직였다. 심판은 허리를 약간 구부린 채 개들을 피하여 이리저리 뛰었다.

철창을 두 손으로 부여잡고 쟈칼, 쟈칼, 하고 불러대는 변 사장의 모습이 맞은편에 보였다. 싸움 내내 자신의 개 이름을 부르는 것은 그의 버릇이었다. 쟈칼이 처음 이곳에서 싸움을 할 때 이름을 불러대는 그의 모습이 그렇게 우스꽝스럽게 보일 수가 없었다. 그러나 쟈칼의 승률이 높아지면서 그것은 단순한 이름이 아니라 일종의 주문(呪文)처럼 들렸다. 나는 재빨리 변 사장 주변에 있는 사람들의 얼굴을 살폈다. 그녀는 보이지 않았다.

"물어, 물어."

여기저기서 싸움을 재촉하는 말들이 튀어나왔다. 개들의 움직임도 빨라졌다. 엎치락뒤치락 서로 엉겨 붙어 몇 바퀴를 굴렀다. 연한 베이지색 털을 가진 백도사, 쟈칼이 맥스를 자신의 발아래에 눕혔다. 그러나 더 이상의 공격을 시도하지 못했다. 바닥에 누운 채 맥스가 좀처럼 허점을 보이지 않는 모양이었다. 엉킨 채 몇 바퀴 다시 굴러 내가 서 있는 곳 바로 앞의 쇠창살에 둘의 몸이 부딪혔다. 텅, 창살이 흔들렸다. 함성이 터져 나왔다. 대형급 개들의 싸움은 소형급의 그것과 비교할 수 없는 흥미로움이 있었다. 헤비급 권투 선수가 날리는 주먹의 파괴력, 그 폭력과 닮아 있다. 쟈칼은 맥스를 창살 가까이 몰았다. 그러고는 맥스의 귀를 물어뜯었다. 선홍색 피가 마사토로 쏟아졌다. 아악,

나도 모르게 입에서 외마디 소리가 흘러나왔다. 쟈칼이 내 허벅지 살점을 물어뜯던 기억이 되살아났다. 내 손은 어느새 상처 위를 더듬고 있었다. 엉덩이 살을 이식한 그곳은 바지 위로도 불룩한 게 만져졌다. 찢긴 맥스의 귀가 축 늘어지면서 땅에 끌렸다. 나는 침을 한 번 꿀꺽 삼켰다. 맥스가 물러설 곳은 없는 듯 보였다. 그러나 맥스는 목을 왼쪽으로 오른쪽으로 흔들면서 몸을 날렵하게 링 안쪽으로 틀었다. 순식간에 쟈칼이 코너에 몰리는 상황이 되었다. 다시 몸이 엉켰다. 이제 쟈칼의 연베이지 털은 피범벅이 되어 있었다. 사람들이 술렁거렸다. 이번에 쟈칼의 이빨에서 쉽게 놓여난다면 재미있는 싸움이 될 것 같았다. 잠깐 멈춰 있는가 싶었는데 목을 왼쪽으로 많이 비틀다가 목을 몸쪽으로 끌어당긴 맥스는 쟈칼로부터 빠져나왔다. 피는 목덜미를 타고 계속 링 위로 쏟아지고 있었다. 사람들의 웅성대는 소리가 커졌다. 결판이 빨리 날 싸움은 아닌 듯싶었다.

나는 링을 에워싼 사람들을 비집고 빠져나왔다. 무리들을 벗어나자 싸움터의 살기(殺氣) 어린 우짖음이 희미해졌다. 그 대신 높고 긴 울음소리가 간간이 들려왔다. 상수리나무 숲 쪽이었다. 개들의 이동식 집이 놓여 있는 곳이었다. 지금 링 안에 있는 쟈칼과 맥스를 제외하고 나머지 싸움개들은 쇠창살이 박힌 이동식 집 안에 갇혀 있었다.

상수리나무 숲 쪽을 바라봤다. 잎이 떨어져버린 나무도, 개들을 가두고 있는 철창도 어둠에 묻혀 보이지 않았다. 다만, 번뜩이는 푸른 눈빛들이 나를 향해 있는 것이 보였다. 온몸에 소름이 돋아 올랐다. 싸움 링에 들어선 개들보다 철창에 갇힌 채 싸움을 기다리는 개들의 눈빛이 나는 더 무서웠다. 그들 몸에 도사리고 있는 두려움이 내 몸을 꿰뚫고 지나는 것 같았다.

언덕 위를 걸어가다가 은행나무 앞에 이르러 멈췄다. 이제 내려가기만 하면 비닐하우스였다. 앉아서 발을 길게 뻗어 높이를 가늠해보고, 더듬거리며 한 발 한 발 조심히 내려갔다. 익숙한 길이었지만 급하게 뛰어내리다 아래로 몇 바퀴 굴렀던 일을 겪고 난 뒤부터는 쉽게 발이 내딛어지지 않았다. 걸음을 옮길 때마다 발밑에선 마른 잎들이 바스락거렸다. 벌써 한 달 넘게 건조주의보가 발효 중이다.

어휴, 이 정전기 좀 봐. 여자는 아침에 스웨터를 입으며 투덜댔다. 여자의 머리카락 몇 가닥이 위로 솟구쳐 오르는 것이 보였다. 여자도 방금 티브이에서 나온 건조주의보를 들은 모양이었다. 나는 그녀와 눈이 마주치기 전에 얼른 시선을 마당으로 옮겼다. 까치들이 몰려와 있었다. 저것들을 한 마리씩 잡아 박제(剝製)를 만들면 어떨까. 갑자기 박제 만드는 일이 왜 생각 속에 끼어들었는지 알 수 없었다. 언제부터인가 나는 메마름이 죽음의 시작이라고 단정 지어놓고 있었던 것 같다. 어머니가 마지막으로 숨을 몰아쉬며 내밀었던 손에 대한 생생한 기억 때문일까. 그 퍼석퍼석했던 손바닥의 감촉. 오래전 일인데도 어머니의 죽음은 그 느낌으로 아직도 남아 있었다. 나는 까치의 몸통에서 내장을 다 들어내고, 털과 날개를 잘 꿰매는 상상을 해보았다. 숨이 끊긴 까치의 몸은 금방 바삭하게 말라버릴 것이다. 이 건조함이야말로 가장 완벽한 방부 처리가 될 것이다.

비닐하우스 앞에는 큰 항아리 몇 개와 벽돌을 괴어 걸어놓은 솥, 크기에 따라 차례대로 포개져 있는 양푼들이 너저분하게 널려 있는 것이 희미하게 드러났다. 그녀는 이제 집안 살림에 관심이 없는 듯 보였다. 하긴 살림이라고 할 만한 세간도 못 되었다. 나는 항아리 앞에 놓인 의자에 앉았다. 오른쪽 다리가 씀벅씀벅 쑤셨다.

손에 들려 있던 보온병도 내려놓았다. 열아홉 잔의 커피를 팔았으니 보온병에는 아직도 대여섯 잔 정도의 커피가 남아 있는 셈이다. 다른 날에 비해 형편없는 장사였다. 날씨가 갑자기 쌀쌀해져서 예상했던 것보다 사람들이 적게 왔다. 투견장 쪽에서는 가끔 우우거리는 함성에 섞여 공격을 부추기는 심판의 목소리가 들렸다. 쟈칼, 쟈칼, 하고 불러대는 높고 가느다란 변 사장의 목소리도 그 사이사이에 끼어 있었다. 변 사장은 다른 날보다 더 힘주어 쟈칼을 부르고 있었다.

쟈칼에게 아메리칸 핏불테리어 모임에서 싸움 신청이 들어왔다는 소문이 나돌았던 것은 지난번 싸움 때였다. 아메리칸 핏불테리어와 도사견의 싸움은 흔하지 않은 일이다. 어지간한 도사견은 아메리칸 핏불테리어와 게임이 되지 않았다. 쟈칼이 싸움 제안을 받았다는 것만으로도 변 사장의 콧대가 높아졌다.

높은 장대 위에 매달린 60와트의 백열등 아홉 개가 맹렬히 싸움터를 비추고 있었다. 원형 링을 에워싸고 있는 사람들의 어두운 뒷모습은 폭발물을 보관한 창고처럼 불안해 보였다. 오늘처럼 대형급의 싸움이 있는 날에는 적잖은 돈이 걸려 있기 마련이었고, 이런 날엔 사람들 사이에 빈번히 싸움이 일어나기도 했다. 청량리 박씨가 뒤로 빠져서 담배를 무는 것이 보였다. 투견 판에서 잃은 돈이 웬만한 집 한 채

값은 된다고 떠들고 다니는 사람이었다. 얼마 전에는 그의 아내가 집을 나갔다는 소문도 들렸다. 다 잃어서 더는 걸 돈이 없는 사람들도 이곳을 벗어나기 힘들었다.

투견장에서는 나름 몇 가지 규칙이 있었다. 그 첫번째는 서로 이름을 묻지 않는다는 것이다. 개 주인이라면 개 이름을 썼고, 단순한 투견꾼들은 의정부 정씨, 김포 이씨 하는 식으로 사는 곳과 성을 사용했다. 나는 한 번이라도 얼굴을 봤던 사람들은 잊어버리지 않는 편이었다. 이곳에 자주 드나드는 사람들은 멀리서도 누군지 알 수 있었다. 오늘은 낯선 얼굴들이 많다. 이런 곳에 처음 온 사람들은 주뼛주뼛하기 때문에 금방 눈에 띄었다.

경기 끝을 알리는 심판의 호루라기가 울리려면 10여 분 이상 시간이 남아 있다. 두 마리의 개가 그때까지 잘 버텨준다면 말이다. 처음에 있었던 날쌘 몸놀림을 생각해보면 싸움은 시간을 다 채우고 끝날 것 같았다. 기량 차이가 많이 나는 대결은 시작 5분 안에 판가름이 났다. 보통은 먼저 급소를 문 개가 이겼다. 물린 개가 괴성을 길게 지르며 더는 싸우지 않겠다는 표시를 하면 사람들은 개 주인의 얼굴을 보았다. 싸움에 진 것을 인정하는 것은 개가 아니라 주인의 몫이기 때문이었다.

그 순간 개 주인들은 망설인다. 자기 개가 링 안에서 피를 줄줄 흘리고 있는 것을 보면서도 그와 동시에 온몸을 휘감고 있는 싸움개의 분노를 본다. 분노가 있다면 링 위에서 목숨을 잃더라도 계속 싸우는 것이 명예로운 일이다. 망설임 끝에 손을 들어 패배를 인정하면 사람들은 환호성을 질렀다. 물론 이긴 개에게 돈을 걸어놓은 사람들이 지르는 탄성이었다. 싸움에서 진 개가 털썩 주저앉는 것도, 눈에서 분노가 사라지는 것도, 그 순간이다.

주인이 패배를 인정하기 전까지는 피를 쏟으면서도 의연한 척해야 하고 분노에 찬 눈으로 상대를 노려봐야 하는 것이 투견이었다.

링 위에서 죽는 일도 있었다. 급히 동물병원으로 데려가야 하는 큰 부상을 입는 경우는 흔한 일이었다. 붉고 흰 색실로 엮은 목사리를 목에 두르고 링에 들어오던 위엄은 찾아보기 어려웠다. 죽어서 들것에 실려 나가도 돈을 잃은 사람들은 야유를 퍼부었다. 투견장은 싸움에서 이긴 개와 싸움에서 진 개가 있을 뿐이었다.

담배를 깊게 빨아들이자 불꽃은 나를 향해 쑥 타들어왔다. 멀리 보이는 아파트 단지에 드문드문 불이 켜져 있었다. 그 앞으로 크리스마스트리 장식이 붉은 십자가를 에워싸고 있는 것이 보였다. 아파트가 들어서면서 새로 생긴 교회였다. 자정이 다 되었을 것이다. 밤 열시로 예정되었던 싸움은 쟈칼이 늦게 나타나는 바람에 열한시가 넘어서 시작되었다. 이미 도착한 소형급 개들부터 싸움을 시작해야 한다는 말도 있었지만 쟈칼을 기다리자는 의견이 압도적이었다. 지난번 싸움 후 맥스의 주인은 변 사장에게 공개 도전장을 냈었다. 쟈칼의 소문을 듣고 멀리 용인에서 온 정 사장은 쟈칼의 싸우는 모습을 보고, 정식으로 싸움을 신청했다. 자신을 개 농장을 하는 사람으로 소개하고 쟈칼과 대적할 만한 맥스라는 개가 있다고 말했었다. 약속 시각보다 30분이나 늦게 변 사장이 나타났다. 쟈칼의 등에 덮인 챔피언의 붉은 천을 보자 사람들은 들썩대기 시작했다.

싸움판에서 개들보다 먼저 흥분하는 것은 사람들이었다. 호루라기 소리는 개들만을 자극하는 것이 아니었다. 먼저 링 안으로 맥스가 들어왔다. 정 사장은 모자를 벗어 사람들에게 인사를 했다. 한 손에 팽팽한 개 줄을 잡고 링을 한 바퀴 천천히 돌았다. 방향을 바꿀 때마다 머리카락이 하나도 없는 그의 머리는 각도를 달리하며 불빛을 반사해내고 있었다. 가느스름한 눈매가 매서워 보였다. 조금 후, 쟈칼의 이름을 연호하는 무리들 사이로 쟈칼이 링 안으로 들어왔다. 털에 윤기가 돌았다. 개를 앞세우고 들어온 변 사장은 가벼운 목례를 하고 바로 싸울 준비를 했다.

필터 앞까지 타들어간 담배는 저절로 불이 꺼졌다. 보온병을 들고 비닐하우스 쪽으로 걸어갔다. 출입문 오른쪽에 나란히 세워진 보온병들이 보였다. 컵라면과 커피믹스가 담겨 있는 비닐봉지도 보였다. 여자가 저녁 밥상을 정리하고 나서 준비해둔 것이었다. 여자는 저녁 내내 찔찔거리며 나오는 수도꼭지를 보며 구시렁댔다. 조만간 비나 눈이 내리지 않는다면 지하수는 마르고 말 것이다. 들고 있던 보온병을 내려놓았다. 이제부터는 컵라면까지 챙겨서 올라가야만 한다. 나는 물건들을 집어 들면서 투견장을 올려다보았다. 여자는 어디에 있을까. 사람들 틈을 빠져나오기 전에 둘러보았지만 그녀를 찾을 수 없었다. 초조해지지 않으려고 애써 눈길을 개들에게 주기도 했다. 그러나 어느새 내 눈은 무리들 틈을 뒤지고 있었다. 물건들을 다시 내려놓았다. 싸움이 끝나기 전 올라가 여기저기 기웃거리는 것이 내키지 않았다. 어차피 싸움이 끝나야 사람들은 나를 찾을 것이다.

몇 발짝 떨어져 있는 개집 가까이 다가갔다. 발길질을 했다. 퉁퉁퉁. 나무로 된 개집이 울렸다. 빈집처럼 안에서는 아무런 기척이 없었다. 다시 좀더 세게 찼다. 그래도 조용했다. 여포는 용케도 싸움이 있는 날을 잘 알아차렸다. 밤이 이슥해지고 사람들이 하나둘 모여들기 시작하면 눈치껏 개집으로 숨어들었다. 그러고는 싸움이 끝날 때까지 개집 밖으로 나오지 않았다. 한때 최고의 우승자였던 놈이 이젠 낯선 사람들과 개들을 보고 짖지도 않았다.

여포가 쟈칼에게 오른쪽 뒷다리를 물리던 날도 나는 보온병을 들고 사람들 틈에 섞여 있었다. 여포의 다리에서 피가 흐르기 시작한 것은 싸움이 막판으로 치닫고 있을 때였다. 둘의 팽팽한 공격과 방어는 누구의 승리를 점치기 어려울 정도였다. 그대로 경기가 끝난다면 판정에 의해 여포의 우승이 확실시될 상황이었다. 다섯번째의 우승. 그것은 싸움개가 가지는 최고의 영예였다. 보통 다섯 번의 우승 후에는 그 명성만을 간직한 채 은퇴하는 경우가 많았다. 그런데 경기 종료를 2분여 남겨놓고 여포는 쟈칼에게 왼쪽 뒷다리를 물리고 말았다. 순식간에 피가 링 안에 깔아놓은 마사토를 적셨다. 쟈칼은 쉽게 다리를 놔주지 않았다. 한 사람이 쟈칼의 이름을 부르자 연이어 하나둘씩 쟈칼의 이름을 불렀다.

여포는 잘 견디고 있는 것처럼 보였다. 꼬꾸라지지 않으려고 앞다리와 남은 하나의 뒷다리에 힘을 주고 있는 것이 느껴졌다. 싸움에서 상처는 흔한 것이었다. 보통의 싸움개는 궁지에 몰렸을 때 더 야성적인 눈빛을 뿜으며 공격을 하곤 했다. 쟈칼의 이름을 부르면서도 사람들은 여포의 반격을 기대했을 것이다. 그러나 그날, 여포는 싸움을 완전히 포기하고 말았다. 어느 순간 여포의 다리에 힘이 빠지는 듯 보였다. 그것을 쟈칼이 느낀 것인지 그제야 물고 있던 여포의 다리를 놓아주었다. 여포는 다리를 절룩거리며 슬그머니 쟈칼에게 등을 보였다. 그 틈에 쟈칼이 다시 한 번 여포의 꼬리를 물었다. 털썩 쓰러진 여포의 입에서 거품이 나왔다. 눈은 초점을 잃어가고 있었다. 쟈칼을 부르는 함성이 온 숲을 뒤덮었다.

다음 싸움에 여포는 나오지 않았다. 훈련도 하지 않고 먼 하늘만 쳐다보거나 개집 속에서 시간을 보낸다는 소문이 들려왔다. 억지로 훈련을 시키려는 주인의 가죽점퍼를 물어뜯었다는 말도 나돌았다. 얼마후, 개 주인이 여포를 데리고 나를 찾아왔다. 종견(種犬)으로는 쓸 수있으니 맡아달라는 것이었다. 자신은 더 이상 개를 키우지 않겠다는 말도 덧붙였다. 다리에 봉합실로 꿰맸던 흉터가 보였다. 상처는 아물었지만 더는 싸울 의지가 없어진 것이다. 놈이 혈통서까지 가지고 있는 좋은 개라는 것을 나는 알고 있었다. 그래서 선뜻 맡아 키우게 되었다. 그러나 우리 집에 온 이후 놈이 암컷과 흘레붙는 것을 본 적이없다.

"여포야."

나는 쭈그리고 앉으며 나직이 놈을 불렀다. 반응이 없었다. 고개를옆으로 하며 몸을 더 낮게 수그려 개집 안을 들여다보았다. 어둠뿐인그 안에 뭔가 번뜩이는 것이 보였다. 눈이었다. 여포, 이리 와. 앉은걸음으로 조금 앞으로 다가갔다. 개 밥그릇이 발길에 차였다. 개집 안에

깊숙이 엎드려 있는 놈을 향해 손을 길게 뻗었다. 아무것도 잡히지 않았다. 가까이 다가가서 팔을 더 밀어 넣었다. 털이 만져졌다. 부드러웠다. 갈비뼈가 만져지는 걸로 봐서 등 쪽 어디쯤인 듯싶었다. 더듬더듬 앞발 끝을 잡았다. 발바닥을 핥고 있었던 모양이었다. 축축했다. 놈을 끌어당겼다. 개집 밖으로 머리 부분이 보이는가 싶었는데 완강하게 버티는 것이 느껴졌다. 놈은 내가 잠깐 힘을 빼고 있는 사이에 다시 안으로 들어갔다. 손을 넣어 이번에는 꼬리를 움켜잡았다. 으르릉, 하는 소리가 났다. 엉겁결에 나는 꼬리를 놓고 물러섰다. 다시 안은 조용해졌다.

훈련이 잘된 개가 주인을 무는 법은 없었다. 날 위협하기보다는 싫다는 표시로 으르릉 소리를 냈을 것이다. 아직도 놈에게 야성이 남아 있다는 말인가. 나는 실실 웃음을 흘리며 보온병과 비닐봉지를 집어 들었다. 귓가엔 여포의 으르릉, 소리가 아직 남아 있었다. 아직 싸움개로서의 성질이 남아 있다면 종견으로도 쓸 수 있다는 말이 되었다. 나는 여포가 암캐의 등 뒤로 올라타 교미하는 것을 상상했다. 돈도 좀 챙길 수 있을 것이다. 다시금 웃음이 나왔다. 바짝 마른 잎들이 발밑에서 부서지는 소리가 들렸다. 링을 에워싼 사람들이 술렁거렸다. 곧 싸움이 끝날 시간이다. 서둘러 언덕을 올라 사람들 틈새를 비집고 들어갔다.

변 사장 옆에 서 있던 여자는 나와 눈이 마주치자 살짝 뒤로 빠졌다. 변 사장은 쟈칼에게 정신이 쏠려 있는 듯 보였다. 맥스와 쟈칼의 입에서 침이 질질 흘렀다. 그러나 둘은 여전히 긴장을 유지하고 있었다. 심판은 경기 종료를 알리는 호루라기를 불었다. 휘익, 휘익. 두 번의 호루라기 소리가 길게 울렸다. 무승부였다. 변 사장과 정 사장이 링 안으로 들어가 쟈칼과 맥스를 떼어놓았다. 그때까지도 두 마리의 개는 서로를 노려보고 있었다. 소형급의 경기가 진행된 후 다시 맥스와 쟈칼의 싸움이 있을 거라고 심판은 예고했다. 사람들은 웅성거리며 삼삼오오 무리를 지어 흩어졌다. 다음 경기는 20여 분이 지난 후에 시작될 것이다.

"컵라면, 어딨어요?"

뒤에서 나를 불렀다. 의정부에서 온 세 사람이 모여 있었다. 나는 재빨리 컵라면의 뚜껑을 열어 물을 부었다. 가루수프는 이미 넣어놓았다. 맥스가 생각보다 잘 싸우네. 검은 가죽점퍼를 입은 남자가 라면을 받아 들며 말했다. 맥스한테 걸었어? 말을 받은 것은 등산 조끼를 입은 남자였다. 신출한테 걸기는 좀 위험하잖아. 코르덴 점퍼 호주머니에 손을 넣고 있던 남자도 끼어들었다. 확률이 낮아야 많이 먹지. 안 그래? 검은 가죽점퍼였다. 다른 사람들도 같은 생각이라는 듯이 더는 말이 없었다. 어이, 여기. 소리 나던 곳이 어딘지 알 수가 없어 두리번거렸다. 상수리나무 숲에서 담뱃불이 흔들리는 것이 보였다. 네, 갑니다. 크게 말해놓고 나는 고개를 돌려 재빠르게 여자를 찾았다. 예상대로 변 사장과 몇몇이 모여 있는 틈에 끼어 있었다. 그녀의 머리칼 윗부분이 백열등 빛을 받아 황금색으로 빛나고 있었다. 변 사장의 말에 그녀는 어깨를 들썩이며 크게 웃었다. 그녀와 1년 동안 살았지만 저렇게 유쾌하게 웃는 모습을 본 적이 없었던 것 같았다.

커피 좀 빨리 줘요. 길을 더듬으며 숲 쪽으로 들어갔다. 등산로를 따라 올라가다 보면 왼편으로 배드민턴을 칠 수 있는 작은 공터가 있다. 거기서 길은 두 갈래로 나누어진다. 하나는 산 정상으로 오르는 길이고 다른 길은 산등성이를 휘돌아 바로 마을버스 종점으로 이어진다. 산은 온통 상수리나무다. 건조주의보가 내려진 한 달 내내 숲을 뒤덮은 마른 잎들은 바람이 지나갈 때마다 소리를 냈다. 어둠이 짙어갈수록 소리는 요란해지고 스산한 기운마저 일렁였다. 하지만 오늘은 아니다. 개와 사람들의 소리로 숲이 들썩이고 있었다.

나는 작은 공터 바로 앞에서 담뱃불 네 개가 움직이고 있는 것을 발견했다. 여기 커피 셋, 컵라면 하나. 낯선 목소리였다. 분명 처음 온 사람들일 것이다. 어디서들 왔수? 종이컵을 꺼내 커피믹스를 컵에 쏟으면서 물었다. 김포에서 왔수다. 굉장하단 소문이 거기까지 들려서. 누군가 말했다. 어둑한 곳에 좀 익숙해지자 그들의 얼굴 윤곽이 보였다. 예상대로 처음 본 얼굴들이었다. 형씨, 보통 때도 이 정도 사람들이 모여요? 한 사람이 지폐 한 장을 건네며 물었다. 오늘은 좀 적은 편입죠. 날씨가 쌀쌀해져서 그래요. 여름이 피크죠. 그땐 발 디딜 틈이 없어요. 거스름돈을 내밀자 됐다는 신호를 한다. 또 필요한 게 있으면 부르세요. 담배도 있습니다. 링 쪽으로 옮기며 말했다. 방향을 분간하기 힘들었지만 여기저기서 나를 부르는 소리가 들렸다. 곧 본격적인 추위가 시작될 것이고 당분간 개싸움은 없을 것이다. 발걸음을 서둘렀다.

더 추워지기 전에 컨테이너 박스를 하나 사야겠어. 며칠 전 나는 여자에게 서먹한 분위기를 풀려고 말을 건넸었다. 언제부턴가 같이 밥상 앞에 앉아도 우리는 할 말이 없었다. 의자에 앉아 먼 곳을 바라보는 그녀의 모습이 자주 눈에 띄었다. 그녀는 컨테이너에 대한 내 말에 아무 반응도 없었다. 보일러도 깔렸고, 샤워도 할 수 있는 게 있다는데……. 나는 그녀의 눈치를 보며 말을 이었다. 당신 눈에는 공사하는 게 안 보여? 눈만 뜨면 산이 깎여서 점점 작아지는 게 안 보이냐구? 컨테이너만 있으면 뭐해. 놓을 땅이 있어야지. 땅이. 그녀는 마치 내 말을 기다렸다는 듯이 말을 쏟아냈다. 틀린 말은 아니었다. 컨테이너를 사는 것만으로 해결될 일은 아니었다. 싸늘해진 여자의 태도가 처음 공사장에서 만나 나를 따라오던 때와는 많이 달라졌다는 것은 확실했다. 요즘 들어 변 사장에게 보내는 그녀의 시선이 예사롭지 않다는 것을 알고 있는 터였다. 그렇다고 어느 날 갑자기 짐을 싸서 여자가 떠난다 해도 내가 잡을 명목이 없다는 것도 잘 알고 있었다.

사람들이 링을 향해 몰려가고 있었다. 그림자들이 어지럽게 움직였다. 비닐하우스에 가서 커피와 라면을 더 가져올까 잠시 망설였다. 하지만 여자가 어디 있는지 더 궁금했다. 몰려 있는 사람들 뒤를 따라갔다. 앞사람들의 어깨 사이로 도사견 두 마리가 링 안에 들어오는 것이 보였다. 처음 보는 개들이었다. 개 주인들은 심판과 얘기를 하고 있었다. 나는 여자를 찾았으나 보이지 않았다. 변 사장도 보이지 않았다. 둘이 어디로 간 걸까. 갑자기 가슴이 두근거렸다. 나는 애써 개들에게 눈을 고정시켰다.

18개월쯤 되었을까. 싸움에 참가할 수 있는 월령이 그쯤이라고 들었던 것 같다. 덩치도 그렇지만 얼굴의 윤곽이나 털의 빛깔이 어딘지

어린 티가 났다. 개 주인들이 각자의 위치로 가자 심판은 개를 소개했다. 내 예상대로 두 마리 모두 이제 막 18개월을 넘긴 개들이었다. 싸움도 처음이었다.

호루라기가 울렸다. 역시 그 소리에는 알 수 없는 힘이 있는 게 틀림없었다. 두 개는 오랫동안 기다렸다는 듯이 링의 중앙으로 튕겨 나왔다. 주인들은 신중하게 자신의 개를 보고 있었다. 김포에서 온 개가 거여동에서 왔다는 개를 먼저 공격했다. 뒤로 물러나던 개는 뒤쪽 쇠창살까지 밀려가서는 그만 바닥에 납작 엎드리고 말았다. 다가오던 개가 엎드린 개의 귀를 물었다. 물린 개는 빠져나갈 생각이 없는지 그대로 앉아만 있었다.

"입봉을 하고 왔어야지."

누군가가 외쳤다. 첫 링을 타는 개에겐 종종 있는 일이었다. 처음으로 정식 싸움에 나오는 개를 링에 오르기 전에 다른 개와 한 판 먼저 붙여보는 것을 입봉이라고 한다는 것쯤은 나도 알고 있었다. 투견이 되려면 살점이 떨어져 나가고, 몸의 피를 전부 쏟아내더라도 분노의 눈빛을 거두지 말아야 한다. 죽어가면서도 살기가 눈에서 뿜어져 나와야 했다.

거여동에서 온 개 주인은 손을 들어 패배를 인정했다. 두번째 경기는 너무 시시하게 끝나버렸다. 다음 경기에 참가할 개 주인들이 황급히 상수리나무 숲 속으로 달려가는 것이 보였다. 이번 싸움에 나올 개가 그 유명한 황구 아니야? 잃어버렸다가 일주일 만에 찾았다는 그 개? 뒤쪽에서는 황구를 화제 삼아 얘기들이 오갔다. 황구는 팔려온 지 얼마 되지 않아 김포 벌판에서 훈련하던 중 어디론가 사라져버렸고 꼭 열흘 만에 집에 돌아왔다고 한다. 그런데 나중에 황구가 그 열흘 동안에 자신을 키워줬던 옛 주인을 찾아갔었다는 것이 밝혀지면서 충직한 개로 사람들의 입에 오르내렸다. 나도 들은 적이 있는 이야기였다.

"휴식 시간 없이 시작하겠습니다."

심판이 두 손을 들고 한 바퀴 돌며 말했다. 그의 입김이 허옇게 매달린 조명들을 향해 피어올랐다. 시간이 흐를수록 밤 공기는 더 차게 느껴졌다. 진행 위원들이 바삐 링 주위를 오갔다. 좀더 빨리 경기를 시작시킬 모양이었다. 갑자기 몸이 오싹거렸다. 두툼한 옷을 껴입고 와야 할 것 같았다. 어차피 싸움이 끝날 시간까지는 버티고 있다가 뒷정리를 도와야 했다. 다시 여자를 찾았지만 보이지 않았다.

작은 전구들이 만들어내는 선들은 붉은 십자가를 향해 있었다. 전구는 차례로 불이 꺼졌다가 켜지기를 반복했다. 선은 여럿이었다가 점점 줄어들었다가 아주 사라졌다. 그러고는 다시 하나였다가 둘이었다가 여럿이 되었다. 나는 무엇에 홀린 듯 언덕을 내려가야 하는 것도 잊고 은행나무 옆에 털썩 주저앉아 십자가를 보았다. 크리스마스 장식으로 둘러싸인 십자가는 평소보다 더 높은 곳에 있는 듯 보였다. 나는 십자가 꼭대기에 밧줄을 매고 그것을 타고 내려오는 생각에 빠져들었다. 내 몸이 붉은 십자가 위로 붕 떠오르는 것 같았다.

나무 비계를 타고 높은 건물을 내려오던 때가 있었다. 주로 페인트 칠을 했지만 가끔은 아파트나 빌딩의 유리창을 닦는 일도 했다. 건물 꼭대기에 밧줄을 매고 후크를 풀어가며 아래로 아래로 내려오던 기억들. 한 손으로 밧줄을 살짝 잡고, 발 앞부분으로 건물 벽을 툭 차면 그 탄력으로 몸은 한순간 허공에 머물렀다. 그때 후크를 풀면, 풀어진 시간만큼 몸은 아래로 떨어졌다. 우주유영을 하는 우주인이 그런 기분일까. 짧은 시간 동안 가슴이 작은 두려움으로 부풀어 오르다가 사그라졌다. 유쾌한 일이었다. 페인트 롤러를 벽에 굴릴 때마다 맡아지던 시너 냄새까지도 향기롭게 느껴졌다. 그땐 연애라는 것도 했었다. 결혼식도 올리고 단칸방에 신혼살림도 차렸었다. 밧줄을 타는 것이 손에 익어서 빈틈없이 벽에 페인트칠을 하며 내려올 수 있게 되었을 때, 나에게도 아내가 있었다. 그러나 세번째 결혼기념일을 일주일 남겨놓고 아내는 죽었다. 병명을 알 수 없어 이 병원 저 병원 옮겨 다니다가 아내는 붉은 오줌을 가득 쏟아내며 죽어갔다. 아내의 몸이 한 마리 짐승의 박제처럼 느껴지던 날, 아내는 숨을 거두었다. 아내의 주검을 나는 만질 수가 없었다. 머리카락 한 올을 만져도 온몸이 순식간에 부서질 것만 같았다. 손을 움켜쥐면 부스스, 하고 갈라지는 크래커처럼.

내가 아파트 4층 높이에서 떨어진 것은 지금도 믿기지 않는 일이다. 세상 그 누구보다도 비계를 잘 탄다고 자부하고 있었다. 지상에서 높이 올라갈수록 몸이 가벼웠고 내려올 때는 놀이기구를 타는 기분마저 느껴졌다.

그날도 나는 벽을 차며 천천히 내려오고 있었다. 벽면의 연두색 페인트는 넘어가는 햇살 때문에 오렌지빛으로 보였다. 얼마 남지 않은 부분만 칠하면 그날 일은 끝이었다. 내려갈 높이를 눈어림으로 확인한

나는 발끝으로 벽을 밀었다. 몸이 공중에 떴다고 느껴져서 후크를 잠깐 풀었다 조였다. 그러나 조금 내려갔다가 멈춰야 할 나무 비계는 아래로 곤두박질쳤다. 순식간에 일어난 일이었다. 밖으로 난 상처는 심하지 않았으나 그 사고 후, 오른쪽 팔과 다리에 제대로 힘이 들어가지 않았다. 더 이상 줄을 탈 수 없었다. 시너 냄새를 맡기만 해도 토하고 싶어졌다. 그 후 몇몇 사람들을 따라 공사장을 다니며 잡일을 하기도 했다. 그것도 오래가지 못했다. 건설 경기가 나빠지면서 임금이 밀리고 사람들은 뿔뿔이 흩어졌다. 그러다가 여기까지 흘러들었다.

처음 이곳에 왔던 몇 년 전만 해도 개발과는 거리가 먼 야산에 불과했다. 밖은 비닐로 대강 둘러치고 사는 무허가 집이 몇 채 있을 뿐이었다. 대부분 날품을 팔아 근근이 먹고사는 사람들이었다. 산을 가로질러 도로가 나고 반쪽의 산이 밀려 나가고 그곳에 놀이공원이 세워지는 공사가 진행되면서 사람들이 떠나기 시작했다. 비닐하우스도 하나씩 쓰러졌다. 이젠 여자와 내가 사는 하나만 남아 있다.

불빛들은 여전히 십자가 주위를 돌고 있었다. 교회 건물 오른쪽으로 펼쳐져 있는 넓은 어둠은 놀이공원 공사가 한창인 곳이었다. 황토가 시뻘겋게 드러나면서 작은 산은 점점 낮아져서 이제 산이라고 부르기도 민망하게 변해버렸다. 지금도 포클레인과 굴삭기가 그곳에 있을 것이다. 여자의 말대로 컨테이너 박스를 사는 것이 중요한 것이 아닐지 모른다. 곧 어디론가 떠나야 할 형편인데 컨테이너 박스가 무슨 소용이 있겠는가. 한 곳에 정착하지 못하고 떠돌아다니며 사는 것이 예정된 나의 삶일까. 생각해보면 지금껏 갈 곳을 정해놓고 떠나본 적은 없었던 것 같다. 산에 운동하러 온 사람들과 개싸움에 온 사람들에게 음료나 간식을 팔면서 살았던 이 생활도 머지않아 끝나리라는 것만 확실했다.

"벌써 싸움이 시작된 거 아녜요?"

가까이서 잎이 부스럭거리는 소리가 났다. 귀에 익은 목소리였다. 비닐하우스 뒤쪽에서 걸어 나오는 두 사람의 실루엣이 보였다. 변 사장과 여자였다. 가슴이 거칠게 뛰었다. 나는 구르다시피 언덕을 내려와 몸을 숨겼다. 여자가 이쪽으로 눈을 돌리는가 싶었는데 이내 태연히 링 쪽으로 올라갔다. 변 사장의 손이 여자의 엉덩이를 살짝 만지자 여자는 몸을 뒤틀며 옆으로 발을 뺐다. 둘은 곧 무리들 속으로 사라졌다.

마른침을 삼켰다. 인정할 수 없는 것은 아무것도 없었다. 여자가 언제까지 내 곁에 있어주리라는 생각을 한 것도 아니었고, 또 그녀 말고도 얼마간 함께 살다가 떠난 여자들도 있었다. 늘 그렇게 만나고 그렇게 헤어졌다. 새삼스러운 일은 아니다. 나는 나를 다독였다.

조금 전까지 앉아 있던 언덕 위에 보온병과 비닐봉지가 보였지만 다시 싸움터까지 올라갈 마음이 들지 않았다. 담배를 피워 물고 개집 앞으로 다가갔다. 지금쯤 여포는 깊은 잠에 빠져 있을지도 몰랐다. 나는 담배 연기를 개집 안으로 몰아넣었다. 개집이 조금 움직였다. 깨어난 것이리라. 깊게 빨아들인 연기를 다시 여포에게 뿜었다. 놈의 눈이 크게 빛을 발하는 듯 보였다. 네놈에게도 아직 야성이 꿈틀대고 있다는 걸 알아. 덤벼봐. 이렇게 외치고 싶었으나 말이 나오지 않았다. 나는 담뱃불을 끄고 개 줄을 천천히 잡아당겼다. 놈이 나왔다. 발밑에 납작 엎드린 채 손바닥을 몇 번 핥아주더니 다시 개집 안으로 들어가버렸다.

쟈칼과 맥스의 싸움이 시작된 모양이었다. 우우, 하는 소리와 개들의 이름이 들려왔다. 첫번째 싸움이 무승부로 끝났으니 그때 걸었던 돈과 다시 모은 돈은 이번 싸움에서 이긴 편이 다 갖게 될 것이다. 싸움판은 어느 때보다도 술렁거리고 있었다. 가끔 개들의 괴성이 들렸다. 숲 쪽이었다. 곧 철창을 부수고 나올 것 같은 절박한 울부짖음이었다. 어둠에 한껏 확장된 그들의 동공이 떠올랐다.

"쟈칼, 더 물고 늘어져."

변 사장 목소리였다. 이어서 다급한 외침이 들렸다. 수의사 없어요? 의사를 불러. 정 사장인 것 같았다. 맥스가 쓰러졌다. 누구 목소리인지 구별할 수 없었다. 많은 사람들이 한꺼번에 큰 소리를 질렀다. 귀가 먹먹했다. 길게 늘어진 사람들의 그림자가 어지럽게 움직였다. 호루라기가 연달아 두 번 울렸다. 환호성도 쏟아졌다. 모두 환청 같았다.

나는 여포의 발을 잡아 끌어냈다. 엎드린 자세 그대로 밖으로 나온 놈은 일어서려고도 하지 않았다. 나는 가죽 목걸이를 돌려 줄과 연결된 고리를 찾았다. 그리고 그것을 풀었다. 싸움터에서 말고 이렇게 자유로운 적이 놈에게는 없었을 것이다.

"가!"

나는 짧게, 힘주어 말했다. 여포는 바닥에 더 납작하게 엎드렸다. 휘익. 두 손가락을 입안에 넣어 휘파람을 불었다. 나는 놈이 호루라기 소리를 기억해내길 바랐다. 그러나 놈은 꼼짝하지 않았다. 가서 뭐든

물어. 이제야 내 목소리도 탁 트여 나왔다. 사람들의 눈길이 이쪽을 향한 것이 느껴졌다. 눈을 부라리고 뛰어! 내 목소리 톤이 더 높아졌다. 그제야 놈은 어슬렁어슬렁 걷기 시작했다. 잎이 수북한 언덕 아래를 지나갔다. 방향은 상수리 숲 쪽이었다. 여포가 풀렸다, 하는 말이 위쪽에서 들렸다. 나는 마른 잎을 손에 잡히는 대로 놈을 향해 던졌다. 손에서 떨어져 나간 나뭇잎은 멀리 가지 못하고 내려앉았다. 뛰어, 뛰란 말이야! 내 목청은 걷잡을 수 없이 커져 있었다. 물어, 죄다 물어버려! 링 주위에 몰려 있던 사람들의 화다닥거리는 발소리가 들렸다. 쌓여 있던 먼지가 일어나며 흙냄새를 풍겼다. 몇몇은 상수리 숲으로 달려가며 외쳤다. 여포를 잡아!

허리를 곧추세웠다. 오른쪽 다리에도 한껏 힘을 주었다. 십자가를 에워싼 작은 전구들은 긴 선을 만들었다가 지워갔다. 나는 줄을 타고 십자가를 내려오고 싶어졌다. 무릎을 구부렸다 힘껏 폈다. 몸이 앞으로 꼬꾸라졌다. 땅에서 차가운 기운이 올라왔다. 개들의 울부짖는 소리가 높낮이를 달리하며 밤하늘에 울렸다. 지금쯤 여포는 다른 개와 엉켜 싸우고 있을 것이다. 마사토가 깔린 링 안도 아니고, 돈도 걸려 있지 않은 싸움터에서. 놈의 목 언저리가 찢겨 피가 나고, 입에서는 핏덩이 섞인 끈적한 침이 흘러내릴 것이다. 그래도 놈은 분노에 찬 눈으로 상대를 노려보겠지. 나는 다시 팔목에 힘을 주며 줄을 타고 십자가를 내려오는 상상을 한다. 무릎을 구부리며 십자가 가까이 다가갔다가 다리를 쫙 펴면 몸은 붉은빛을 받으며 날아오른다. 그 짧은 시간을 놓치지 않고 적당히 후크를 조였다 풀어주면 되는 것이다. 얼마나 쉬운 동작인가. 옛날처럼 다시 땅으로 곤두박질칠 일은 없을 것이다.

온 산을 울리는 울부짖음이 숲에서 들려온다.

당신의 캐비닛

그곳이 깊은 우물 속이라는 것을 안 것은 꿈을 꾼 지 며칠이 지난 뒤였다.

습하고 어두웠으며 간간이 물 떨어지는 소리가 들리기도 했다. 꿈속이었지만 자신이 어딘지도 모르는 곳에 있다는 두려움에 당신은 고개를 무릎 사이에 파묻었다. 물소리가 점점 크게 들렸다. 당신은 무릎을 감싸 안으며 몸을 아주 작게 웅크렸다. 그때, 당신 이름이 들렸다. 고개를 들고 사방을 둘러보았다. 어둠에 익숙해질 때도 되었지만 사위는 여전히 어두웠고, 아무것도 보이지 않았다. 거기, 누구세요? 떨리는 목소리로 당신이 물었다.

다시, 당신의 이름을 부르는 소리가 들렸을 때 잠에서 깼다.

*

 지하철역에 설치된 캐비닛을 빌린 것은 당신이 우물 속에 갇힌 꿈을 꾼 며칠 뒤, 꿈속에 갇혀 있던 곳이 깊은 우물 속이라는 것을 알게 된, 그날이었다.

*

 다음 날부터 당신은 캐비닛을 보러 갔다. 아무것도 넣지 않았으므로 무엇이 들어 있을 리 없었지만 매일 당신은 캐비닛 문을 열어봤다. 텅 빈 캐비닛을 보고 당신은 생각했다. 무엇을 채울까. 무엇을 가지고 떠날까.

*

 꿈속에서 봤던 우물은 어린 시절 당신이 살았던 집 한가운데에 있던 것이다. 어두운 그림자와 맑은 하늘을 함께 담고 있었던 우물. 당신은 그 우물을 그렇게 기억하고 있었다.

당신보다 세 살 많았던 당신의 언니는 우물가에서 노는 것을 좋아했다. 맨발로 우물을 빙빙 돌며 춤을 췄다. 무슨 말인지도 모르는 노래 가사들을 흥얼거렸다. 비슷한 리듬이 반복되었고, 시작과 끝이 분명하지 않은 노래들이었다. 당신의 언니는 이렇게 말하곤 했다. 어른이 되면 나는 먼 나라에서 살 거야. 뜨겁고 건조한 바람이 부는 사막이라면 좋겠어.

우물가에서 놀던 언니가 우물에 빠져 죽은 것은 우연한 사고였다.

언니는 우물 속에서 마지막으로 누군가의 이름을 불렀다. 그때 언니가 불렀던 이름이 당신의 이름이었는지 확인할 길은 없다. 그러나 당신은 그것이 당신 이름이었을 것이라고 확신했다.

언니가 죽고 나서, 당신은 맨발로 우물가를 돌며 언니의 몸짓을 흉내 내곤 했다. 당신의 여린 발바닥에 굳은살이 박이도록 우물을 돌았다. 언니의 그 끝날 것 같지 않던 노래들을 흥얼거렸다.

*

고양이가 죽었다. 태어난 지 한 달이 채 되지 않은 새끼들이다. 그들은 아파트 1층, 당신의 집 거실에서 내려다보이는 화단에 살고 있던 길고양이들이었다. 고양이들의 어미는 네 마리 새끼를 두고 어느 날 사라졌다. 아파트에서 벌어지고 있는 소위 '길고양이 소탕 작전'에 희생되었을지도 모를 일이었다.

당신이 어딘지도 모르는 곳에 갇히는 꿈을 꾼 얼마 뒤, 그곳이 당신이 어렸을 적 살았던 집에 있던 우물 속이었다는 것을 알게 된 날로부터 얼마 뒤, 당신이 지하철역에 설치된 캐비닛을 빌린 얼마 뒤, 당신집 앞 화단에서 살던 새끼 고양이 네 마리 중 세 마리가 죽은 것이다.

*

당신은 죽은 새끼 고양이들의 어미를 처음 만난 날을 떠올렸다. 그날 서울 지역에는 폭설이 예보되어 있었다.

외출을 서두르고 있었다. 집을 나서기 전 당신은 문 잠금을 확인하러 앞 베란다 쪽으로 갔다. 그때, 고양이 한 마리가 화단 가장자리에 심어진 꽝꽝나무 사이를 뚫고 걸어오고 있었다. 느린 걸음이었다. 걸음을 옮길 때마다 땅에 닿을 듯한 뱃가죽이 출렁거렸다. 빠진 털 때문에 등은 흰 속살이 들여다보였다. 그나마 남은 털도 윤기가 없었다.

베란다 유리문을 사이에 두고 당신과 어미 고양이는 서로를 살폈다. 잠시 뒤, 어미 고양이는 당신의 눈을 피해 유유히 화단을 벗어나 어디론가 사라졌다. 그가 새끼 낳을 곳을 찾고 있다는 것을 당신은 알았다.

화단 빈 화분에 담요를 깔고 임시 지붕을 만들었다.

그날 밤, 어미 고양이는 그곳에서 네 마리 새끼를 낳았다. 예보대로 눈이 많이 내린 날이었다.

*

계단을 내려갔다. 베란다에서 화단으로 이어져 있는 돌계단에는 빈 화분들이 층층이 놓여 있다. 우물가에서 춤을 추던 언니처럼 당신은 맨발이었고, 손에는 꽃삽과 검은 비닐봉지가 들려 있었다.

서두를 필요는 없었다. 새끼 고양이들은 더 이상 배가 고프지 않을 것이며, 춥지 않을 것이며, 더구나 어미를 그리워하지도 못할 것이기에.

새끼들의 몸은 서로 엉겨 있었다. 동백나무 아래였다. 흰 눈 위에 붉은 동백꽃 몇 송이가 흩어져 있었기 때문일까. 새끼 고양이 사체는 인형처럼 보였다.

배내털이 바람에 하늘거렸다. 스티로폼 접시 옆에는 먹다 만 소시지가 흩어져 있고, 반쯤 벌어진 입가에는 토사물이 묻어 있다. 새끼들의 마지막 만찬이었던 소시지에는 치명적인 독극물이 묻어 있었을 것이다. 아파트 단지에서 길고양이를 없애려는 사람들의 방법이 점점 교묘해지고 있었다.

동백꽃 한 송이가 당신 발밑에서 뭉개졌다. 털을 매만졌다. 감기지 않은 눈을 들여다보았다. 물기가 남아 있는 새끼 고양이의 눈은 깊고 푸르렀다. 토파즈처럼.

꽃삽으로 주검을 검은 비닐봉지에 넣었다. 가벼웠다. 가벼움이 당신을 슬프게 했다. 새끼 고양이들이 세상에서 살다간 시간을 무게로 환산한다면 당신의 손끝에서 느껴지는 그 무게, 그 가벼움, 딱 그 정도일 것이다. 언니가 살다간 시간은 어느 정도 무게였을까. 당신은 문득 궁금해졌다.

*

그날 아파트 단지에서 죽은 채 발견된 길고양이들은 스무 마리가 훨씬 넘었다고 한다. 철거를 앞둔 퇴락한 아파트는 길고양이들이 숨어 지내기 좋은 장소였다. 하지만 위험한 장소이기도 했다.

*

 빈집들이 늘어났다. 고장 난 가로등은 더 이상 수리되지 않았다. 유리창들이 뿌옇게 변했다. 문이 통째로 뜯겨 나간 집도 생겼고, 벽에는 낙서가 늘어났다. 떼를 지어 돌아다니는 고양이들을 보는 것이 대수롭지 않은 일이 되어버렸다. 고양이들은 눈을 번뜩이며 사람들을 위협했다. 고양이들의 괴이한 울음소리에 사람들은 잠을 설쳐야 했다. 음식물 쓰레기는 치워지지 않았고, 아파트는 악취로 뒤덮였다.

 3년 전, 남편이 죽었을 때 이곳을 떠나지 않은 것을 당신은 후회했다.

*

 그 우물은 아버지에 의해 메워져버렸다.

 우물이 없어지고 얼마 지나지 않아 식구들은 모두 흩어졌다. 우물이 없는 그 집엔 당신의 아버지만 남았다. 당신은 오랫동안 그 우물을 잊기 위해 살았고, 그 우물은 진짜 당신의 기억 속에서 사라진 듯했다.

 당신이 다시 그 집을 찾은 것은 당신의 아버지 장례식 때였다. 모여든 식구들은 자신들이 살았던 집이 폐가처럼 변해버린 것에 놀란 눈치였으나 아무도 우물에 대한 이야기를 꺼내지 않았다. 우물이 있었던 자리는 흔적도 없었으며 어쩌면 우물 같은 것은 처음부터 없었던 듯 보였다.

*

밤마다 사료와 소시지를 아파트 곳곳에 놓고 다니는 사람이 있었다. 당신도 그 사람에 대한 소문을 들은 적이 있었다. 소문은 많았지만 누구도 그의 정체를 정확히 아는 사람은 없었다. 어떤 사람은 그가 남자라고 했고 어떤 사람은 그가 여자라고 했다. 늘 검은 옷을 입고 모자를 깊게 눌러쓰고 늦은 밤에만 돌아다닌다고 했다. 그의 뒷모습을 본 사람은 있지만 정작 그의 얼굴을 정확히 본 사람은 없었다. 어쩌면 소문의 '그'는 한 명이 아닐지도 몰랐다.

*

밤새 몸을 뒤척였다. 얼핏 선잠이 들었고, 당신은 또다시 우물 속에 갇힌 꿈을 꾸었다. 우물은 말라 있었고, 어두웠다. 통 넓은 하렘 바지를 입은 당신은 두 손을 높이 들고 춤을 추고 있었다. 늘어진 살갗과 울퉁불퉁한 뱃가죽과 긴장감 없는 근육들. 분명히 당신의 모습 그대로였다. 좁은 우물 속인데도 동작은 자연스러웠다. 입에서는 노래가 흘러나왔다.

언제부터 우물에 물이 고이기 시작한 것일까. 물은 당신 발바닥을 적시고 금세 발목까지 차올랐다. 그래도 당신은 춤추는 것을 멈출 수 없었다. 좁고 컴컴한 우물 속에 갇힌 당신이 할 수 있는 것이라고는 춤을 추는 일밖에 없는 것처럼 당신은 춤에 몰두했다. 물은 사방에서 밀려드는 것 같았다. 심지어 당신의 배꼽에서도 흘러나오는 것처럼 느껴졌다. 우물은 빠르게 채워졌다. 당신의 허리를 지나 가슴까지 차올랐다. 메워졌다고 생각했던 그 우물은 흐르고 흘러 마침내 당신의 배꼽까지 흘러든 것인가.

*

지문 인식이 끝나자 캐비닛 문이 열렸다. 당신은 아직 아무것도 캐비닛에 넣지 않았다. 당신에게 매일 캐비닛을 확인하는 것은 일종의 의식이었다. 지금까지 살아왔던 당신의 방식을 버리고 새로운 삶을 살기 위한 의식. 캐비닛은 당신이 떠나고 싶을 때 언제든 떠날 수 있게 필요한 물건들로 채워질 것이었다.

이제 길고양이들은 사람을 무서워하지 않았다. 고양이를 싫어하는 사람들의 방법도 점점 극악해져갔다. '소탕 작전'의 빌미를 제공한 것은 고양이들이었다. 고양이들 때문에 아파트 난방이 중단된 일이 있고 나서 주민들의 항의가 거세졌다. 지하 밸브실에 고양이들이 들락거리며 레버를 움직인 것이 사고의 원인이었다. 밤새 추위에 떨던 주민들은 그것이 고양이들 때문이라는 것을 알고 임시 주민회의를 열었다. 고양이를 보호해야 한다는 사람들의 말은 무시되었다. 중성화 수술을 시켜야 한다거나 독극물을 놔서라도 길고양이의 수를 줄여야 한다는 사람들의 목소리만 커졌다.

*

우물 속에서 춤을 추던 꿈을 꾸고 난 후로 당신도 당신의 언니가 그리워했던 뜨겁고 건조한 바람이 그리웠다. 우물가에서 언니가 추던 동작들이 생각났고 흥얼거리던 곡조가 떠올랐다. 너무 자연스럽게 노래를 따라 하고 있는 자신의 모습을 보고 당신은 놀랐다. 당신은 보릿대춤도 못 춘다고 생각했는데 꿈속에서 당신의 몸은 저절로 리듬을 따라 움직이지 않았던가. 우물가의 언니처럼 춤이 추고 싶어졌다.

*

춤을 추던 언니가 우물 속으로 들어간 것은 스카프 때문이었다. 춤을 출 때 이리저리 흔들어대던 스카프가 바람에 날려 우물 속으로 들어갔다. 언니는 맨발로 우물 안 돌들을 밟으며 내려갔다. 돌에는 푸른 이끼가 끼어 있었다. 점점 깊이 우물 속으로 내려가면서도 언니는 노래를 흥얼거렸다. 노래가 멈추고 마지막 어떤 소리가 들렸다. 그것은 꼭 당신의 이름처럼 들렸다.

*

독극물. 안내문에는 분명 그렇게 적혀 있었다. 열흘 동안 아파트 곳곳에 독극물이 살포될 것이라는, 애완동물과 어린아이가 있는 집에서는 주의를 기울이라는 내용이었다. '신경통에 좋은 고양이'라는 낙서도 보였다.

당신은 마음이 급해졌다. 어미 고양이가 낳은 네 마리 새끼 중 살아 있을지도 모르는 한 마리, 만약 그 한 마리가 살아 있다면 그 고양이를 빨리 찾아야 했다.

*

아파트 주차장에서도, 화단에서도, 보일러 밸브실에서도, 경비실 앞에서도 길고양이들의 사체가 발견되었다. 지독한 악취에, 형체를 알아보기 힘든 것도 있었다. 사람들은 집에서 나오지 않으려 했다. 음식을 배달시키고, 필요한 물건은 홈쇼핑을 통하거나 인터넷이나 전화로 주문했다.

*

어미 고양이가 낳은 네 마리 새끼 고양이 중 아직 살아 있을지도 모르는 한 마리의 새끼 고양이를 꼭 찾아야 한다고 당신이 생각한 것은 그 우물에 대한 꿈, 우물 속에서 들렸던 소리 때문이었다.

얼굴을 창 가까이 들이밀고 화단을 살폈다. 유리문 안에서 밖이 잘 보이지 않았다. 밤마다 고양이 사료와 소시지를 곳곳에 놓고 다닌다는 사람을 당신은 기다렸다. 그 사람이라면 당신이 찾고 있는 새끼 고양이의 행방을 알 것만 같았다. 살아 있는지, 살아 있다면 어디에 숨어 있는지.

'그'를 기다렸지만 만날 수는 없었다.

*

거울 속 당신은 양팔을 옆으로 뻗어 부드럽게 움직였다. 곡선을 그리며 사막의 모래 위를 유유히 나아가는 뱀처럼. 뱀의 머리가, 몸통이, 꼬리가 곡선을 그리며 고운 모래 위를 지나가듯 양팔을 차례로 부드럽게 휘저었다.

해가 기울었다. 모래언덕 뒤로는 아직 붉은빛이 남아 있다. 모래사막은 끝이 없다. 당신은 뱀이 되어 오늘 밤 사막을 건널 것이다. 당신이 움직일 때마다 모래가 서걱댄다.

*

아니, 누구도 알아채지 못했지만 당신은 알고 있었다. 오래전부터 우물물은 당신을 향해 흘러들어오고 있었다는 것을, 우물을 메워버렸지만 거기엔 아직 우물이 남아 있었음을. 당신도 알아채지 못하는 시간에도 물길은 당신을 향해 흘러들어오고 있었음을.

그러니까 당신의 언니가 빠져 죽은 그 우물은 당신에게 있어 세상 어느 우물보다 깊은 우물이었다는 것을.

*

어미 고양이의 네 마리 새끼 중 살아남아 있을 거라고 생각한 그 한 마리를 당신은 찾지 못했고, 그 발견되지 않은 새끼 고양이 한 마리를 잊어갔다.

*

당신이 캐비닛에 맨 처음 넣은 것은 책이었다. 당신이 도착하게 될 그곳에서 당신은 매일 소리 내어 책을 읽을 것이다. 당신의 모국어로 된 책을 소리 내어 읽을 것이다. 책의 내용이 무엇이건 상관없을 것이다. 어떤 페이지부터 읽어나가도 괜찮을 것이다. 한글을 처음 배우던 때처럼 당신은 또박또박 정확한 발음으로 책을 읽으며, 당신은 그 소리가 의미는 사라지고 그냥 소리로만 남게 될 때를 기다릴 것이다. 그때가 되면 당신은 비로소 깨달을 것이다. 돌아가기엔 당신은 이미 너무 멀리 떠나왔고, 그렇기 때문에 비로소 당신의 삶이 누구의 것도 아닌 온전히 당신의 것이 되었음을.

*

당신은 산에 오른다. 콘크리트 길이 끝나고 흙길이 이어지는 곳에서 당신은 신발을 벗고 양말을 벗었다. 발가락 사이로 흙이 비집고 들어왔다. 나뭇잎이 밟혔다. 맨발이 숲길에 익숙해지면서 당신은 리듬을 탔다. 어느 순간엔 자연스럽게 몸을 바람에 맡기고 천천히 몸을 흔들기도 했다. 눈을 감으면 발바닥으로 땅이 느껴졌다. 몸이 자연스럽게 움직이면 음악이 흘렀다. 끝날 듯 끝날 듯 끝나지 않고 이어지는 아랍의 음악에는 아주 뜨겁고 건조한 바람이 묻어 있었다.

당신은 신의 구원을 갈망하며 신전 앞에서 춤을 추던 무희가 된 것처럼, 우물가를 맴돌며 춤을 추던 언니처럼 춤을 췄다. 사막의 모래폭풍이 당신을 덮친다 해도 꼼짝 않고 춤을 추며 사막을 건널 수 있을 것만 같았다. 바람이 당신을 어디든 데려갈 것만 같았다.

＊

　의심스러웠다. 언니가 우물 속으로 들어간 것은 우물에 빠진 스카
프를 줍기 위한 것이 아니었을 거라는 의심. 우물 속으로 언니가 사라
지던 날 언니에게만 먼 아랍의 음악이 들렸던 것은 아닐까, 하는. 춤에
빠져들었던 언니는 뜨거운 사막 한가운데 서 있었고, 발밑에 달궈진
모래의 뜨거움을 견디지 못해서 이끼 낀 돌을 밟아, 그 서늘한 기운을
따라 우물 속으로 들어간 것은 아닐까, 하는.

＊

　독극물이 살포된 열흘 동안 고양이 주검이 담긴 자루가 매일 경비실
앞에 쌓였다. 열흘이 지나자 거짓말처럼 고양이들이 보이지 않았다.
　당신은 떠나기 위해 열심히 캐비닛을 채워갔다.

*

    사다리가 짐을 내리면 이삿짐센터 차량은 짐을 싣고 어디론가 떠났다. 불 꺼진 집이 늘어났다. 떠들썩하던 아이들의 소리가 사라졌다. 가로등은 불이 켜지지 않은 지 오래되었다. 밤 아홉시만 넘어도 아파트 단지 안에는 사람들이 보이지 않았다. 물론 떼 지어 돌아다니는 고양이들도 없었다.

    고양이에 대한 얘기도 더는 떠돌지 않았다. 밤마다 사료와 소시지를 놓고 다닌다던 정체불명의 사람에 대한 얘기도 전설이 되어버린 듯했다. 머지않아 남아 있는 사람들마저 모두 떠나고, 아파트 건물이 철거되면 이곳에 살았던 사람들의 얘기들은 건물 잔해들과 함께 묻히고 말 것이다. 사람들과 함께했던 고양이에 대한 이야기도 묻힐 것이다. 한번 묻힌 이야기는 다시 살아나지 못할 것이다.

*

    당신이 찾던 고양이가 나타났다. 기적 같은 일이다. 몸집은 커졌지만 흰 바탕에 검은 얼룩무늬를 가진 녀석을 당신은 한눈에 알아봤다. 어미 고양이가 낳은 네 마리 고양이 중 한 마리가 살아 있었던 것이다.

녀석은 당신과 오랫동안 눈을 맞췄다. 당신이 다가가도 물러서지 않았다. 당신 발목에 얼굴을 비벼댔고, 두 다리 사이를 오가며 빙빙 돌았다. 털을 만지려 하자 땅에 엎드린 채 움직이지 않았다. 녀석의 등을 타고 그릉그릉 소리가 들렸다.

다음 날도, 그 다음 날도 녀석은 당신을 찾아왔다.

*

당신은 캐비닛에 있던 물건들을 하나씩 꺼냈다. 티셔츠들, 점퍼, 운동화, 머플러와 모자, 화장품들, 책들과 비디오테이프, 시디 몇 장과 사진들, 편지 꾸러미와 금반지, 손톱깎이……. 캐비닛을 빌린 뒤, 당신이 넣은 물건들이었다.

떠나기로 했다면, 거기가 어디든 지금껏 당신을 붙잡고 있던 것들을 모두 버려야 하지 않을까. 우물가에서 춤을 추던 언니가 맨발로 이끼 낀 돌을 딛고 깊은 우물 속으로 들어갔던 것처럼.

　다시, 캐비닛은 텅 비었다. 당신이 캐비닛을 빌려 처음 문을 열었을 때처럼 아무것도 없다. 당신은 당신 품에 안겨 있는, 어미 고양이가 낳은 네 마리 새끼 고양이 중 유일하게 살아남은 한 마리 고양이를 캐비닛에 밀어 넣었다. 녀석은 애초부터 저항 같은 것을 할 생각이 없었던 듯 보였다. 마치 오래전부터 익숙하게 지내온 장소처럼 캐비닛 안에 자리를 잡고 몸을 웅크렸다.

　캐비닛 문을 닫자 안에서 녀석의 소리가 들렸다.

　우물 속에서 들렸던 언니의 마지막 목소리가 당신 머릿속을 훑고 지나갔다.

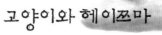

고양이와 헤이쯔마

카페 '리치와 커피'

소리를 듣지 못하는 고양이를 기르고 있다고 여자가 말했다.

털은 온통 눈부신 흰색이며 오렌지빛 눈을 가진 화이트 페르시안 고양이. 나는 카페에 여자의 고양이, 리치가 나타나기 전까지 그 모습을 상상만 했다. 사뿐하고도 느리게 내딛는 걸음걸이와 움직일 때마다 꿈틀대는 척추 마디마디, 외부의 소리에는 반응하지 않고 다만 가끔씩 무겁게 눈을 감았다 뜨는 고양이를.

거기까지가 내가 상상할 수 있는 고양이였다. 소리를 듣지 못하는 고양이는 보통 고양이와 무엇이 다를까. 언뜻 떠오르는 것은 느린 행동이었다. 어쩐지 소리에 반응하지 못하면 행동은 굼뜰 것 같았다. 하지만 그것뿐이었다. 듣지 못하는 고양이가 있다는 말을 들어본 적이 없는 나로서 그 이상을 상상할 순 없었다.

"고양이가 귀머거리라니……. 그럼, 울지도 못하겠네?"

귀머거리 고양이 얘길 듣고 리치 엄마에게 그렇게 물었던 것 같다. 그녀가 기른다는 고양이 이름이 리치라는 것을 알고부터 여자를 리치 엄마, 라고 부르기도 했고 급할 땐 리치, 라고 부르기도 했다.

스물여섯 살, 나보다 한 살 어렸다. 그녀의 엄마는 얼마 전 재혼을 했다고 한다. 리치 엄마에게 카페를 차려준 것, 원룸을 얻어준 것이 그녀 엄마의 이별 선물인 셈이다. 게다가 소리를 듣지 못하는 고양이, 리치도 그녀의 엄마가 준 선물이라면 선물이다. 그녀가 엄마와 함께 살 때 키우던 고양이를 이제 그녀 혼자 키우게 된 것이다.

"이렇게 혼자 사니까 진짜 어른이 된 것 같아."

리치 엄마는 담배 연기를 천장을 향해 내뱉으며 말했다. 우리는 만난 지 몇 시간 만에 친구처럼 자연스럽게 말을 텄다.

"너, 고양이가 어떻게 우는지 알기나 해?"

"야아옹, 야아옹, 이렇게 우는 거 아냐?"

나는 애써 목소리를 가늘게 하려고 애쓰며 고양이 울음소리를 냈다. 그녀는 고개를 가로저었다. 그녀의 귓불에 매달린 은귀걸이가 흔들렸다.

"왜 고양이가 야아옹, 하고 소리를 낸다고 생각해? 귀 기울여 고양이 소릴 들어보긴 한 거야?"

다른 고양이 울음소리는 떠오르지 않았다. 솔직히 말하면 나는 고양이를 썩 좋아하지 않았다. 아끼는 운동화를 고양이가 물어뜯은 적이 있는 것 말고는 특별히 고양이에 대해 나쁜 기억이 있는 것은 아니었다. 나는 그저 고양이들의 눈빛이 싫었다. 두려움이 없는, 도도해 보이는 눈빛이 싫었다.

"그럼, 어떤 소릴 내는데?"

"자, 잘 들어봐."

그녀는 들고 있던 머그잔을 내려놓고 눈을 지그시 감았다.

"미이우, 미이우."

입술이 천천히 과장되게 움직여서 소리와 입 모양이 일치하지 않았다. 립싱크를 들켜버린 가수들처럼. 나는 소리를 듣기보다 그녀의 두툼한 입술이 천천히 움직이는 것을 유심히 봤다. 그녀의 성질이 사납지만 않다면 아마 그때 기습 키스라도 했을 것이다. 나도 그녀의 입술 모양을 흉내 내며 소리를 냈다.

"미이우, 미이우, 이렇게?"

며칠 후, 말로만 듣던 리치가 그녀의 카페에 왔다. 집에 둘 수 없어서 데리고 나왔다고 했다. 하루 종일 집에 혼자 있는 스트레스 때문인지 온갖 말썽을 다 부린다는 것이다. 그녀가 아끼는 니트 스웨터를 망쳐놓은 것이 카페에 데리고 나온 결정적인 계기가 되긴 했지만 말썽이 이만저만 아닌 모양이었다. 방문을 얼마나 긁어댔는지 문 아래쪽은 페인트가 거의 다 벗겨졌단다. 신발은 보이는 대로 찢어놓기 일쑤고, 쓰레기봉투도 아무 곳에나 둘 수가 없다고 했다.

그러나 리치는 아주 온순해 보였다. 리치 엄마의 말처럼 그렇게 흉악한 짓을 할 것처럼 보이지 않았다. 카페 '리치와 커피' 문 앞에 두 앞다리를 세우고 앉아 있는 폼이 여간 품위 있어 보이는 게 아니었다. 지나가는 사람들마다 쳐다봤다. 이름이 뭔지, 무슨 종(種)인지 묻는 사람도 있었다. 어떤 사람은 만져보려고도 했다. 리치는 사람들이 만지는 것을 싫어하는 눈치였다. 사람들이 만지려고만 하지 않으면 몇 시간이고 카페 문 앞에 같은 자세로 앉아 있었다. 자기를 쳐다보는 사람들의 시선을 즐기는 것처럼 보였다.

녀석은 정말로 소리를 듣지 못하는 걸까. 리치가 카페에 나타나던 날, 나는 그것이 가장 궁금했다.

"리치, 리치. 자, 소리가 들리나 봐."

문 앞에 앉아 있는 리치의 한쪽 귀에 대고 박수를 쳤다. 최대한 세게 손바닥을 마주쳐 소리를 냈다. 녀석이 갑자기 앞발을 치켜들더니 발톱으로 손등을 할퀴었다. 순식간의 일이었다. 상처에 핏물이 스며들었다. 녀석의 발톱 자국대로 몇 개의 금이 손등에 그려졌다.

"뭐야, 소릴 잘 듣잖아?"

"너, 바보냐? 앞에서 그렇게 손을 가까이 가져가는데 당연히 할퀴지."

"소릴 듣고 놀라 할퀸 거라구."

"너, 내 말 못 믿는구나? 그럼 내가 보여주지. 자, 봐. 내가 이름을 불러볼테니. 리치의 눈동자를 봐. 조금이라도 흔들리는지."

리치, 리치. 그녀는 녀석의 뒤편에서 큰 소리로 불렀다. 아무런 반응이 없었다. 이번에는 유리컵 하나를 집어 들더니 바닥에 떨어뜨렸다. 퍽, 제법 큰 소리가 카페에 울렸다. 리치는 앞다리를 곧게 세우고 앉은 그대로 꼼짝하지 않았다. 가끔 느리게 눈을 껌벅이긴 했지만 소리에 놀라서 눈동자가 흔들리진 않았다.

유리컵을 깨뜨리면서까지 그녀는 내게 리치가 귀머거리 고양이라는 걸 증명해주었지만 나는 리치가 귀머거리라는 게 여전히 의심스러웠다. 그래서 그 후로도 나는 리치 앞을 지날 때 그의 눈을 똑바로 쳐다보며 미이우, 미이우, 하고 소리를 내보기도 하고, 일부러 녀석의 등 뒤에서 큰 소리로 떠들기도 했다. 그럴 때마다 녀석은 아무런 소리가 들리지 않는다는 듯이 행동했다.

그런데 리치가 소리를 듣지 못하는 것보다 이상한 것은 리치 엄마도 가끔씩 귀머거리처럼 멍하니 앉아 있을 때가 있다는 것이다. 손님들이 주문을 하려고 몇 번을 불러도 못 듣는 경우가 있다는 것이다.

아무튼 요즘엔 화이트 페르시안, 리치가 그녀의 카페 앞을 지키고 있다.

박봉구의 무협지 탐독

박 사장이 무협지에 빠져 있다는 것을 이 골목 사람들은 다 알고 있다. 트럭만 길거리에 대놓고 물건은 제대로 정리하지 않은 채 어딘가로 사라지는 일이 잦아졌다. 그의 1.5톤 트럭은 물건을 잘 진열할 수 있도록 개조되어 있었다. 짐칸을 막고 양옆으로 문을 여닫을 수 있도록 만들어진 트럭에는 한복을 입은 인형에서부터 나무로 깎은 안마기나 등긁이, 열쇠고리, 휴대폰 줄 같은 물건들이 가득했다. 특히 중국인 관광객들이 좋아하는 스테인리스 밥공기나 국 대접, 숟가락, 젓가락을 앞부분에 진열해놓았다.

늘 트럭만 지키고 있던 그가 갑자기 변한 걸 두고 처음엔 소문이 무성했다.

제일 먼저 생겨난 소문은 여자가 생겼다는 것이었다. 홀아비인 박 사장에게 일어날 법한 일이긴 했다. 하지만 대낮에 사람들이 보는 뻔한 곳에서 여자를 만나겠다고 내빼는 짓은 못할 위인이라는 게 그 소문을 잦아들게 했다.

그다음엔 도박에 빠졌다는 소문이 났다. 한국산 스테인리스가 품질이 좋다는 것이 중국인 관광객들에게 알려지면서 박 사장의 매상은 쏠쏠했다. 돈을 좀 만지게 되었으니 자연히 딴생각도 하게 되었다는 것이다. 매일 고래며 상어를 잡으러 가는 거 아냐? 하며 삼계탕집 최 사장이 물었을 때 웃기만 할 뿐 아무런 대답이 없었다. '바다이야기'에 미쳐 있다는 것은 어느 정도 신빙성이 있어 보였다. 그의 눈은 늘 붉게 충혈되어 있었으므로 더욱더 그 소문을 뒷받침했다.

그러나 곧 사실이 드러났다. 평소 구두쇠 소리를 듣는 박 사장이 도박에 미쳤을 리가 없다고 생각한 내가 박 사장의 뒤를 밟은 것이다. 다른 사람은 몰라도 내겐 박 사장이 중요했다. 박 사장과 나는 얽힌 게 많았다. 박 사장이 장사를 못 하게 된다면 헤이쯔마(黑芝麻)를 파는 내가 가장 큰 타격을 받을 게 뻔했다. 관광객들이 박 사장 트럭 앞에서 서성이고 있을 때 나는 헤이쯔마를 팔 수 있었다. 박 사장이 만에 하나 장사를 못 하게 되면 나도 이 일을 접어야 했다. 헤이쯔마 장사가 이제 조금 자리를 잡은 터에 박 사장이 장사를 그만두면 무엇보다 나에게 낭패였다.

검은깨 캐러멜, 헤이쯔마를 팔게 된 것도 다 박 사장의 제안이었다. 근처 식당에서 배달 일을 하던 나를 박 사장은 눈여겨본 모양이었다. 가끔 박 사장에게 점심 배달도 해주면서 이런저런 얘기를 나누는 사이가 되었다. 나이를 따지고 보면 아버지뻘이었지만 그는 나를 편하게 대해줬다. 담배도 나눠주고 가끔 소주도 함께 기울였다. 그러던 중 내가 교통사고를 당했다. 골목에서 튀어나오던 승용차와 내가 타던 오토바이가 부딪치는 사고가 났다. 내가 일하던 식당 주인은 내 부주의라며 병원비를 못 내겠다고 했다. 병원에 입원해 있던 내게 박 사장이 찾아와서 배달 일을 그만두고 헤이쯔마를 팔아보라고 했다. 가이드 마진을 떼어준다고 해도 배달 일 하는 것보단 나을 테니 해봐. 지나가듯 하는 말이었다 하지만 그가 다른 물건과 함께 팔던 것인데 나를 생각하는 마음이 없었다면 선뜻 떼어주진 않았을 것 같았다.

박 사장 장사가 잘 안되면 덩달아 나도 타격이 있었다. 그러니 박 사장의 일이 곧 내 일이었다. 내가 박 사장의 뒤를 밟던 그날도 박 사장은 트럭에 있는 물건들을 대충 진열해놓고 내게 트럭 좀 봐달라는 눈빛을 보냈었다. 그러고는 큰길 쪽으로 뛰어갔다. 어차피 관광버스가 도착하려면 두어 시간 여유가 있었다.

멀찌감치 박 사장 뒤를 따라갔다. 대학교 후문이 있는 쪽으로 걸어가던 박 사장이 큰길에 다다르기 바로 직전에 오른쪽 골목으로 꺾었다. 내가 박 사장이 들어간 골목 어귀에 다다랐을 때 그는 이미 보이지 않았다. 그가 사라질 곳이라고는 골목 한쪽에 '만화' 간판이 걸린 곳 말고는 없어 보였다. 그때 갑자기 생각난 것이 있었다. 그가 술자리에서 지나가는 말로 야학을 다니며 한글 공부를 하고 있다는 말을 한 적이 있었던 것이다. 그리고 되짚어보니 박 사장이 사라졌다 나타날 때마다 책 한 권씩이 들려 있었는데 그것이 무협지였던 것이다. 거기까지 생각이 미치자 한꺼번에 모든 의문이 풀렸다.

한글을 깨친 지 얼마 되지 않은 박 사장에게 무협지는 무궁무진한 재미를 줄 게 뻔했다. 늦게나마 글자를 깨우치게 된 기쁨을 그는 요즘 맘껏 누리고 있는 셈이었다. 생각해보면 웃음이 절로 나는 일이다. 박봉구 사장의 무협지 탐독이라. 흐흐흐.

검은깨 캐러멜, 헤이쯔마

바람이 일었다. 빛바랜 늦가을 햇살이 도로 한복판에 머물러 있었지만 바람은 제법 차가웠다.

나는 주차 라인 안에 세워두었던 장애물들을 차곡차곡 포갰다. 원뿔 모양의 플라스틱 장애물들이 모두 인도 위로 올려졌다. 곧 관광버스가 들어올 시간이었다. 마른 잎 몇 개가 바람을 따라 줄지어 도로 한복판을 빙빙 돌다 흩어졌다.

마른 잎이 부러워질 때도 있다. 가볍게 바람 부는 대로 떠돌아다니며 살고 싶다는 꿈, 그런 꿈이 생각날 때면 세상의 가벼운 것들이 부러워졌다. 욕심을 부리지 않으면 그렇게 살 수 있을 줄 알았다. 삶을 무겁게 하는 건 욕심 때문이라고 누군가 말했다. 욕심을 버리면 가벼워지는 거라고. 그런데 이상하게 욕심을 버려도 삶은 좀처럼 가벼워지지 않았다.

시급 오천 원의 배달 일보다는 헤이쯔마 장사가 낫다고 했지만 가이드 마진을 떼고 나면 거기서 거기였다. 배달보다는 일하는 시간도 짧고, 육체적으로 덜 힘들었다. 하지만 만만한 일은 아니었다. 캐러멜 안에서 고무 조각이 나왔다고 관광객에게 거센 항의를 받은 적도 있었다. 함께 왔던 사람들의 헤이쯔마를 전부 환불해주는 것으로 일이 마무리되긴 했지만 하마터면 장사를 그만두고 벌금까지 물 뻔했다. 중국인 관광객이 경찰을 부르겠다고 했을 때 앞이 캄캄했다.

화장품 가게 주인은 유리문을 활짝 열어젖혔다. 박 사장은 아직 보이진 않지만 곧 모습을 드러낼 것이다. 하루 몇 대 안 오는 관광버스를 그가 놓칠 리가 없었다. 어디서 쭈그리고 앉아 무협지를 보고 있으면서도 트럭을 엿보고 있을 것이 틀림없었다.

관광버스가 주차 라인 안에 멈추면 관광객들은 각본대로 움직일 것이다. 먼저 그들은 가이드를 따라 화장품 가게로 들어간다. 거기서 쇼핑을 하고 있는 동안 맞은편 식당에서는 삼계탕을 가스 불 위에 올릴 것이고, 화장품 가게를 나온 관광객들이 횡단보도를 건너 식당에 들어서면 막 끓여진 삼계탕이 나온다. 식사가 끝나면 대기하고 있는 버스를 타고 떠날 것이다. 그들이 버스에서 내려 다시 버스에 오르기까지의 시간은 대략 한 시간 정도였다.

관광객들이 식당을 나와 버스에 오르기 전, 박 사장은 트럭에 있는 물건들을 팔고 나는 그 옆에서 헤이쯔마를 팔아야 했다. 관광객 몇 사람은 카페 '리치와 커피'로 커피를 주문하러 갈 것이다.

쫄깃쫄깃하고 달콤한 헤이쯔마는 중국인들이 좋아하는 군것질거리였다. 그들은 검은깨를 먹으면 오래 살 수 있다고 생각한다고 했다. 이국땅에 와서 춘절에나 먹는 헤이쯔마를 먹을 수 있다는 것이 그들에게는 즐거운 모양이었다.

리치 엄마를 만나고 난 뒤 나는 조금씩 변하고 있었다. 리치 엄마와 가정을 이루고 살고 싶어진 것이다. 물론 그동안 여자를 만나지 않았던 것은 아니다. 몇몇 여자들과 사귀었고 그중 잠깐 동안 함께 살았던 여자도 있다. 하지만 무엇을 함께 꿈꾸고 할 관계는 아니었다. 내게 리치 엄마는 좀 다른 느낌이 들었다.

무료하게 앉아 있으려니 피곤이 몰려왔다. 금방이라도 몸이 땅으로 녹아들 것 같았다. 편의점 아르바이트 시간이 늘어나면서부터 잠자는 시간이 하루 서너 시간에 불과했다. 먼지떨이를 집어 들었다. 트럭 진열대 위를 털기 시작했다. 먼지보다는 몰려오는 피곤을 쫓아내려고 먼지떨이를 흔들면서 외친다.

"쓰 하우츠."

드세요. 맛있어요. 박 사장이 가르쳐준 중국어는 헤이쯔마 파는 데 필요한 몇 개 단어뿐이었다. 한글도 몰랐던 박 사장은 중국 관광객을 붙잡고 손짓 발짓으로 중국어를 배웠다고 했다. 나도 이제 제법 능숙한 말로 헤이쯔마를 팔 수 있게 되었다.

"이꺼 쓰치엔, 싼꺼 이완."

한 봉지에 사천 원, 세 봉지에 만 원.

고양이와 헤이쯔마

"거리가 이렇게 이쁜데……, 여자들이 남자를 사랑하겠어?"

그녀의 허리를 끌어안은 손에 힘을 주며 나는 들뜬 목소리를 냈다.

"저걸 뭐라고 부르는지 알아?"

리치 엄마는 머리 위에 밝혀진 작은 불빛들을 가리키며 물었다.

"저것도 무슨 이름이 있어?"

"응, 루미나리에. 세상 모든 사람들을 위한 축복을 의미한대."

공중에 붕 떠 있는 듯한 아라베스크 무늬의 불빛들은 축복처럼 금방이라도 쏟아져 내릴 것만 같아 보였다. 12월로 들어서면서 거리는 일찍부터 술렁거렸다. 노점에 좌판들이 깔리고, 간판에 휘황한 불이 켜지고, 지나가는 사람들은 쇼윈도 앞에 멈춰 서서 진열된 물건들을 구경했다.

"이리 와봐."

그녀가 나를 옷 가게 쇼윈도 앞으로 잡아끌었다. 가게 안쪽엔 커다란 자작나무가 세워져 있었다. 나무 밑동은 돌무더기로 에워싸여 있었다. 뿌리가 없다는 것을 확인하지 않고서야 겉모습은 진짜 자작나무처럼 보였다. 큰 가지 하나에 인형이 매달려 온몸을 흔들어댔다. 나무와 인형을 이어주는 줄을 타고 인형은 춤을 추며 올라가고 있었다.

"너도 저 인형처럼 춤출 수 있어?"

"당연하지. 너 팔을 뻗어봐."

그녀가 내 팔에 매달리더니 엉덩이를 흔들며 인형을 흉내 냈다. 지나가던 사람들이 흘끗 쳐다봤다. 가게 안에서도 우릴 보고 웃었다.

리치가 사라진 일이 있었다. 예전에도 몇 시간씩 리치가 사라진 적은 있었다. 그래도 녀석이 멀리 가지는 않았었다. 삼계탕집 앞에 앉아 있거나 박 사장 트럭 옆을 서성거렸다. 삼계탕집에서 살코기를 모아 놨다가 한 번씩 리치에게 주는 걸 알고 찾아가는 것이었다. 그렇다고 녀석이 식당 안을 돌아다니거나 하지는 않았다. 카페 앞에 앉아 있으면서 지나가는 사람들을 쳐다보는 것처럼 리치는 식당 앞에서도 똑같은 자세로 앉아 있곤 했다. 가끔 큰길가에 늘어선 옷 가게까지 가긴 했지만 곧 돌아오곤 했다.

그런데 리치가 정말로 사라져버린 일이 있었다. 삼계탕집 앞에 앉아 있던 리치를 어떤 남자가 차에 태워 데리고 가버렸다. 모두 바쁜 시간이라 처음에는 리치가 없어진 것도 몰랐다. 리치가 없어진 것을 안 것은 저녁 무렵이었다. 박 사장 트럭에 팔다 남은 헤이즈마를 넣고 막 저녁을 먹으러 가던 때였다. 리치 엄마가 울면서 나타났다. 리치가 없어졌다는 것이다. 나는 리치 엄마와 골목을 뛰어다니며 리치의 이름을 불렀다. 리치가 귀머거리 고양이라는 걸 잊고 큰 소리로 이름을 불렀다.

낯선 남자에게서 전화가 걸려온 것은 자정 무렵이었다. 리치의 목걸이에 새겨진 전화번호를 보고 전화를 한 모양이었다. 식당 앞에 앉아 있던 리치를 데리고 갔으며 곧 데려다 주겠다고 했다. 죄송하다는 말도 덧붙였다.

카페에서 리치를 데려다 주기를 기다렸다. 새벽이 되었지만 리치는 돌아오지 않았다. 남자에게서도 연락이 없었다. 어슴푸레한 길을 걸어 집으로 돌아가는 길이었다. 삼계탕집 앞에 리치가 앉아 있는 것이 보였다. 늘 그랬던 것처럼, 마치 아무 일도 일어나지 않았던 것처럼 앞다리를 펴고 리치가 거기 앉아 있었다.

리치를 찾은 뒤로 리치 엄마는 작은 일까지 내게 얘기했고 의논했다. 그녀와 나는 급속히 친해졌다.

"오늘도 편의점 알바 안 갈 거야?"

저녁만 먹고 헤어지자고 했던 약속을 지키지 못하고 어제는 영화관에 갔었다. 언제까지나 아르바이트를 하고 헤이쯔마만을 팔면서 살 수 없는 노릇이었다. 다른 일자리를 알아보고 있는 중이었다. 리치 엄마가 나를 변화시키고 있었다.

집을 나오면서 많은 것을 버렸다. 세상엔 나 혼자였고, 혼자이기 때문에 할 수 있는 떠돌이의 삶을 살리라, 다짐했다. 어떤 희망도 갖고 싶지 않았다. 희망은 여러 가지로 그 색과 모양을 달리하며 나를 조롱했었으니까.

"편의점 알바 관뒀어. 다른 일자리를 좀 알아보는 중이야."

너를 만나고 잘 살고 싶어졌어, 하고 덧붙이고 싶었다. 말 대신 나는 그녀의 허리를 감싸고 있던 손을 더 끌어당겼다. 걷고 또 걸었다. 거리는 점점 더 시끄러워졌고, 사람들이 늘어났다. 한참 걷다 보니 어느새 그녀와 나는 처음 만난 자리에 와 있었다.

루미나리에 작은 불빛들이 머리 위에서 빛났다. 우리 둘은 그 불빛을 올려다봤다.

축복, 이라는 불빛들.

DVD방 갈래?

벽을 더듬어가며 문 앞 숫자들을 확인했다. 이렇게 어두울 수가……. 리치 엄마가 휴대폰 폴더를 열었다. 카운터에 앉아 있던 남자가 일러준 방은 15번이었는데 숫자 15가 붙여진 문은 보이지 않았다.

이쪽이 아닌가 봐. 앞이 막혔어. 사방이 컴컴해서 도대체 어디가 벽이고 어디가 문인지 알 수 없었다. 반대편에 있나 봐. 뒤를 돌아 다시 더듬으며 앞으로 나아갔다. 어둠에 익숙해졌는지 윤곽들이 조금씩 보이기 시작했다. 15, 숫자가 보였다.

소파는 둘이 눕기에도 넉넉했다. 정면에 보이는 스크린만 희붐하지 룸 안도 어둡기는 마찬가지였다. 간격을 두고 나란히 누웠다. 잠시 뒤, 빔 프로젝터의 빛이 스크린으로 쏟아졌다. 스크린 크기에 비해 거리가 가까웠다.

DVD방에 갈래? 장난삼아 한 말이었다. 그녀는 망설임 없이 대답했다. 좋아. 뭘 모르는 건지, 너무 많이 알아서 초월한 건지 종잡을 수가 없는 여자였다.

"너, 남자 여자가 디브이디방에 들어오면 뭘 해야 하는지 알고 따라온 거야?"

"내가 그렇게 숙맥으로 보이지? 근데 너 설마 나랑 여기서 그걸 하자는 건 아니지?"

"괜찮아, 괜찮아. 오빠 믿지, 응?"

"어? 영화 시작한다. 조용히 좀 해."

그녀가 팔베개를 벨 수 있도록 그녀 쪽을 향해 팔을 뻗었다. 그녀가 고른 DVD는 얼마 전 개봉했던 〈워낭소리〉였다. 뭐 그런 걸 골라? 좀 재있는 걸 골라봐. 내가 우겼지만 그녀는 고집을 부렸다. 엊그제 손님들이 와서 이 영화 얘길 했다는 것이다. 그래서 꼭 보고 싶다고 우겼다.

영화 속 노인은 늙은 소를 끌고 밭을 향해 가고 있었다. 낮은 산과 좁은 길, 좁은 길을 따라 심어진 미루나무 몇 그루, 그리고 밭두렁과 논두렁들, 다른 사람들은 모르지만 내겐 지겨운 풍경들이었다. 다시 돌아가고 싶지 않은 곳이었다. 몸을 틀어 좀더 편한 자세를 잡았다. DVD방까지 와서 잠을 잘 것만 같았다. 내가 영화를 고를걸, 하는 후회가 몰려왔다. 처음부터 끝까지 긴장을 주는 범죄 스릴러물이 재있는데……. 다시 몸을 뒤척였다. 포즈를 바꿔도 한쪽 팔을 그녀에게 내주고는 편한 상태를 찾기가 어려웠다. 그녀는 벌써 몰두하고 있었다.

깜박 잠이 들었다. 매일 소랑 일하러 가는 거 말고 다른 건 없었지? 소가 할아버지를 달구지에 태우고 길을 나서는 장면까지 기억이 나는데 얼마만큼 잤는지는 알 수 없었다. 노인은 매일 소를 끌고 길을 나섰으니 아마 내가 잠든 사이에도 몇 번은 더 비슷한 장면이 지나갔을 것이었다. 그녀는 영화에 푹 빠졌는지 대꾸도 없이 진지한 표정이었다.

이제 소는 곧 죽을 것처럼 보였다. 수의사가 고개를 저었다. 노인은 말없이 낫으로 소의 코뚜레를 끊었다. 나는 약간 몸을 일으켰다. 아, 하고 탄식을 냈던 것 같기도 했다. 죽음의 문턱에 이르러서야 소는 비로소 자유로워진 것이었다.

불현듯 도로의 마른 잎들이 생각났다. 바람에 휩쓸려 날아갔던 마른 잎들이 바람이 불면 바람에 따라 날아오를 수 있는, 아무렇게나 휩쓸려가는 것은 가지에서 떨어져 나온 잎이나 가능한 것이었다. 가지에 붙어 있는 잎은 자유로울 수 없는 것이다. 가슴에 뜨거운 것이 차올랐다.

영화가 끝나자 룸은 다시 칠흑처럼 어두워졌다. 리치 엄마가 몸을 일으키려 할 때 나는 그녀의 이마에 그리고 입술에 키스를 했다.

"다음엔 이 오빠가 가만 안 둔다. 그땐 각오하고 따라와."

"뭘?"

그녀가 몸을 밀착해 왔다. 꽃 냄새가 났다. 들꽃에서 나던 은은한 향이 났다. 그리고 따뜻했다. 따뜻하다는 기억마저도 잊어버린 줄 알았는데 그녀가 그것을 일깨워줬다.

"잠깐만 이대로 누워 있을래?"

"왜? 너 설마 영화 보면서 운 거 아니지?"

눈치가 빠른 걸까. 진짜 우는 걸 알고 하는 말 같았다. 영화가 슬퍼서가 아니라 갑자기 떠오른 기억 때문에 눈물이 나왔다고 말을 해야 할 것만 같았다.

"너한테 할 얘기가 있어."

"여기서? 이 캄캄한 곳에서? 너, 이상한 얘기 하려는 거 아냐?"

"여기 처음에 들어왔을 때 너랑 어둠을 더듬으며 헤맸잖아. 그때 갑자기 떠오른 기억이 있었어. 난 잊고 있었다고 생각했는데 불현듯 떠올랐어."

울음 끝이라서 그런지 내 목소리는 내가 들어도 우울할 정도로 낮게 가라앉아 있었다.

"뭐가?"

"넌 한 치 앞도 안 보이는 어둠에 갇혀본 적 있어?"

"어둠? 어둠이 뭐 어떻다고?"

리치 엄마는 더 이상 말을 하지 않았다. 내 얘길 들어줄 뿐이었다. 그녀의 귀가 내 심장 위에 놓여 있었다. 숨을 들이쉬고 내쉴 때마다 그녀의 꽃향기가 맡아졌다.

어둠의 기억

리치, 해가 지면 세상의 모든 빛이 없어져버린 것 같은 암흑을 경험해본 적 있어? 도시에서 태어나 자란 사람들은 상상할 수 없는 어둠이지. 해가 지면 나는 마루에 누워 혼자 놀이를 시작했어. 언제 올지 모르는 엄마를 기다리면서 말이야. 한 번도 엄마 얘길 안 했었지?

제일 먼저 어두워지는 건 앞산이었어. 앞산 뒤편에 산 그림자가 지면 그때부터 밤이 시작되는 거야. 그 산 그림자가 닿는 순서대로 어두워졌지. 산자락에서 가까운 밭이 어둑해지면 이어서 논이 어둑해지고, 그다음은 집 바로 앞 호수. 우리 집에서 그 호수가 내려다보였어. 호수까지 어두워지면 이미 사방은 온통 말 그대로 칠흑 같은 어둠이 깔리지.

그때부터는 낮에 내가 봤던 모든 것들이 변해. 마루에 누워 마당의 감나무를 보고 있으면 가지 사이사이로 이상한 짐승들이 보였어. 왼쪽으로 뻗은 가지가 표범의 꼬리같이 보이면 반대편 가지 사이에 어김없이 표범의 눈이 보이는 거야. 그것도 퍼런빛을 뿜어내면서. 눈을 감고 한참을 견디다 눈을 뜨면 표범은 어디론가 사라지고 보이지 않지.

시간이 흐르면 다시 새로운 게 보였어. 표범으로 보였던 그 가지가 이번에는 박쥐처럼 보이는 거야. 때론 박쥐 옆으로 비단구렁이가 똬리를 틀고 있는 게 보이기도 하고. 이상하지? 모습이 닮은 것도 아닌데……

호수를 빙 둘러 심어진 왕벚나무가 성난 말처럼 보일 때도 있었어. 등에 사람을 태우고 포악하게 발악하는 말처럼 말이야. 앞다리를 들어 올리고 고개를 한껏 뒤로 젖혀 울부짖는 말이 점점 뚜렷이 보이면 정말 어디선가 히이잉 말 울음소리가 들리는 것 같기도 했다니까. 분명히 그건 매일 보는 감나무이고 왕벚나무일 뿐이라는 걸 알면서도 난 어둠 속에 있는 그것들을 무서워했던 것 같아.

다음 날, 눈을 뜨면 거기 아무렇지도 않게 감나무와 왕벚나무가 서 있었지. 표범이나 박쥐 따위가 있을 리 없었지. 그런데도 다시 어두워지면 감나무엔 눈에 불을 밝힌 짐승들이 나타나곤 했지. 버텨보려고 뚫어져라 쳐다보다가도 무서워지면 눈을 감고 귀를 막았어. 그러고는 아무 노래나 불렀어. 생각나는 노래가 더 없으면 아무도 모르는 말로 흥얼거렸어. 노랫소리는 점점 커졌고 빨라졌어. 급기야 목소리도 떨렸고.

금방이라도 뭔가가 나타나 나를 데려갈 것만 같았지. 빨리 돌아오겠다던 엄마는 돌아오지 않았고 말이야.

왜 불을 켜지 않았느냐고? 불을 켜면 더 무서웠어. 나를 에워싸고 있는 적들에게 훤히 내 모습을 다 드러내놓고 있는 것 같았지. 그들은 어둠 속에 몸을 숨기고 사냥감처럼 나를 노리고 있는 것처럼 여겨졌으니까.

마당 한쪽에 장작더미가 쌓여 있었는데 그것을 뒤집어 씌워놓은 비닐이 바람에 펄럭이는 거야. 전등이 흰 비닐을 비추면 그게 뭐로 보였는지 알아? 흰 소복을 입은 귀신처럼 보였어. 장작더미는 괴물 같았고. 웃기지?

리치, 아까 우리가 이 방에 처음 들어왔을 때 사실 난 저 불빛을 보고 깜짝 놀랐어. 스크린 아래 놓인 저 기계에 켜진 불빛 말이야. 저기서 빛나는 주황색 불빛이 꼭 리치의 눈빛 같았거든. 순간 리치가 여기까지 따라왔나 생각했다니까. 잘 봐. 저게 리치의 눈이라면 주변의 희붐한 게 꼭 리치의 하얀 털처럼 보이지 않아?

리치의 실종

또, 리치가 없어졌다. 소리를 듣지 못하는 리치를 찾는데 리치 엄마는 리치 이름을 불러댔다. 예전에 리치가 없어졌을 때 그랬던 것처럼. 못 듣는 줄 알면서도 이름을 부르는 것은 아마 그 마음이 전해지길 바라기 때문이었다. 소리가 공기를 흔들고 리치가 그 진동을 느껴 그것이 자기 주인의 목소리와 진동이 같다는 것을 알아차린다면 모를까 리치가 그녀의 목소리를 듣고 달려오지는 않을 것 같았다.

큰길까지 달려가서 나도 리치의 이름을 불렀다. 옷 가게 안도 기웃거리며 리치를 찾는 시늉을 했다. 리치는 죽었고, 리치 엄마가 아무리 찾아다녀도 찾을 수 없고, 기다려도 돌아오지 못한다는 것을 나는 이미 알고 있었다.

박 사장의 트럭에서 주차 구역에 놓을 헤이쯔마 봉지들을 꺼내려는데 뒷바퀴에 뭔가 희끗희끗한 것이 보였다. 털, 하얀 고양이 털이었다. 직감적으로 그것이 리치의 것이라는 것을 알아차렸다. 이 근방에서 리치만큼 희고 긴 털을 가진 고양이는 없었으니까. 주위를 둘러보았다. 박 사장의 모습은 보이지 않았다. 박 사장은 무협지에 파묻혀 있을 시간이었다. 관광버스가 도착하려면 시간의 여유가 있었다. 고개를 숙이고 타이어를 자세히 살폈다. 검붉은 핏자국이 선명했다. 살점이 짓이겨진 채 말라 있었다. 흰 털이 바퀴에 엉켜 있었다.

"리치, 리치."

귀머거리 고양이를 부르는 리치 엄마의 목소리가 멀리서 들렸다. 나는 헤이쯔마를 진열대 위에 올려놓던 일을 계속했다. 잔뜩 흐린 하늘에서 눈송이가 흩날리기 시작했다.

카페 '리치와 커피' 앞에 리치 엄마가 쪼그리고 앉아 있다. 굵어진 눈송이가 그녀 머리 위로 내려앉았다. 쌓인 눈이 그녀를 무겁게 할 것만 같았지만 다가가 뭐라고 말을 걸 수 없었다.

리치 엄마를 흘끗거리며 나는 주차 라인 안의 장애물을 인도 위로 올려놓았다. 머리 위로, 어깨 위로, 점퍼 위로 점점 눈이 쌓여서 그녀는 점점 눈사람처럼 되어갔다. 가끔 힘없이 리치의 이름을 중얼거렸다. 카페는 불이 꺼져 있었다.

"리치, 리치."

뭘 좀 먹어야 할 것 같아서 그녀를 불렀다. 그녀는 아무 반응이 없었다. 리치는 죽었다고, 세상에는 불러도 돌아오지 않는 것들이 있다고 말해주고 싶었다. 하지만 지금 그녀는 아무 말도 들리지 않을 것이다.

소리를 듣지 못하는 고양이를 기르고 있다고 그녀가 말했을 때 그녀도 소리를 들을 수 없을 때가 있을 것이라고는 생각하지 못했다.

관광버스가 들어왔다. 벙거지 모자를 귀까지 덮어쓰고 박 사장이 달려오고 있었다. 화장품 가게 앞 스피커에서 나오던 캐럴은 한층 그 소리가 커졌다. 관광객이 가고 나면 골목을 돌아다니며 큰 소리로 리치 이름을 부를 것이다. 그리고 카페 '리치와 커피' 앞에 리치처럼 앉아 있을 것이다. 소리를 들을 수 없는 고양이처럼 말이다.

나는 헤이쯔마를 두 손 가득 움켜쥔다. 그러고는 중국인 관광객들에게 다가선다. 이제 제법 익숙해진 중국말로 말을 건넨다. 아가씨, 아저씨, 드세요. 맛있어요.

"메이디, 샤이그, 쓰, 하우츠."

폭설

놈은 벌써 한 시간 가까이 움직임이 없다. 가게 셔터 문을 열 때 기습적으로 들어온 빛에 놀라 허둥대며 검은 모래 가까이 내려가더니 야행(夜行)의 습성을 고스란히 보여주기라도 하려는 듯 미동도 하지 않는다. 놈이 속해 있는 공간은 시간이 멈춰버리기라도 한 것처럼 고요하다. 심지어 규칙적으로 올라오고 있는 공기 기포조차도 놈이 움직이지 않는 한 내게는 그저 습관적이고 무의미한 반복처럼 여겨진다.

조금 전 밖에서 자동차 경적이 울렸을 때, 잠깐 물결이 위아래로 출렁였던 것 같기도 하다. 하지만 그것만으로 놈이 움직였다고 단정하기는 어려운 일이다. 10여 분 가까이 지켜보고 있던 내 눈은 가끔씩 눈동자가 가운데로 몰리면서 두어 차례 놈이 둘로 겹쳐 보이기까지 했다. 게다가 공기 기포가 올라올 때마다 미세하게 흔들리는 수초 때문에 눈이 더 어룽거렸다. 정말로 놈이 움직여서 물이 출렁였는지 아니면 순간적으로 불규칙한 기포들이 올라와 그렇게 보였는지 그것도 아니면 단순한 착시현상인지 확인할 길이 없다.

미끈하게 빠진 놈의 몸은 검은 모래 위에 돌을 껴안은 자세로 늘어져 있다. 모래에 심어진 라지리프하이그로필라의 잎에 가려서 언뜻언뜻 보이는 놈의 몸을 보며 나는 침을 한 번 꿀꺽 삼킨다. 입 근처에서 시작된 몇 가닥의 수염과 엷은 분홍색의 살결. 등을 타고 꼬리까지 이어져 있는 솜털 같은 등지느러미. 코발트색의 백스크린을 선택한 것이 새삼 잘한 일이라는 생각이 든다. 백스크린을 바꾼 이후 놈의 연분홍 살결은 더욱 선명해졌다. 놈이 아무리 몸을 숨기려 해도 감출 수 없다는 것을, 그래서 한순간도 내 시선을 피할 수 없다는 것을 깨닫게 해주고 싶다.

놈이 금방이라도 모래 먼지를 일으키며 헤엄쳐 오를 것 같은 기대감에 나는 쉽게 시선을 다른 곳으로 옮기지 못한다. 에어 스톤을 통해 나온 공기 기포는 놈의 몸뚱어리와 수초 줄기를 스쳐서 끊임없이 오르고 있다. 너무 오래 시선을 고정하고 있었던 탓인지 기포는 놈의 몸이 아니라 벌거벗은 내 몸을 뚫고 올라오는 것 같은 착각이 든다. 조용히 누워 내 몸을 받아들이던 그녀의 벌거벗은 몸이 떠오른다. 흡, 숨이 멎는 것 같다. 갑자기 수족관 유리를 두들겨서라도 놈이 유영(遊泳)하는 것을 봐야겠다는 충동에 사로잡힌다. 아침에 셔터 문을 열고 가게 안으로 들어오자 놈은 재빠르게 모랫바닥으로 몸을 낮췄다. 놈은 빛이 없는 동안만 움직였다. 밤새 놈이 휘젓고 다녔을 수족관은 순식간에 잠잠해졌다.

의자 옆에 걸어놓았던 뜰채를 집어 든다. 수족관 뚜껑을 열고 물을 이리저리 출렁거려본다. 놈은 돌과 수초 사이를 미끄러지듯 빠져나가 모래가 수북한 왼편 끝으로 가 숨는다. 의자 위에 발을 딛고 셔츠의 소매를 접어 올린다. 팔을 더 물속으로 깊이 밀어 넣는다. 바닥까지 닿은 뜰채가 모래 물결을 일으키자 놈은 야들야들한 몸을 보란 듯이 곰질거리며 수족관 끝과 끝을 오간다. 검은 모래들은 물결에 이끌려 잠깐 부유(浮遊)하다 가라앉다가 뜰채가 지나갈 때면 다시 일어난다. 미처 가라앉지 않은 모래 때문에 잠시 놈을 놓쳐버린 나는 허둥지둥 뜰채를 휘젓는다.

"스노체인 고정줄 있습니까?"

엉거주춤한 자세로 출입문 쪽으로 고개를 돌리자 스키복 차림의 남자는 문을 다 열지도 않은 채 고개만 디밀고 있다. 그가 입은 스키복의 어깨에서 팔목까지 덧대어진 발광 천에서 잠깐 빛이 일어났다 사그라든다. 신발을 신을 겨를도 없이 의자에서 내려온 나는 카운터 책상 위에 놓여 있던 굵은 고무줄을 들어 보인다. 남자의 얼굴에 한순간 웃음기가 일더니 재빨리 안으로 들어온다. 마침 있었네요. 줄이 끊어졌다고 스노체인 전체를 다 사기는 좀 아까워서요. 남자의 목소리는 다소 과장스럽게 격앙되어 있다.

그가 난로 가까이 다가와 담배를 꺼낸다. 난로에 담배 끝을 대고 있다가 얼른 입으로 가져가 빤다. 담뱃불은 쉽게 붙여지지 않는다. 세번째 만에야 담배 끝이 빨갛게 달아오른다. 남자의 머리칼에 붙어 있던 눈송이가 스르르 녹아 물이 된다. 눈이 이슬처럼 녹으면 이곳을 떠나요, 라던 그녀의 말이 생각난다. 눈이 녹는 것을 이슬에 빗대어 말한 것이 어색하게 느껴졌었는데 남자의 머리카락에 달려 있는 물방울을 보자 눈이 이슬처럼 녹을 수도 있다는 생각이 든다.

눈이 이슬처럼 녹으면 떠나요. 겨울엔 눈을 따라다니고, 봄엔 꽃을 따라다니죠. 여름엔 음……, 물을 따라다닌다고 하면 되겠네요.

남자는 돈을 치르면서 서울까지 갈 걱정을 늘어놓는다. 가시려면 고생 좀 하겠습니다. 나는 건성으로 말을 받는다. 오늘 가게 문을 연 이후 왔던 대부분의 손님들은 스키장에서 나온 사람들이었다. 다른 날보다 일찍부터 손님들이 많은 것은 눈 탓이었다. 스노체인을 미처 준비하지 않고 길을 나섰던 사람들은 새벽부터 흩뿌리기 시작한 눈이 쉽게 그칠 것 같지 않자 돌아갈 길을 난감해하며 문을 밀고 들어왔다. 이런 날은 스노체인만 팔아도 하루 매상이 쏠쏠하다. 간혹 이 남자처럼 스노우체인을 고정시킬 줄만 찾는 경우도 있다. 체인을 감고 너무 빠른 속도로 달리다 보면 체인을 지탱해주던 줄이 끊어지는 것은 흔히 있는 일이다. 아침에 창고에서 스노체인이며 고정줄을 카운터 가까이 꺼내놓았다. 벌써 이곳에서 장사를 시작한 지 5년이 다 되어가고 있지 않은가.

담배 한 대를 다 피운 남자는 몇 가지의 과자와 귤을 집어 들더니 한 번 더 돈을 치르고는 눈 속으로 걸어 나갔다. 눈은 벌써 남자의 발목까지 쌓였다.

바람을 타고 사선으로 떨어지는 눈송이가 그의 머리와 어깨 위로 떨어진다. 고정 줄로 체인을 팽팽하게 당긴 그는 차 문을 열어놓고 들어가기 전 옷과 머리를 털어낸다. 아침에 가게의 셔터 문을 올릴 무렵 고속도로에서 스키장 방향으로 지나가던 제설차가 이번에는 스키장 쪽에서 나타난다. 그러나 이미 스키장을 빠져나가려는 차들의 긴 행렬로 길이 막혀버려 그야말로 '제설(除雪)'이라는 것이 어려운 상황이 되어 있다. 미등을 켠 차들이 길게 늘어서 있는 큰길로 남자의 차가 접어들고, 그 꽁무니에 제설차가 붙는다. 두꺼운 유리문을 통해 바라보이는, 소리가 차단된 밖의 풍경은 무성영화의 한 장면처럼 보인다. 가끔 움직임이 자연스럽게 연결되지 않고 뚝뚝 끊겨져 보이는 영화. 그 화면 위로 쏟아져 내리는 눈은 오래된 필름의 잡티 같다.

30센티미터 이상의 눈이 내린다고 했다. 어젯밤 마감 뉴스의 일기예보를 떠올리며 얼마나 더 많은 눈이 올지 가늠해본다. 굽어진 길모퉁이에 있는 '대관령 황태식당' 주차장에는 쭈그려 앉아 스노체인을 장착하는 사람들의 모습이 여럿 보인다. 건너편 야산의 잡목들에도 눈이 제법 많이 쌓여 있다. 늘어진 가지는 무겁다 못해 위태로워 보인다.

어릴 적 눈이 많이 오는 밤엔 잠을 설치기 십상이었다. 소리 없이 내리는 눈 때문에 세상은 시끄러워졌다. 눈을 피해 마을까지 내려오는 산짐승들의 발소리들과 나뭇가지 부러지는 소리는 밤이 깊을수록 선명해졌다. 하얀 눈을 타고 어둑신한 뭔가가 방문 앞까지 성큼 와 있을 것만 같아 무서웠다.

젖은 손이 시렸다. 그제야 수족관 뚜껑을 아직 닫지 않은 것이 생각난다. 그사이 놈은 검은 모래 속에 몸을 반쯤 숨겨버렸다.

알비노클라라.

놈을 발견한 것은, 그녀를 처음 본 후 일주일이 채 되기 전이니까 지난 연말쯤이다. 군청 로비 수족관에서였다. 벌써 1년 가까이 군청에 물건들을 배달하러 다녔지만 청사 로비에 수족관이 있다는 것조차 의식하지 못했었다. 그런데 그날, 그러니까 그녀가 사는 모텔에 몇 가지 물건을 배달하고 곧장 군청에 접대용으로 쓰일 분말 생강차와 인스턴트커피를 배달하러 갔던 날, 처음으로 수족관을 자세히 들여다보게 되었다.

잔뜩 흐린 날씨 때문에 군청 로비는 을씨년스럽게 느껴질 정도로 어두웠다. 높은 천장에 형광등이 드문드문 켜져 있었다. 그러나 그 불빛만으로 어둑한 겨울 한낮을 밝히기엔 역부족이었다. 거래 장부를 대신하고 있는 작은 수첩에 적힌 목록과 수량, 값 등을 확인하면서 걷고 있었다.

수족관 옆을 막 지날 때였다. 뭔가가 빠르게 움직이는 것을 보았다. 고개를 수첩에 처박고 걷고 있었기 때문에 '느껴졌다'고 표현하는 것이 더 옳은 말일 것이다. 수족관 가까이 다가가 안을 들여다보았다. 다섯 자 남짓한 수족관 안은 아무도 살지 않는 농가처럼 피폐해져 있었다. 푸르다 못해 검게 보이는 이끼는 바닥에 깔린 자갈들뿐만 아니라 그 위에 놓은 큰 돌이나 인공 수초, 그리고 심지어 수족관 유리 표면에까지 끼어 있었다. 형광등도 켜 있지 않았다. 검푸른 이끼에 뒤덮인 수족관 안은 그야말로 음산했다.

자갈 속에 감춰진 에어 호스와 수면을 가로질러 설치된 여과기에서는 간헐적으로 기포가 나오고 있었다. 그 속에서 뭔가 부지런히 움직이고 있었다. 유리벽 가까이 다가와 몸을 S자로 비틀며 인공 수초가 심어진 반대편으로 멀어졌다가 돌을 끼고 돌아 다시 내가 서 있는 곳 가까이 왔다가, 바닥을 향해 내리꽂히듯 추락하는 놈의 모습이 기이하면서도 매우 인상적이었다. 놈의 미려한 몸놀림과 그녀가 무대에서 추던 춤동작이 내 머릿속에서 맞닿은 것은 바로 그때였다. 순간, 아, 내 입에서는 나도 모르게 외마디 탄성이 흘러나왔다. 이름이 뭐라고 했더라. 그녀가 나와 내 친구가 앉아 있던 테이블로 와서 술을 따르며 분명 이름을 말했는데, 지나치게 큰 음악 소리와 그녀의 웃음에 섞여버린 그것을 나는 놓치고 말았다. '희'라고 했던가. 아니 희재?

"당신, 요즘 왜 그 모양이야? 밥상 차려놓고 몇 번을 불렀는지 알아?"

언제 나왔는지 아내는 카운터 앞에 와 있다. 노랗게 탈색된 머리칼은 바스러질 것 같다. 가게에 딸려 있는 골방에서 가끔씩 아내의 목소리가 들려오는 것 같았는데 이제야 전화를 끊었나 보다. 주로 무선전화기를 귀와 어깨 사이에 고정시킨 자세로 전화를 하는 아내의 습관을 알고 있기 때문에 진열대 사이의 좁은 길을 걸어 나올 때면 아내의 귀를 먼저 쳐다보는 것도 나의 버릇이 되었다. 오른쪽 귀가 발그스레하다. 아내는 익숙한 솜씨로 귀와 어깨를 이용하여 무선전화기를 잡고서 김치를 썰고, 두부를 잘랐을 것이다. 현장 중계를 하듯 후르륵, 찌개 삼키는 소리에서부터 찌개 국물 맛까지 수화기에 대고 말했을 것이다. 음, 나 지금 화장실에 가니까 이상한 소리 나도 이해해, 하며 어느 날엔 화장실까지 전화기를 들고 가는 것을 보았다.

아내의 전화 상대는 여럿이다. 귀 기울여 그들의 대화를 듣진 않았지만 나는 아내와 통화하는 사람들의 생활을 거의 다 알고 있다. 물론 가끔은 아내가 가게로 나와 통화 내용을 실감 나게 이야기로 정리해 주기도 한다. 하지만 여러 사람에게 비슷한 말을 반복하는데 굳이 아내의 정리가 아니더라도 알 수 있었다. 내용은 무궁무진하다. 아이들이 다니는 학교와 학원 이야기에서부터 친구들의 험담, TV의 드라마, 요즘에 주로 해서 먹는 반찬 등등 헤아릴 수 없다. 두어 달 전쯤엔 턱없이 많이 나온 전화 요금 때문에 크게 싸우기도 했다. 며칠 동안 아내는 전화 통화를 자제하는 듯했다. 그러나 곧 아내의 전화 수다는 계속되었다. 아내는 수화기를 붙잡고 삶을 건디고 있는 것이리라. 그렇게 생각하기로 했다.

하루하루가 다를 게 별로 없는 삶이다. 가게 문을 열고 손님을 기다리고 문을 닫고 다시 문을 열기 위해 잠을 잔다. 몇백 광년 떨어진 행성에서 우주인이 지구에 쳐들어왔다고 해도 이곳은 아무런 일이 일어날 것 같지 않다. 이런 산골 작은 가게에서 뭔가 새로운 일이 일어나기를 기대하는 것이 어쩌면 더 이상한 일인지도 모른다. 별일 없이 살고 있는 것만으로도 감사할 일이라고 말하는 사람도 있을 것이다. 그러나 요즘 부쩍 매일 똑같은 삶을 살아야 하는 것이 암담하게 여겨진다. 어떤 기대도 없기에 어떤 절망도 없을 것만 같다. 이렇게 흘러가고 이렇게 건디다 우리는 어디로 가는 걸일까.

밥상을 끌어당겨 앉는다. 늦은 아침밥이다. 입맛을 돋울 만한 반찬이 없다. 몇 숟가락 먹다가 그만 밥상을 윗목으로 밀었다. 이불 속으로 파고든다. 등으로 제법 따뜻한 기운이 전해져온다. 창 너머로 여전히 눈이 내리고 있는 것이 보인다. 카운터 쪽에서 아내의 높아졌다가 낮아지는 웃음소리가 들린다. 아마 정육점 김 씨 부인과 통화를 하고 있을 것이다. 아침에 들어온 고기를 대강 손질하고 피자 가게 서너 군데에 고기를 배달하고 나면 정육점도 저녁 장이 시작되기 전까지는 대체로 한가한 모양이었다. 우리 가게와 시간의 흐름이 비슷하기 때문에 아내는 유독 정육점 집과 통화를 자주 했다.

글쎄, 그 많던 열대어들을 다 갖다 주고 대신 이상하게 생긴 물고기 한 마리만 달랑 가져왔어. 내가 수족관에 주문해서 어렵게 구해놓은 열대어, 알비노클라라에 대한 이야기로 벌써 며칠째 아내는 열을 올리고 있다. 여기엔 없는 열대어라 서울에 주문까지 해서 갖고 왔대. 다른 열대어 키울 때는 새끼들 낳는 거 보고 그것들 키우는 재미라도 있었는데 저놈은 낮에는 잘 움직이지도 않고, 생긴 것도 미꾸라지마냥 징그럽고, 글쎄 왜 바꿨는지 몰라. 어제 김 씨 부인과의 통화에서도 아내는 내가 '금성수족관'에 갖다 준 구피, 키싱구라미, 네온테트라 이야기를 했었는데 오늘도 또 그 얘기다.

몸이 나른하다. 이불을 어깨까지 끌어 올린다. 어디에 구멍이 났는지 이불을 털썩거릴 때마다 오리털이 한 움큼씩 이불 속에서 빠져나와 날렸다 천천히 가라앉는다. 방 안에 눈이 내리는 것처럼 보인다. 오리털처럼 눈이 녹지 않는다면……. 눈이 녹으면 떠난다던 그녀의 말 때문에 벌써부터 눈이 녹는 것이 안타깝기만 하다. 가게에서 물비린 내가 나서 못살겠어. 수족관을 어디다 갖다 버리든가 해야지 원. 그리고 어찌 된 고기가 실지렁이를 얼마나 좋아하는지…… 군청 쪽에 배달 나갈 때면 꼭 '금성수족관'에 들러 실지렁이를 사온다니까. 하룻밤이면 없어져. 밤새 그것들을 다 먹어치운다니까. 어휴, 징그러워. 저놈이 먹어대는 실지렁이 값도 만만치 않아. 아내의 목소리는 점점 높은 음을 내기 시작한다. 나는 이불을 머리 위까지 끌어 올린다.

그녀를 처음 본 그날도 눈이 내리고 있었다. 한 해가 끝나간다는 핑계로 근처에서 장사하는 몇몇 친구들과 송년회라는 이름으로 모였다. 그날은 내 쉰다섯번째 생일이기도 했다. 황태찜으로 늦은 저녁을 먹고 우리가 식당에서 나왔을 때 저녁 무렵부터 시작된 눈은 제법 눈발이 굵어져 있었다. 저녁을 먹으며 몇 잔씩 돌아간 술기운을 의지해서 우리들은 푸념들을 늘어놓았다. 나는 우리 마누라가 옆에 오는 것도 겁나. 넌 요즘 일이냐? 난 그런 지 오래됐어. 우리 이렇게 살다가 죽는 거냐? 죽으면 어디로 가는데? 그런 자조 섞인 말끝에 더 늙기 전에 나이트클럽에 가보자는 이야기가 나왔다. 하지만 꼭 그렇게 하겠다는 결정을 내리지 못하고 밖으로 나온 상태였다.

푸른빛을 엷게 내뿜고 있는 눈 덮인 세상은 괴괴하게 보이기까지 했다. 잠시 모두들 말이 없었다. 잠깐의 침묵을 깨고 한 친구가 흥분된 목소리로 말했다. 까짓것, 오늘 끝까지 놀아보자고. 그 말이 떨어지자마자 다른 친구는 휴대폰을 꺼내 콜택시를 불렀다.

우리 일행이 나이트클럽의 조명에 익숙해질 무렵엔 블루스곡이 거의 끝나가고 있었다. 빈 좌석이 보이지 않았다. 몇 해 전부터 연말과 연초를 스키장에서 보내려는 사람들이 부쩍 많아졌다. 안내를 받아 겨우 자리에 앉았을 때 천천히 돌아가던 사이키 조명들이 갑자기 현란하게 움직이기 시작하더니 음악이 댄스곡으로 바뀌었다. 무리를 지어 사람들은 무대 위로 나갔고 어수선한 움직임 속에 휘파람 소리와 괴성들이 터져 나왔다. 몇 명의 무희들이 무대의 양옆에서 나온 것은 그때였다. 네 명의 무희 중 한 명이 우리가 앉은 테이블 바로 옆까지 뻗어 있는 무대 끝으로 오더니 춤을 추기 시작했다. 동그란 조명으로 격리된 그 작은 공간. 자신을 비추고 있는 선명한 조명의 경계를 넘어서지 않으려는 듯 그녀는 발의 움직임을 작게 하며 몸을 흐느적거렸다. 속옷 사이로 금방이라도 튕겨져 나올 것 같은 엉덩이가 바로 잡힐 듯한 거리에서 움직였다. 그녀가 몸을 좌우로 흐느적거리며 천천히 상체를 뒤로 젖혔다. 긴 머리칼이 허공에 쏟아지듯 거꾸로 매달린 채 출렁거렸다. 그때 그녀의 입술이 약간 더 크게 벌어졌던가. 맥주잔을 들고 정지 동작으로 그 모습을 바라보던 나는 바짝 마른 목을 축이기 위해 맥주를 한 모금 들이켰다. 그녀의 목덜미를 와락 끌어안고 싶다는 욕구가 치밀었다. 내게도 그런 욕정이 어딘가에 감춰져 있었다는 것이 의외였다.

"커서 뭐가 되고 싶어요?"

어렴풋이 소리가 들려온다. 아내가 켜놓고 나간 TV에서 나온 것이라는 것을 깨닫는 데는 그리 많은 시간이 걸리지 않는다. 영어를 유창

하게 하는 중학생이 게스트로 나와 영어를 공부한 방법을 말한다. 얼마만큼 잔 것일까. 여자를 처음 만나던 날을 생각하다가 그만 깜박 잠이 들었던 모양이다. 국익을 대변하는 외교관이 되고 싶습니다. 또렷하고 당당한 목소리다. 꿈, 이라고 말을 되뇌어본다. 내게도 꿈이라는 것이 있었던가? 무엇이 되고 싶다는 것, 무엇을 하고 싶다는 것, 아니면 다가오지 않은 날에 대한 막연한 기대라는 것이 있었던가. 가물가물하다. 오래된 사진을 보며 언제 찍은 것이지? 혹은 거기 왜 갔었더라, 하는 식으로 애써 기억을 되살리려 해도 생각나지 않는 지난날처럼 나의 꿈은 흐릿하다. 쉰이 훌쩍 넘어버린 내게 꿈이라는 것이 있기나 한 것인지. 무엇이 되려고 하는 것은 불가능하다고 해도 어떻게 살아야겠다는 것이라도 있을 법한데……. 아무 생각 없이 시간만 흘려보내고 있는 것 같다.

한때 기타리스트가 되고 싶은 적이 있었다. 내가 기억하는 한 가장 그럴듯한 꿈이었다. 고등학교 1학년 때인가 기타를 가지고 놀면서 단순히 그 소리가 좋아서 기타리스트가 되어야겠다고 막연히 꿈꾸었다. 지판의 칠이 벗겨진 낡은 기타였지만 마루에 앉아 어깨너머로 배운 〈로망스〉나 〈밤과 꿈〉 같은 곡을 연습하기도 했다. 그땐 그렇게 시간이 지나면 원하는 것을 할 수 있다고 믿었다. 삶이라는 것을 그렇게 단순하게 생각했다.

기타 줄을 끊어먹기도 했다. 음을 맞추다 보면 줄이 지나치게 팽팽하다는 느낌이 들 때가 있다. 거기서 줄감개를 조금만 더 감으면 여지없이 줄은 끊어졌다. 끊어지며 튕겨져 나온 줄은 손이나 팔, 얼굴에 붉은 상처를 냈다. 그녀와의 관계도 어느 순간에는 허망하게 끊어져버리릴 것이다. 결과를 알면서도 나는 왜 줄감개를 번번이 더 감아가고 있는 것일까.

빨리 배달 나가! '장밋빛 인생'에선 벌써 독촉 전화가 두 번이나 왔어. 아내의 입에서 거침없는 큰소리가 쏟아져 나온다. 방문을 열고 얼굴만 디밀고 있던 아내를 누운 채 올려다보다가 그만 치켜떴던 눈을 살며시 거둔다. 몇 시야? 아직도 나를 노려보고 있을 아내의 눈빛을 애써 피하며 묻는다.

아내는 대답 대신 몇 초간 더 나를 바라보더니 카운터 쪽으로 간다. 멀어지는 아내의 슬리퍼 끄는 소리에 묻혀 무슨 놈의 낮잠을 몇 시간이나 자, 하는 말이 들린다. TV 옆에 놓인 전자시계를 확인한다. 3시 40분에서 41분으로 막 숫자가 바뀌고 있다. 정말 이제 일어나야겠다고 생각한다. 그러나 풀릴 대로 풀린 몸은 쉽게 움직여지지 않는다.

'쉘부르 모텔'에서도 배달 주문이 들어와 있을 것이다. 운이 좋다면 그녀를 볼 수도 있을 것이다. 나는 애써 여자의 모습을 떠올리려 한다. 다시 몸이 긴장된다.

원두커피, 토닉 워터 다섯 병, 코카콜라 다섯 병, 노래방 새우깡 세 봉지, 그리고 패스포트 한 병은 카페 '장밋빛 인생'에. 담배 한 보루, 샴푸, 린스, 오렌지주스 한 박스는 '쉘부르 모텔'에 배달할 물건들이다. 간이 영수증에 적힌 목록과 수량을 꼼꼼하게 확인한다. 오토바이 뒤, 노란 바구니에 물건들을 싣는다. 아내 몰래 들고 나온 알로에 음료는 '쉘부르 모텔'로 배달하는 비닐봉지 속에 끼워 넣는다. 여자는 유난히 알로에 음료를 좋아했다. 어제 배달 갔을 때 보았던 여자의 얼굴이 떠오른다. 어둑어둑한 방에 등을 벌레처럼 구부리고 혼자 누워 있던 그녀는 말없이 주스를 받아 들었다. 주스를 머리맡에 놓고서 다시 그녀는 벽을 바라보고 누웠다. 얼마나 오랫동안 그렇게 있었던 것일까. 뭔가 할 말이 있는 사람처럼 서성거리다가 돌아오는데 자꾸만 그녀의 말이 떠올랐다. 다행이에요. 곧 눈이 녹고 그땐 떠나잖아요. 떠날 수 있다는 것이 나를 버티게 해요. 올겨울엔 눈이 너무 많이 왔어요. 이젠 눈이 지겨워요. 여자는 혼잣말처럼 중얼거렸다. 아직 눈이 이슬처럼 녹지 않았잖아, 하는 말이 내 입안에서 흘러나오려 했다. 연신 해대는 밭은기침에 여자의 좁은 어깨가 들썩였다.

가게 안에서 보았던 눈은 잔잔하고 평화로워 보였다. 오토바이 안장 위에 수북하게 쌓인 눈을 털고 스키용 고글을 헬멧 위에서 콧등까지 끌어내릴 때까지도 어떠한 저항도 없이 내려오는 것처럼 보였다. 그러나 오토바이가 움직이기 시작하면서 얼굴을 향해 달려드는 눈들은 전혀 다르다. 그것들은 나를 향해 돌진해 들어오고, 들러붙었다. 순간순간 오토바이의 핸들이 흔들린다. 불안하다. 도중에 오토바이를 끌고 가야 하는 일이 생기면 낭패였다. 스키장으로 나 있는 큰 도로의 눈들은 잘 치워져 있다. 다행이다. 빠져나갈 차들은 거의 빠져나갔는지 도로도 한산하다. 문제는 군청이 있는 시내 쪽이다. 눈이 많이 오는 날에는 시내로 나가는 길의 통행량이 급격히 줄어든다. 지난번 눈에도 그곳은 오토바이로 지나갈 수 없을 정도로 많은 눈이 쌓여 있었다. 발이 푹푹 빠지는 눈길을 걸어 2킬로미터 가까이 걸어야만 했다. 물건이 들어가지 않으면 당장 장사를 못하는 술집이나 카페가 많기 때문에 주문이 들어오면 무슨 수를 써서라도 가야만 했다.

오토바이 핸들을 더 꽉 붙잡는다. 실지렁이가 새로 들어왔다고 전화가 왔었다. 오늘 시내까지 간다면 '금성수족관'에 들러 실지렁이를 사올 수도 있을 것이다. 놈은 먹이를 거의 먹지 않았다. 물에 풀린 먹이가 수족관 안을 부옇게 만들어놓았다. 그러고 보니 놈에게 지렁이를 먹이지 않은 지 일주일이 넘었다.

지렁이 통은 일부러 수면 가까이에 붙여놓았다. 빛이 있을 때 놈의 움직임을 보려면 그 수밖에는 없었다. 지렁이 통의 작은 구멍으로 실지렁이가 삐져나온다. 춤추듯 나풀대는 붉은 실지렁이가 놈을 자극한다. 놈은 천천히 수족관 위쪽으로 올라온다. 탐욕 앞에서는 빛도 방해가 되지 않는다. 살아 있는 실지렁이를 향해 덤비는 놈에게는 오직 삶에 대한 욕망만이 느껴진다. 지렁이 한 통이 순식간에 놈의 배 속으로 들어간다. 분홍빛 몸뚱어리에서 윤이 난다. 한결 느릿해진 지느러미에서는 오만함이 엿보인다. 나는 그것이 보고 싶다.

앞에서 달려드는 눈은 자꾸만 시야를 가린다.

"이년아, 넌 니 몸뚱어리가 재산인 것도 몰라?"

'쉘부르 모텔' 2층 계단에 올라서자마자 작은 사장의 목소리가 쩌렁쩌렁 울린다. 스키 시즌이 시작될 무렵 나이트클럽과 단란주점에서 일할 아가씨 일곱 명을 데리고 온 그를 사람들은 '작은 사장'이라고 불렀다. 아마 나이트클럽 사장과 구별하기 위해 그렇게 부르기로 한 모양이었다. 얼굴은 작고 갸름해서 앳되어 보이긴 했지만 무스를 발라 머리를 모두 뒤로 넘긴 헤어스타일과 늘 입고 있는 검은 양복은 그를 가벼운 사람으로 보이지 않게 했다.

그들은 이곳에 온 이후 줄곧 '쉘부르 모텔'에서 지냈다. 필요한 물품들은 우리 가게에 주문했다. 주문한 물건 중에는 여자 속옷이나 약, 수건같이 가게에 없는 물건들도 있었다. 그러나 주문한 물건은 다른 곳에서 구입해서라도 배달해주었다. 물론 그에 따른 심부름값은 작은 사장이 알아서 챙겨줬다. 계단 입구까지 들려왔던 목소리는 거의 매일 전화로 물품을 주문하는 작은 사장의 것이 분명했다. 병신 같은 게 니 몸 하나도 관리 못해? 손님들을 자극해야 할 거 아냐. 니가 나가서 춤추다 그렇게 쓰러지면 사람들 기분은 뭐가 돼. 흥을 돋워야 할 판에 흥을 깨고 있으니 원⋯⋯.

204호실 방문이 세차게 열렸다. 작은 사장이 나온다. 어제 그녀가 혼자 누워 있던 방이다. 복도를 걸어가던 작은 사장은 걸음을 멈추고 뒤돌아보며 다시 말을 잇는다. 어제가 토요일 아냐, 토요일⋯⋯. 평일에 여기 손님이 어딨어? 주말에 벌어서 사는 거지. 그러면, 주말 매상은 좀 나와야 되는 거 아냐? 근데 니가 흥을 깨는 바람에 평일만큼도 안 나왔어. 알아? 니가 그렇게 쓰러지고 나서 사람들이 무더기로 나가 버렸다구. 우리가 이 눈밭에 놀러 왔어? 그는 발길을 옮기는가 싶더니 열려 있는 205호 쪽을 보며 더 큰 소리로 말을 한다. 쟤들은 또 뭐냐. 너 하나 때문에 팁이고 뭐고 하루 공친 거 아냐.

작은 사장의 큰 목소리 사이사이에 여자의 흐느낌이 들린다. 주춤

214

하고 있던 나는 복도 끝에 있는 205호 쪽으로 걸음을 옮긴다. 그녀는 204호에, 나머지 무희들은 205호에 모여 있는 것 같았다. 붉은 카펫이 아니었다면 내 발소리가 불안하게 들렸을지도 모른다. 다른 때 같으면 인사라도 하고, 또 자질구레한 푸념들을 늘어놓기도 했을 텐데 작은 사장은 나를 그냥 스쳐 지나 계단을 내려간다. 그가 지나간 자리에서 강한 민트 향이 난다. 처음으로 물건들을 배달하러 왔던 날도 그에게선 민트 향이 났었다. 그것은 내게 낯선 냄새였다. 그의 향수는 그가 도회지에서 왔고, 또 이곳에 오래 머물지 않을 것이라는 것을 짐작하게 해주었다. 냄새가 낯설기는 그녀도 마찬가지였다. 스키장이 폐장될 무렵, 그들은 이곳을 떠날 것이다. 어디로 떠날 것인가는 아직 정해지지 않은 모양이었다. 하지만 이것만은 확실합니다. 우린 사람들이 모이고, 돈이 모이는 곳을 따라다녀요, 하던 작은 사장의 말이 떠오른다.

내게 한마디씩 농이라도 걸었을 여자들은 아무 말 없이 물건들이 든 비닐봉지를 받아 든다. 각자 주문했던 물건들을 꺼낸다. 나는 204호 쪽에서 들려오는 그녀의 길고 높은 흐느낌 소리에 신경이 쏠린다. 눈이 많이 오는 밤이면 산짐승들은 마을로 내려와 저렇게 울부짖었다. 그들은 눈이 내리기를 기다렸다가 그 눈을 핑계로 쌓아놓았던 울음을 터트리는 듯했다.

점퍼 호주머니에 손을 넣는다. 따로 챙겼던 알로에 음료 병이 손에 잡힌다. 그녀는 푸른 알로에 음료를 좋아한다. 그녀의 흐느낌이 흘러나오는 방 앞에서 나는, 잠시 머뭇거린다. 그러나 차마 문 앞으로 다가서지 못한다. 복도를 지나 계단을 내려온다.

눈송이는 더 굵어져 있다. 도로엔 오가는 차도 보이지 않는다. '대
관령 황태식당' 주차장에 차 한 대가 덩그맣게 세워져 있을 뿐이다.
이렇게 많은 눈이 오지 않았다면 도로는 지금쯤 서울로 돌아가는 차
들로 빼곡했을 것이다.

익숙했던 것들은 모두 눈에 묻혀버렸다. 유리문 밖의 풍경은 낯설
다. 지난 5년 동안 나는 이 낡은 의자에 앉아 매일 똑같은 날을 살아온
것만 같다. 앞산의 리기다소나무 숲도 처음 이 자리에서 바라보았을
때 그대로다. 가끔씩 사람들이 유리문을 열고 들어와 물건을 사갔고,
왕복 2차선 도로에 차들이 왔다 갔다 했을 뿐이다. 오늘 모든 게 눈에
덮였다. 낯설다. 이 세상에 눈으로 덮을 수 없는 것은 없어 보인다. 내
게 익숙했던 것들이 덮이고, 지나간 시간들이 덮이고 있다.

지난겨울엔 무주에서 지냈어요. 무주, 발음해봐요. 이름이 예쁘지
않아요? 그곳은 눈이 빨리 녹더군요. 스키장이 폐장되자 우린 꽃을 따
라 조금씩 북쪽으로 올라왔어요. 유성을 지나 대전으로, 그리고 속리
산까지. 봄이 되면 꽃을 따라다닌다던 말, 기억하죠?

그녀의 소용돌이 모양의 배꼽을 검지로 매만지며 나는 무주를 상상
했다. 그녀의 것인지 내 것인지 모를 송골송골한 땀방울이 손가락 끝
에 와 닿았다. 차가웠다. 그녀와 나누었던 긴 섹스는 그렇게 남아 있
었다. 그녀의 배꼽이 내가 가본 적도 없는 무주라도 되는 것처럼, 그녀
가 밟고 다녔을 산자락을 더듬듯, 내 손가락은 오래 거기에 머물렀다.
그녀가 꽃을 찾아 북쪽으로, 하던 대목에서 손가락은 차례차례 갈비
뼈를 타고 올라갔다. 속리산까지, 라던 그녀의 말과 함께 내 손은 빗장

216

뼈에서 멈췄다. 그녀가 그 순간 쉰 긴 한숨이 그곳을 통해 새어 나오고 있는 것처럼 느껴져서 더 이상 오를 수가 없었다. 희? 아니 희재? 이름이 뭐라고 했지? 이름을 소리 내어 불러보고 싶었다.

아무렇게나 부르세요. 이름이 하도 많아서 어떤 게 진짠지 저도 잘 몰라요. 그녀는 말끝에 까르르 웃었다. 빗장뼈 위에 올려져 있던 내 검지에 미세한 떨림이 느껴졌다.

아직도 기억하고 있는 떨림을 되새기듯 엄지와 검지를 비벼본다. 204호에서 새어 나왔던 그녀의 흐느낌이 손가락의 끝으로 전해오는 것 같다. 호주머니에서 미적지근해져버린 알로에 음료를 다시 냉장고 안으로 밀어 넣는다.

골방에선 아내의 목소리가 들려온다. 강릉에서 학교를 다니고 있는 아들 녀석과 통화를 하고 있는 모양이다. 대관령과 미시령, 진부령은 스노체인을 장착하지 않은 차량 진입을 막고 있다는 속보가 티브이에 자막으로 나오고 있다. 밤사이에는 더 많은 눈이 내릴 것이라고 한다. 눈이 계속된다면 그녀는 돌아가지 않을 것이다. 폭설에 도로가 통제되고, 차들이 고립된다면 그녀도 떠나지 못할 것이다.

알비노클라라, 놈이 보이지 않는다. 다급하게 얼굴을 수족관 가까이 디밀어보지만 역시 보이지 않는다. 의자를 딛고 수족관 뚜껑을 연다. 형광등이 꺼진다. 뚜껑을 열다가 형광등 전기 코드가 콘센트에서 빠진 모양이다. 그것은 별 게 아니다. 다시 콘센트에 코드를 끼우면 불은 들어올 테니까. 놈이 보이지 않는 것이 문제였다.

어둡고 흔들리는 수면 때문에 안이 잘 보이지 않는다. 천천히 다시 수족관 안을 내려다본다. 놈이 있다. 돌과 돌 사이에 있다. 그런데 놈의 행동이 수상하다. 연신 돌에다 몸을 비벼대고 있는 것이 아닌가. 백점병이다. 키싱구라미도 백점병에 걸렸을 때 저런 행동을 했었다. 빨리 염산키니네를 넣어주지 않으면 급속도로 하얀 반점이 생길 것이다. 생각들이 머릿속에서 이어진다.

"여보, 빨리 나와 가게 좀 봐."

다급하게 아내를 부른다. 서둘러 헬멧을 쓰고 오토바이 열쇠를 챙긴다. 아내가 진열대 사이로 걸어 나오는 것이 보이자 유리문을 밀고 밖으로 나간다. 어디 가? 아내의 목소리가 뒤에서 들린다.

검은 구름이 두텁다. 쉽게 그칠 것 같은 눈은 아니었다. 종아리까지 눈에 빠졌다. 몇 걸음 걷기도 힘들다. 오토바이를 두고 갈까, 잠시 생각한다. 시내까지 걸어서 갔다 오기엔 너무 멀다. 오토바이를 끌고 도로까지 나간다. 제설차가 몇 번 지나다녀서인지 도로엔 비교적 눈이 적게 쌓여 있다. 열쇠를 넣어 시동을 걸고 천천히 앞으로 나아간다. 눈 위에 나 있는 차 바퀴 자국을 따라 조심스럽게 핸들을 움직인다. 바퀴가 미끌거린다. 큰 도로만 따라간다면 별 무리 없이 금성수족관까지 갔다 올 수 있을 것 같다. 내일은 상황이 더 나빠질 수도 있다. 백점병은 진행이 빠른 편이다. 서둘러야 한다. 실지렁이, 놈이 좋아하는 실지렁이를 사는 것도 잊지 말아야 한다고 되뇌인다. 자꾸만 엑셀 레버를 잡아당겨 속도를 내고 싶어진다.

스키장과 시내로 가는 길이 갈라지는 삼거리에서 좌회전 신호를 받기 위해 멈춘다. 출발하기 전 수온계를 살펴봤어야 했다는 생각이 든 것은 그때였다. 물 온도가 올라가도록 히터의 온도조절기를 조정해놓고 왔어야 했다. 물이 28도가 넘으면 백점병을 일으키는 기생충들의 활동이 느려지기 때문에 물의 온도를 높여놓고 치료하는 것이 좋다는 말이 이제야 생각난다. 어쩌면 형광등 코드가 빠지면서 히터의 코드도 함께 빠졌을지도 모른다. 불안하다. 주머니를 뒤져 휴대폰을 찾는다. 미처 휴대폰도 못 챙겼다. 이런 날씨에 히터가 작동되지 않으면 수온은 급격히 떨어진다. 다시 돌아갔다 올까 망설인다. 그러나 이미 돌아가기에도 앞으로 나가기에도 어정쩡한 곳에 와 있다. 좌회전 신호등이 켜진다. 머뭇거리는 사이 바로 뒤에 멈춰 선 자동차가 경적을 울린다. 마음을 다지기라도 하듯 엑셀 레버를 힘껏 잡아당겨 출발한다.

돌에 몸을 비벼대던 알비노클라라와 어둠 속에서 굽은 등을 흔들며 흐느끼던 그녀가 앞에서 달려드는 눈에 어른거린다. 조명 아래서 현란하게 움직이던 그녀의 몸이 떠오른다. 어깨 위로 쏟아져 내리던 황금색의 불빛과 여기저기서 들려오던 괴성. 밀려왔다 사라져가는 그녀에 대한 기억은 나를 어디까지 몰아갈 것인가. 쇄골에서 느껴지던 가느다란 떨림의 기억이 손끝을 저려온다. 속눈썹 위로 눈송이 하나가 내려앉았는지 앞이 더 흐릿하게 보인다. 어둑한 방에서 흘러나오던 흐느낌이 들려오는 듯하다. 먹이를 찾지 못한 짐승의 굶주린 울음이 산을 넘고 넘어서 달려오는 것 같다.

눈발이 나를 향해 쏟아진다. 나는 그저 눈 속을 달릴 뿐인데 눈은 그냥 흩뿌려지는 것이 아니라 뚜렷한 목적지를 향해 가는 도중 나를 스쳐 지나고 있는 것처럼 보인다. 도대체 나는 어디를 향해 가고 있지? 나는 앞도 잘 보이지 않는 길을 달린다. 이 길이 시내로 가는 방향인지도 가늠되지 않는다. 앞으로 달릴 뿐이다. 아무래도 쉽게 그칠 것 같지 않은 눈이다.

떠남과 돌아옴, 그 어둡고도 환한 사랑의 변주곡

복
도
훈
(문학평론가)

어떤 작가의 개성은 한 편의 풍경으로 완성될 때 비로소 온전하게 드러난다. 그가 쓴 한 편 한 편의 작품에서는 숨은 듯 잘 드러나 보이지 않더라도 그 작품들이 모여 하나의 지평선 안에서 나무와 숲 그리고 들판을 이루고 나면 비로소 작가의 개성은 완성된 풍경으로 현현하게 된다. 한 번 더 비유해보자면, 어떤 작가의 어떤 개성은 그가 쓴 한 편 한 편의 작품들에서 간간이 빛나기보다는 부챗살에 해당할 개개의 작품이 한 개 부채로 모였다 펼쳐졌을 때에야 환하게 밝혀진다. 그래서 어떤 개성은 기어코 어떤 풍경을 마주하게 된다. 첫 소설집을 출간하는 소설가 강진의 작가적 개성도 그러하다는 생각이 들었다. 그가 펼쳐놓은 삶과 죽음의 풍경은 개성이기에 더러는 작중인물의 얼굴을 닮았으며, 또한 그 얼굴이 물끄러미 마주하기에 더러는 풍경을 닮기도 한다. 강진의 첫 소설집에서 수많은 주인공은 어떻게 보면 단 한 명의 주인공의 분신으로 보이며, 작가가 펼쳐놓는 아홉 편의 이야기는 때로는 단 하나의 이야기의 갈래로 읽힌다. 이쯤에서 강진의 첫 소설집 『너는, 나의 꽃』을 일별해도 어렵지 않게 납득할 만한 이 작가의 장처를 조금 강조하자면, 그건 이렇겠다. 이 작가에게는 작품이라는 항아리를 잘 빚기 위해 필요한 상징의 원관념과 보조관념에 대한 신중한 선택이 있다. 그리고 그를 뒷받침하기 위한 재료를 찾고 매만지는 솜씨, 곧 성실하고도 꼼꼼한 취재와 그것으로만 가능할 단단한 문장과 선명한 묘사가 있다. 또한 군더더기가 별로 없는 구성력, 삶과 죽음이라는 원환을 오가면서도 삶의 저쪽이라는 환상과 삶의 이쪽이라는 실상을 함께 돌아보고 살피는 작가적 시선의 긴장과 균형 등도 강진, 이 작가의 장점이다.

강진의 소설은 다시는 돌아올 수 없는 사람들에 대한 이야기이며, 그들을 아프게 기억하면서 여전히 남아 삶을 살아가는 자들이 조용하게 혼자 앓고 있는 무해한 환상만큼이나 우물처럼 깊디깊은 고통에 대한 이야기이다. 그렇지만 죽음의 견인력과 전염력이 강진의 첫 소설집을 지배하고 있을 정도로 압도적이어서, 살아 있는 사람들은 남은 자들처럼 묘사된다. 그들은 자신의 삶을 여분으로 생각하며, 떠돌거나 떠나는 것이 삶 그 자체인 사람들이다. 이처럼 작중인물들의 삶은 정처 없음을 운명의 표식처럼 지니게 된다. 강진 소설의 인물들은 대개 떠났다가 되돌아온 자들, 그리고 돌아왔더라도 다시금 떠날 수밖에 없는 자들이 대부분인데, 이러한 그들의 정체성은 다시 하나의 어휘로 집약할 수 있을 것이다. '방랑'.

그런데 '방랑'은 결코 정체성의 기호가 될 수 없는 특이하고도 이상한 어휘이다. 만일 방랑이 한 인간의 정체성을 구성하는 것이라면, 방랑은 또한 그렇게 구성된 정체성을 뒤흔드는 어떤 것이기 때문이다. 이것이 강진의 소설에서 독특한 파장과 미묘한 울림을 낳는다. 방랑은 강진의 소설에 등장하는 인물들의 떠남과 돌아옴을 포괄하는 의미이기 때문이다. 떠남과 돌아옴이 강진의 소설에서 하나의 원환으로 맞물린다면, 그것은 또한 그의 소설에서 상승과 추락에 대한 이야기로, 떠돎과 정착에 대한 이야기로 변주되기도 한다. 이것이 강진 소설에서 흔들리는 얼굴이라면, 그 얼굴이 바라보는 풍경 또한 흔들리고 있다. 강진의 소설은 주인공과 작중인물의 방랑만큼이나 수상하고도 불길한 기후와 떠도는 동물들에 대한 이야기이기도 하다. 강진의 소설에서 작중인물들이 저마다 가진 환상은 그 때문에 남몰래 속병을 앓는 것이기에 고통이기도 하다. 강진의 소설에서 환상은 고통에 대한 면피(免避)가 아니라, 고통 그 자체이다. 환상은 고통이다. 물론 강진 소설의 작중인물들도 사랑을 한다. 특이하게도 그들의 사랑은 저마다의 고통스러운 환상을 공유했을 때 순간 발생하는데, 어떤 덧없는 기적마냥 그들의 사랑은 시작하자마자 또 불가항력에 의해 종결되고 만다. 그런 측면에서 강진의 데뷔작인 「건조주의보」는 지금까지 이야기한 내용과 테마, 형식을 좋은 단편이 지닐 법한 배치 속에 비교적 잘 집약하고 있는 소설이라 하겠다. 「건조주의보」는 상승과 추락, 떠남과 돌아옴, 삶과 죽음, 동물과 기후 등 『너는, 나의 꽃』에 실린 아홉 편의 소설들을 관통하는 모티프와 형식, 핵심어를 충실하게 보여주는 소설이다.

오랫동안 떠돌이 생활을 하는 중년의 남자인 '나'가 있다. '나'는 비닐하우스로 만들어진 투견장에서 커피나 라면 등을 팔면서 생계를 이어가며 한 여자와 동거를 하고 있지만, 여자는 곧 '나'를 떠나 다른 남자에게 금방이라도 갈 기색이다. 그토록 고대하던 정착이란 '나'에게 과연 쉽지 않은 사치인 모양이다. 그리고 한 달째 투견장이 있는 숲을 뒤덮은 건조주의보 때문에 모든 것은 점점 메말라가고 있다. 이 소설에서 '건조주의보'로 환기되는 기후는 그래서 당연히 죽음과 연결된다. "언제부터인가 나는 메마름이 죽음의 시작이라고 단정 지어놓고 있었던 것 같다."(「건조주의보」) 강진 소설에서 주인공들에게 가까운 이들의 죽음은 아이러니하게도 삶의 유일한 동반자로 자처하고 있을 만큼 견인력과 전염력이 매우 강하다. 또한 이러한 쇠락의 기운은 한때의 야성을 잃고 투견장 한쪽 구석에 쪼그리고 있는 투견인 '여포'의 모습에서도 엿보인다. '나'가 여포와 자신을 동일시하는 것은 따라서 당연하다. 그런 '나'는 실제로 멀리는 어머니의 죽음, 가까이는 아내의 죽음을 겪었었다. 물론 '나'에게도 '삶의 한가운데'(in the midst of life)라고 부를 법한 때가 있었다. 그런데 인용한 구절은 아마도 『너는, 나의 꽃』을 통틀어 유일무이하게 밝고 '유쾌한' 문장일 것이다. 그만큼 이 소설집에는 죽음의 독한 기운이 가득하다.

나무 비계를 타고 높은 건물을 내려오던 때가 있었다. 주로 페인트칠을 했지만 가끔은 아파트나 빌딩의 유리창을 닦는 일도 했다. 건물 꼭대기에 밧줄을 매고 후크를 풀어가며 아래로 아래로 내려오던 기억들. 한 손으로 밧줄을 살짝 잡고, 발 앞부분으로 건물 벽을 툭 차면 그 탄력으로 몸은 한순간 허공에 머물렀다. 그때 후크를 풀면, 풀어진 시간만큼 몸은 아래로 떨어졌다. 우주유영을 하는 우주인이 그런 기분일까. 짧은 시간 동안 가슴이 작은 두려움으로 부풀어 오르다가 사그라졌다. 유쾌한 일이었다.(「건조주의보」, 145쪽)

한때는 저랬지만, 아내의 죽음 직후 '나'는 공사장에서 떨어져 크게 다치며, 그 후로 지금까지 끊임없이 추락하면서 살아왔던 것이다. 그러나 소설의 마지막에서 '나'는 여포를 한창 시합이 진행되던 투견장에 풀어놓으면서 말한다. "물어, 죄다 물어버려!" 어둠 속의 도약이자, 삶의 출사표 던지기다. 그리고 주인공의 이런 상상을 끝으로 소설은 마무리된다. "옛날처럼 다시 땅으로 곤두박질칠 일은 없을 것이다." 그러나 나는 이 소설을 여기까지만 읽으련다. 왜냐하면 작가가 수놓는 그다음의 이야기들에서는 「건조주의보」의 결말에 제시된 것 같은 삶에의 다짐도, 소생에 대한 염원도, 야성에의 충동도 당분간은 찾아보기 힘들기 때문이다. 작가는 온통 죽음의 아찔한 풍경에 매혹되어 있다. 강진 소설의 주인공들이 회복할 '삶의 한가운데'는 한참이나 먼 우회로를 돌아가야만 언뜻언뜻 보일 법한 먼 불빛과도 같다.

이쯤에서 「건조주의보」를 읽으면서 우선 드러나는 강진 소설의 한 가지 특징과 핵심을 먼저 지적하자. 첫째, 그것은 곧 수상한 기후와 동물들이 유독 눈에 많이 들어온다는 것이다. 「건조주의보」에서 삶을 박제로 만드는 건조주의보의 날씨처럼 강진 소설에서 기후는 삶을 압도적으로 지배하는 불가항력적인 운명의 모습을 띠고 있다. 예를 들면, 『너는, 나의 꽃』의 뛰어난 소설 중 하나인 「예인선」에서 폭풍에 가까운 험한 바다의 날씨는 다만 도선사(導船士) K('나')에게 배를 안전하게 항구에 정박시키는 작업을 지연하고 방해하는 위력적인 자연에 머무르지 않는다. 그것은 정박은커녕 안전한 예인조차도 쉽지 않은 인생을 지배하고 있는 피하기 어려운 운명의 표징이다. 「폭설」의 마지막 대목에서 멀리 떠나고 싶어도 떠날 수 없는 한 남자를 사방에서 둘러싸고 있는 스키장의 폭설은 "이미 돌아가기에도 앞으로 나가기에도 어정쩡한 곳에 와 있"음을 알리는 결박된 삶에 대한 상징인가 하면, 「회전목마 안으로 걸어가다」에서 행락객들이 몰렸다가 떠날 '마린 월드'에 곧 닥쳐올 장마의 무거운 분위기는 아버지를 잃었지만 그의 그림자가 여전히 '나'를 강력하게 지배하는 등 마음의 객관적 상관물이다. 다행스럽게도 「흰 바퀴벌레 이야기」에서 북상하는 '태풍'은 죽은 연인을 지극하게 애도하는 '나'의 삶에 조금의 생채기도 내지 못한다.

　　방금 언급한 「흰 바퀴벌레 이야기」에서도 그렇듯이, 강진 소설에는 한편으로는 유독 동물들이 작중인물과 동일시되는 상징을 환기하는 장치로 많이 등장한다. 다시 「건조주의보」로 돌아가 말해보면 투견인 '여포'가 주인공의 쇠락한 삶과 재생에의 염원을 표상하

는 존재인 반면에 「고양이와 헤이쓰마」에서 '귀머거리 고양이 리치'
는 정착하고 싶은 '나'의 은밀한 소망을 잘 알아듣지 못하는 '리치 엄
마'와 동일시되는 존재이다. 「고양이와 헤이쓰마」는 뜻밖에도 주인공
이 헤이쓰마(黑芝麻, 검은깨 캐러멜)를 팔던 박 사장의 트럭 밑에서 죽
은 '리치'를 발견하는 것으로 끝난다. 이 부분은 애매하게 처리되어
있어 리치의 죽음이 주인공의 고의였는지 박 사장의 실수였는지는 분
명치 않아 보인다. 오랫동안 떠돌아다니면서 살아온 '나'에게 리치 엄
마와 함께함으로써 이루어지리라 생각했던 정착에의 욕망에 '리치'는
장애물처럼 느껴졌을지도 모른다. 그러나 그 끝에서 확인하는 것은 다
름 아닌 그 욕망이 지닌 허망함이다. 어찌 되었든 화자인 '나'는 방백
으로 '리치'의 죽음에 대해 이렇게 말하는 것 같다. 애타게 리치를 찾
는 리치 엄마에게 "리치는 죽었다고, 세상에는 불러도 돌아오지 않는
것들이 있다고 말해주고 싶었다"는 것이다. 강진의 소설에서 정착이
쉽지 않거나 이기적이어서 결국 허무해져버리고 마는 작중인물의 욕
심으로 나타난다면, 그 반대로 방랑과 떠남 또한 제 뜻대로 이루어지
지 않기는 마찬가지이다. 어째서 정착에의 욕망이 그토록 과한 욕심인
지는 모르겠지만, 작가가 자신의 작중인물들에게 부여하는 선험적인
방랑 체질 때문에 그리되었다는 게 아니라면 달리 설명할 방도를 찾기
란 쉽지 않아 보인다. 그만큼 강진 소설의 인물들은 정착한 듯 보였다
가도 결국 떠돌 수밖에 없는 존재들이다.

　　　한편, 환상적으로 느껴지는 일종의 이인칭 화법의 소설인
「당신의 캐비닛」에서 곧 철거될 낡은 아파트 근처에서 어미 고양이가

버리고 간 네 마리의 새끼 고양이 중 남은 한 마리는, 어린 시절에 우물가에서 놀다가 우물에 빠져 죽은 언니에 대한 애도를 통해 "지금까지 살아왔던 당신의 방식을 버리고 새로운 삶을 살기" 위해 선택된, 주인공의 동일시 대상이다. 「폭설」에서 그러한 동일시의 대상은 주인공에게는 황홀한 집착의 수준에 이르는데, 이번에 그 동일시의 대상은 관상용 물고기인 '알비노클라라'이다. 이유는 「건조주의보」에서 '여포'를 보면서 주인공이 그러했던 것처럼, 이번에도 '삶에 대한 욕망'과 관련이 있다. "춤추듯 나풀대는 붉은 실지렁이가 놈을 자극한다. 놈은 천천히 수족관 위쪽으로 올라온다. 탐욕 앞에서는 빛도 방해가 되지 않는다. 살아 있는 실지렁이를 향해 덤비는 놈에게는 오직 삶에 대한 욕망만이 느껴진다. 지렁이 한 통이 순식간에 놈의 배 속으로 들어간다. 분홍빛 몸뚱어리에서 윤이 난다. 한결 느릿해진 지느러미에서는 오만함이 엿보인다. 나는 그것이 보고 싶다."(「폭설」) "어떤 기대도 없기에 어떤 절망도 없을 것만 같"은 '나'의 삶에서 '알비노클라라'와 같은 동일시의 대상마저 없다면 어떻게 되겠는가. 주인공이 백점병(白點病)에 걸린 '알비노클라라'를 치료하기 위해 유례없는 폭설을 헤쳐 나아가는 것을 마다하지 않는 이유가 있었다. 주인공의 무해한 환상은 이처럼 너무 소박해서 들여다보기가 안쓰러울 지경이다.

　　나는 강진의 소설 속에서 가까운 사람들의 죽음과 헤어짐의 상흔은 작중인물들에게 거의 선험적인 비관주의로 영향을 미친다고 말했다. 정말 그러한 것이 아홉 편의 소설 중에 죽음이나 헤어짐과

결부되지 않은 소설은 단 한 편도 없기 때문이다. 따라서 강진의 소설은 기본적으로는 애도의 서사이다(이쯤에서 작가에게 삶에 대해 왜 그렇게 생각하는지 따지듯 묻고 싶을 지경이다). 이러한 비관주의가 만일 막다른 골목에 이르게 되면 표제작인 「너는, 나의 꽃」에서 "소생 거부"를 하는 안락사로 이어지기도 하는데, 폐암에 걸려 죽어가는 주인공의 고통이 소설에서 워낙 사실적으로 그려지다 보니, 도심의 황혼이 만개한 모텔에서의 낭만적 죽음이라는 여주인공의 비현실적인 환상마저 내게는 고통스럽게 느껴진다. 이쯤이면 강진 소설의 작중인물들을 에워싸는 고통은 가히 운명이라는 중력의 속박과도 같다. 나는 그런 고통으로부터 이탈하고 싶은 주인공의 간절한 욕망과 환상을 기꺼이 읽어주고 싶다. 그렇게 우리는 『너는, 나의 꽃』이 펼쳐놓은 어둠의 속, "깊은 우물"(「당신의 캐비닛」), "운명의 동굴"(「너는, 나의 꽃」)로 더욱 깊숙이 들어가게 된다. 우리가 하려고 하는 두번째 이야기는 바로 떠남과 돌아옴이다.

　　어릴 적에 이런 상상을 꽤 오래 한 적이 있다. 아마도 『소년중앙』과 같은 어린이 잡지에서 본 것을 내 맘대로 적당히 각색한 이야기일 텐데, 그건 실종되어 돌아오지 않는 사람들 중 어떤 이들은 이 지상 그 어디에도 흔적조차 없다는 것이다. 그들은 실제로 다른 세계로 건너가버렸던 것이다. 게다가 이런 실종자를 본 드문 목격자들은 실종자의 기이한 최후를 들려준다. 목격자에 따르면 한 실종자는 담을 넘어가다가 갑자기 팔다리, 머리 등 신체의 일부분이 잘리는 듯 없어지더니 그런 식으로 몸 전체가 몽땅 사라지고 만다. 그때 이렇게 상상했던 것 같다. 이 세상에는 딱 성인만 한 크기의 밀도 있는 검은 점액 물질이 있을 것이다, 우연히 신체의 일부분을 접촉한 사람이 둥둥 떠다니는 그 끈적끈적한 물질 속으로 속수무책 빨려 들어가버린다, 아니면 그는 점액 물질을 통과하여 아예 다른 세상으로 훌쩍 건너가버렸을지도 모른다…….「그들은 어디로 갔을까」가 가령 그와 비슷한 얘기일 수도 있을 텐데, 화자인 기관사가 들려주는 이야기에 따르면, 큰 사고가 난 뒤에는 반드시 실종 신고가 많아지며 그것도 사고가 난 바로 그 장소에서 유난히 실종이 잦다는 것이다. 그런데 그 사람들은 도대체 어디로 간 것일까. 그들이 사라진 장소는 아마도 "다른 차원의 세계로 들어가는 입구"는 아니었을까. 이십 년 내내 어두컴컴한 터널 속을 달렸을 기관사에게 터널 바깥의 햇빛마저 인공조명처럼 "뭔가 조작된" 것일 수 있다면, 그리하여 어둠만이 유일한 현실이라면, 어둠 속으로 사라진 사람들은 다만 "다른 공간"으로 들어갔을 뿐이다. 이렇게 이 소설은 마치 어떤 믿음을 재확인하고 주문(呪文)을 외우는 듯한데, 그것은 궁극적으로는 죽음에 대한 부인(否認)의 제스처가 아닐까 싶다. 그러나 죽음을 부인한다고 해서, 죽음을 인정하지 않는다고 해서 그것이 그 자체로 문제가 될 수는 없다. 강진 소설에서 죽음은 삶에 강렬하게 영향을 미치는 것이다. 죽음이 삶을 지배하고 있는 동력이라고 한다면, 죽음은 죽음이 아니라 오히려 삶에 가깝다. 죽음은 삶과의 완전한 단절이 아니라, 그저 삶의 이편에 놓인 어떤 것이라는 믿음이 작가를 견디게 하고 소설의 인물로 하여금 이를 악물게 하는 것이다. 이처럼 삶과 죽음 사이에 다리를 놓으려는 안간힘은 「예인선」

에서 방랑과 정착을 오고 가는 이중주로 다시금 변주된다. 여기에도 '다른 공간'이 있다.

> 병원 맨 꼭대기 층, 무균실 병동에는 늘 푸른 전등이 켜져 있었다. 복도뿐만 아니라 병실 안도 온통 푸른 전등이 내리비추고 있었다. 밤은 물론이고 낮에도 마찬가지였다. 푸른색은 불빛뿐만이 아니었다. 환자복도 면회하는 사람이 입는 가운도 침대를 에두르고 있는 비닐 커튼도 모두 푸른색이었다. 심지어 음식까지도 불빛 때문에 푸르게 보였다. 그곳에 들어서면 지구로부터 몇백 광년 떨어진 또 다른 행성, 혹은 수천 미터 깊이에 있는 해저 도시에 와 있는 것 같은 착각이 든 것은 모두 그 푸른빛 때문이었다. 심지어 푸른 옷을 입고 병실을 오가는 간호사들의 조용한 발걸음은 외계인의 몸짓과 흡사해 보이기까지 했다.(「예인선」, 41쪽)

인용한 대목은 아내가 입원한 병실에 대한 묘사로, 죽음을 환기시키는 '푸른빛'의 이미지가 특히 실감 난다. 묘사가 하도 매혹적이어서 그런지 '지구로부터 몇백 광년 떨어진 또 다른 행성, 혹은 수천 미터의 깊이에 있는 해저 도시에 와 있는 것 같은 착각' 운운하는 구절 부근을 읽다 보면 '푸른빛'이 환기하는 죽음의 이미지는 딱히 단절의 느낌만을 남기지는 않아 보인다. 서술자가 이미 위의 묘사에서 저 '푸른빛'에 거역할 수 없는 매혹을 강렬하게 느끼고 있다. 그렇게 우리는 죽음으로 한층 다가선다.

「예인선」은 동일 인물을 두고 일인칭과 삼인칭으로 번갈아가면서 두 개의 극한적인 상황을 전개해나가는 소설이다. 한편에는 바다를 떠돌다가 아내 때문에 육지로 돌아오게 된 '나'와 가정을 저버리고 떠났다가 죽음 직전에야 되돌아온 '아내'의 이야기가 있으며, 다른 편에는 도선사(導船士) K('나')가 위험하고도 다급한 상황에서 도선 작업을 하는 이야기가 있다. 그러니까 「예인선」은 두 개의 한계상황을 설정해놓고 그것이 서로 맞물리도록 배치했다. 현재의 이야기에서 K는 험한 날씨 때문에 원유선 '오리엔탈 글로리호'를 두 편의 예인선으로 이끌어 항구에 무사히 정박시켜야 하는 어려운 임무를 수행하고 있다. 게다가 배를 부두에 무사히 붙이더라도 이 배에 실린 원유를 다시 기름 저장 탱크에 옮겨야 한다. 폐쇄 직전인 항구 주변의 험난한 날씨는 주인공이 처해 있는 심리적, 물질적 극한상황을 실감 나는 서술과 묘사로 뛰어나게 환기시킨다. 거기서 일인칭 주인공 '나'와 주인공의 아내 이야기가 배를 예인하는 현재의 상황과 맞물려 등장한다. 아내는 도박으로 가정을 팽개쳐버리고 떠났으며, 주인공은 "평생을 바다 위에서 떠돌리라, 결심"하고 그렇게 살아왔다. 그러다가 만신창이로 백혈병을 얻어 되돌아온 아내는 이제 가망 없이 죽어가고 있으며, '나'는 아내를 돌보기 위해 도선사를 택하게 된다. 그러니까 "배를 몰던 경험으로 도선사 일을 하게 되었으니 결국 나를 육지로 끌고 온 것은 병든 아내였"던 것이니 참으로 질기고 질긴 인연이며, 끊을 수 없는 숙명이라 하지 않을 수 없다. 떠난 사람을 되돌아오게 만든 이가 떠난 사람이며, 되돌아온 사람도 떠난 사람도 그런 식으로 모두 떠도는 사람일 뿐이라는 것. 작가의 비관주의적인 인간 이해가 잘 드러나는 부분이다. 만일 주인공에게 엄습한 "꿈까지 따라와 괴롭히던 물소리"만 아니었더라면, 아내가 입원한 병원을 찾지 않았을지도 모른다. 그럼 떠도는 주인공도, 돌아온 아내도 방랑의 삶으로 함께 묶일 수밖에 없는 운명의 존재였던 것일까. "마치 아내가 바다 위에 홀로 떠 있는 것만 같았다. 그렇다면 아내도 바다를 헤매고 있다는 말인가."

상황은 갈수록 악화 일로이다. 험난한 날씨 속에서 무선송신이 안 되는 두 배가 충돌할 뻔했으며, 예인선의 줄마저 끊어져 '오리엔탈 글로리호'는 부두로 무작정 다가오고 있었던 것이다. 이러한 외적인 상황은 다시 아내와 재회한 주인공이 대면하게 되는 가파른 심리적 상황과 급박하게 맞물린다. 소설은 파국 직전에 끝난다. 「예인선」의 마지막 대목을 읽는다. "멍하니 서 있는 K의 귀에 다시 거대한 물소리가 들이친 것은 그때였다. 맨 처음 아내의 푸른 병실에서 시작된 작은 소리가 이제는 거역할 수 없는 물결이 되어 자신을 향해 오는 것을 K는 분명히 듣는다. 이제껏 이렇게 끈질기게 K를 쫓아온 파도를 본 적이 없었다. 푸른 병실에 아내를 홀로 두고 올 때면 그녀 혼자 바다 위에 누워 있는 것만 같았다. 아내의 삶을 어딘가에 정박시킬 때가 되었다고 K는 생각했다. 이미 엔진이 꺼진 지 오래인 당신을 예인해줄 수 있는 것은 무엇일까. 아내에게 다 하지 못한 말들이 K의 머릿속을 어지럽혔다. 당신 혼자 떠난다고 서러워하진 마. 결국 당신이나 나는 우리가 모르는 그 어떤 곳에 닿기 위해 평생을 떠도는 것뿐이니까." 아아, 정착은 왜 이리도 위험한 것일까, 결국 우리 모두는 저토록 떠돌 수밖에 없는 존재이고 운명일까.

　　그러나 『너는, 나의 꽃』에 실린 소설들이 모두 이러한 이야 기만으로 채워진 것은 아니다. 비록 덧없고 찰나적이라도 「회전목마 안으로 걸어가다」에서는 이런 문장도 만날 수 있다. "그와 처음 눈이 마주친 것은 지상 80여 미터 높이에서다. 자이로드롭이 낙하하기 직전, 추락의 공포가 극에 달해 있던 찰나, 서로를 봤다. 그러니까 그와 나는 처음부터 땅에서 벗어난, 현실에서 벗어난 어떤 지점에서 만난 것이다." 비록 덧없는 순간이더라도, '추락의 공포'가 강진 소설의 주인공들을 엄습하더라도, '현실에서 벗어난 어떤 지점에서'야 소중한 인연을 만날 수 있을 뿐이라도, 그렇게 아직 사랑할 시간이 남아 있지 않은 것은 아니다. 이 작가는 소중한 여분을 남겨놓았으며, 그제야 우리는 『너는, 나의 꽃』의 맨 앞에 실린 아름다운 단편인 「흰 바퀴벌레 이야기」를 비로소 읽게 된다. 『너는, 나의 꽃』의 첫번째 이야기를 통해 우리는 우리의 마지막 이야기를 한다. 물론, 우리가 할 이야기는, 사랑이다.

　　「흰 바퀴벌레 이야기」는 불의의 사고로 죽게 된 네팔 출신의 외국인 노동자와 그와 서로 사랑했던 화자인 여주인공이 그에게 남기는 마지막 곡소리, 애도이다. "나는 오늘 밤 안으로 당신에게 흰 바퀴벌레 얘길 다 끝마치려 합니다. 내일이면 너무 늦지요. 내일 당신을 담은 작은 상자는 방콕으로 떠나는 비행기 화물칸에 실리기로 예정되어 있으니까요. 그곳에서 당신은 다시 네팔 카트만두로 갈 비행기에 옮겨지겠지요. 오늘 밤 당신과 나의 흰 바퀴벌레 이야기를 끝내야만 합니다." 그러니까 두 개의 이야기가 있다. 하나는 소가죽을 재단하는 일을 하던 네팔 출신의 외국인 노동자와 왼팔 대신 의수를 손에 넣고 다니는 여자의 사랑 이야기이며, 다른 하나는 "우리의 공간과는 다른 차원에서 살고 있다는, 그런 생각"이 들게 만드는 '흰 바퀴벌레'에 대한 화자의 몽상이다. 이 두 개의 이야기는 어떻게 어울릴 수 있을까. 게다가 바퀴벌레는 이름만으로도 징그러운 곤충인데. 그런데 적어도 「흰 바퀴벌레 이야기」를 읽는 동안만큼은, 작가의 출중하고도 섬세한 묘사가 거의 경지에 다다라서 그런지는 몰라도 이 정도면 바퀴벌레가 정말 아름다울 수도 있겠구나 싶다. 소설에서 흰 바퀴벌레는 삶과 죽음이 결합한 상징으로 보이며, 드물게는 「너는, 나의 꽃」에서 죽음 쪽에서 삶이 아닌, 삶 쪽에서 죽음을 끌어당기는 힘의 작용과 연관되어 보인다. 또한 흰 바퀴벌레는 화자가 "언젠가 껍질을 벗겨본 적이 있는, 당신의 창백한 낯빛을 닮은 나무 이름"을 연상하게 하는 은유적 매개이기도 하다. 그리고 거기서 사랑은 기적처럼 일어난다.

　　　화자의 어린 시절, 바퀴벌레는 '다른 차원'에서 이 세계로 들어온 어떤 것으로 강하게 기억된다. 어느 날, 엄마를 오랫동안 기다리던 유년의 화자는 캄캄한 빈집에 어디선가 날아온 바퀴벌레가 날아다니는 것을 보게 된다. 그런데 "엄마가 돌아오고 불이 켜지자 바퀴벌레들은 자취를 감췄습니다. 그것도 아주 순식간에 말입니다." '다른 차원'에서 온 바퀴벌레에 대한 여주인공의 기억과 상상은 그녀의 애인인 외국인 노동자가 자신이 흰 바퀴벌레를 보았다고 말할 때 극적인 느낌을 얻는다. 처음엔 그의 이야기를 믿지 못하던 그녀도 점차로 남자의 말을 믿게 되며, 그가 죽었을 때 실제로 그녀는 날아오르는 눈부신 흰 바퀴벌레를 보게 된다. 이렇게 흰 바퀴벌레는 둘만이 공유하는 환상이 되었던 것이며, 바로 이것이 사랑이 발생하는 기적이다. 사랑은 서로에 대한 환상을 깨는 것이 아니다. 사랑은 당신의 환상에 동참하는 행위이며, 서로의 환상을 나눠 갖는 일이다. 흰 바퀴벌레가 오직 당신과 나만 함께 볼 수 있는 환상이라면, 강진 소설에서 당신과 나와의 사랑이란 이러한 환상의 나눔을 통해서 가능해지는 것이다. 그러나 이제 주인공의 사랑은 죽고 없다. '나'가 집에서 혼자 흰 바퀴벌레를 보던 그즈음, "공교롭게도 그 시간쯤 가죽 더미가 당신을 덮친 사고가 일어났던 것"이다. 그리하여 여주인공은 강진의 소설의 다른 주인공들처럼 또다시 남은 자가 된다. 그리고 제의와도 같은 애도의 장면들이 나오는데, 읽기에 가슴 아프다. "가죽을 끌어 올려 얼굴을 가립니다. 썩어가는 생가죽과 온갖 화공 약품들의 냄새가 뒤섞여 있습니다. 그리고 익숙한 당신의 냄새가 있습니다. 가죽 안에 살이 채워지고 핏줄이 온몸 구석구석 이어지고 살갗 아래로 피돌기가 살아나 가죽만 남긴 짐승이 온전한 한 생명으로 돌아오는 것을 상상해봅니다. 당신이 살아나 나를 껴안고 있는 듯 따뜻합니다. 어둠도 이렇게 따뜻하고 아늑하군요." 어둠이 따뜻하고 아늑하다니, 이 글의 마지막에 와서야 우리는 비로소 기나긴 방랑의 어두운 삶에서 드물게 피어나는 환한 사랑으로 위안을 얻는다. 강진의 첫 소설집 『너는, 나의 꽃』은 이렇게 단 한 사람이 겪은, 단 하나의 방랑과 환상, 그리고 사랑 이야기

였다. 그것은 이제 저마다의 환상을 잃고 떠도는 당신의 사랑 이야기
일 것이다.

작가의 말

오늘, 네게 너무 늦은 편지를 쓴다.

며칠 전부터 너와 함께 보러 갈 바다를 상상했다.
상상이 반복되면 현실과 경계가 모호해지나 보다.
오늘은 우리가 함께 바다에 간 것이 현실처럼 느껴졌다.

우리가 함께 바다에 가 닿았다고 하자.
나란히, 그래 나란히 바다를 바라보는 게 좋겠어.
모래사장에 앉아 바람을 맞으며 바다를 본다.
바람이 불면, 작은 모래 알갱이들이 바람을 따라가는 소리가 들린다.

우리는 한동안 말없이 앉아 있다.

이윽고, 내가 먼저 말을 꺼낸다.

해변에 버려진 신발 한 짝, 반쯤 지워진 연인들의 낙서, 우리의 발끝까지 밀려왔다가 되돌아가는 파도, 쏟아지는 햇빛, 몇몇 섬들. 그리고 내가 볼 수 있는 끝, 바다와 하늘이 맞닿아 있는 수평선을 얘기한다. 눈에 보이지 않는 수평선 그 너머의 세계는 말하지 않을 것이다. 거긴 우리의 세계가 아니니까.

특별할 것도 없는 얘기들이다. 아니, 오히려 너무 평범해서 통속적이기까지 하다. 만약 현실에서 너와 함께 바다에 갈 수 있었다면 조금은 특별한 일이 일어났을 것이고, 그렇다면 네게 좀 다른 이야기를 할 수 있었을까?

우리는 아직 바다를 보며 앉아 있다.

내 얘기를 듣는 동안 너는 어떤 바다를 머릿속에 그리고 있었을까, 내내 궁금했다.

그렇지만 나는 네게 묻지 않기로 한다.

우리는 서로 다른 바다를 떠올리고 있었을 테니까.

어쩌면 너는 작은 모래 알갱이들이 바람을 따라가는 소리를 내 말보다 크게 들었을지도 모른다.

우리가 함께한 시간에도 너의 바다와 나의 바다가 같지 않았다는 것, 나는 그것이 두려웠다.

언젠가 너와 바다에 갈 수 있다면, 나란히 앉아 바다를 볼 수 있다면,
그날은 나도 말없이 앉아 있을 것이다.
바다만 바라보고 있을 것이다.
그때쯤엔 분명 너의 바다와 나의 바다가 다르지 않을 테니까.
더 이상 나도 두렵지 않을 것이다.

여기 실린 소설에 삶의 희망이 엿보인다면 그것은 너의 따뜻함과
배려 때문이다.

깊이, 고맙다.

2011년 여름
강 진

수록작품 발표지면

「흰 바퀴벌레 이야기」 : : 2009년 『현대문학』 11월호

「예인선」 : : 2007년 『현대문학』 12월호

「그들은 어디로 갔을까」 : : 2009년 『미네르바』 여름호

「너는, 나의 꽃」 : : 2008년 『피크』 공저 수록

「회전목마 안으로 걸어가다」 : : 2010년 『문장 웹진』 4월호

「건조주의보」 : : 2007년 『현대문학』 6월호

「당신의 캐비닛」 : : 2010년 『캣 캣 캣』 공저 수록 (발표 제목, 「캐비닛, 0913」)

「고양이와 헤이쯔마」 : : 2009년 『리토피아』 겨울호

「폭설」 : : 2009년 『학산문학』 겨울호

젊은 도시, 오래된 성(性)

하나의 키워드, 전혀 다른 상상력
12명의 작가가 펼치는 소설의 향연!

'도시'와 '성(性)'에 대한 한·중·일 대표작가들의 목소리를 담은
소설집이다. 한 주제가 작가에 따라 얼마나 다른 색채로 드러나
는지, 어떻게 보편적으로 통할 수 있는 이야기를 끌어내는지, 그
다채로움과 공감을 맛보는 즐거움이 만만치 않다.

아가미 | 구병모 장편소설

죽음과 맞닥뜨린 순간, 생을 향한 몸부림으로 물고기의 아가미
를 갖게 된 남자와 그를 둘러싼 인물들의 비밀스럽고 가슴 저린
운명을 그린 소설. 작가 특유의 상상력과 개성 넘치는 서사는 한
층 깊어진 주제의식으로 강렬해졌고 절망적인 현실을 판타지적
요소로 반전시킨 참혹하면서도 아름답기 그지없는 작품이다.

일곱 개의 고양이 눈 | 최제훈 장편소설

무한대로 뻗어가지만 결코 반복되지 않는, 단 한 편의 완벽한 미
스터리! 시공간을 넘나들고, 앞의 이야기들을 조금씩 비틀어나가
면서 새로운 이야기를 탄생시키는 이번 작품은 작품 간의 연결고
리들이 매우 치밀해서 단 한 순간도 긴장의 끈을 놓을 수 없다.

그녀의 집은 어디인가 | 장은진 장편소설

온몸에 전기가 흐르는 여자 제이와 상처를 간직한 채 살아가는
불우한 두 남자 와이와 케이가 제이의 집을 찾아다니는 두 달간
의 여정을 보여주는 소설. '고립'과 '소통'에 대한 고민을 따뜻한
어조로 깊고 풍부하게 그려낸 작품이다.

옷의 시간들 | 김희진 장편소설

시대에 소외받고 상처받은 현대인들이 모여 시름을 나누는 곳, 빨래방. 그곳에서 지금 막 이별한 여자와 이별을 준비하는 남자가 만났다. 누구나 겪을 수밖에 없는 '관계'의 문제를 톡톡 튀는 문장과 무겁지 않은 서사로 경쾌하게 그려낸 김희진의 장편소설.

키위새 날다 | 구경미 장편소설

아내의 죽음을 국제상사 여주인 탓으로 돌리는 아버지. 큰딸 은수와 막내아들 경수는 아버지의 복수극에 반강제로 가담하게 되는데……. 느닷없는 복수극을 통해 슬픔을 극복해나가는 은수네의 유쾌하면서도 애잔한 이야기가 펼쳐진다.

보광동 안개소년 | 박진규 장편소설

문학동네소설상 수상 작가 박진규 장편소설. 안개가 핀 얼굴로 태어난 안개소년이 사회 속에서 겪게 되는 여러 사건들을 그리고 있다. 안개소년을 통해 욕망에 의해 진실과 허위가 뒤바뀌고 뒤섞이는 오늘날의 현실을 꼬집는 작가의 시선이 돋보인다.

15번 진짜 안 와 | 박 상 장편소설

삶의 갭을 극복하기 위한 박상의 현실 초월 멜로디! 세상의 경계와 한계에 치여 '선을 넘어버릴 테다!'라고 선언한 후 런던으로 떠나버린 고남일의 포기할 수 없는 것에 대한, 살아 있는 것에 대한, 끝내 살아남는 것에 대한 이야기.

오렌지 리퍼블릭 | 노희준 장편소설

1990년대 강남 오렌지들의 이야기! 타자화된 욕망에 의해 움직이던 주인공 '준우'가 하나의 주체로 서게 되기까지의 여정을 그린 성장소설. 강남 오렌지들의 유복함 뒤의 상처와 공허, 분노가 작가의 경험을 바탕으로 매우 생생히 그려져 있다.

비즈니스 | 박범신 장편소설

국내 최초 한·중 동시 연재, 동시 출간! 천민자본주의의 비정한 생리에 일상과 내면이 파괴되어가는 사람들의 풍경을 서늘한 만큼 날카로우면서도 가슴 저리게 그려낸 박범신의 장편소설.

브로콜리 평원의 혈투 | 듀 나 소설집

흡입력 있는 소설을 쓰는 작가, 듀나의 소설집. 판타스틱하면서도 괴기스럽고, 때로는 당혹스럽기까지 한 거대 우주 프로젝트들, 시공간을 초월한 음모와 비밀들이 거침없이 펼쳐진다.

라이팅 클럽 | 강영숙 장편소설

글쓰기를 빼놓고는 그 삶을 상상조차 할 수 없는 두 여자, 평생 '작가 지망생'으로 살아온 싱글맘 김 작가와 그녀의 딸 영인. 글쓰기란 삶 전체를 대가로 하는 모험일 수밖에 없다는 것을 온몸으로 증명하는 이 두 여자의 이야기.

A | 하성란 장편소설

전대미문의 참사 '오대양 사건'을 모티프 삼아, 한 시멘트 공장에서 일어난 의문의 집단 자살을 그렸다. 작가는 소설 속 인물들이, 그리고 소설 밖 우리들이 벼랑 끝에 서 있음을 가감 없이 보여준다.

소현 | 김인숙 장편소설

소현세자의 숨 막히는 운명과 대격변의 정점에 놓여 있던 조선의 얼굴을 장대하면서도 섬세하게 그린 소설. 청나라가 명나라와의 전쟁에서 승리를 거두고 중국 대륙을 제패하던 시점, 소현세자가 볼모 생활을 마치고 환국하던 1645년 전후의 이야기를 담고 있다.

4월의 물고기 | 권지예 장편소설

"얼마나 더 사랑할 수 있을까?" 천사와 악마를 동시에 사랑한 한 여자의 애절한 사랑. 선과 악이 얽힌 인간의 양면적 본성을 파헤치며 엉킨 실타래처럼 복잡한 사랑의 내면을 조심스럽게 들춰낸다.

페이스 쇼퍼 | 정수현 장편소설

튜닝 시대, 성형 왕국인 21세기, 아름다움을 사고파는 성형 이야기! 유지하고 싶은 젊음, 독점하고 싶은 아름다움을 무기로 행복을 사냥하는 사람들, 『페이스 쇼퍼』를 통해 새로운 시각으로 '성형'을 말한다.

너는, 나의 꽃

ⓒ 강진, 2011

초판 1쇄 인쇄일 2011년 5월 30일
초판 1쇄 발행일 2011년 6월 13일

지 은 이   강 진
펴 낸 이   강병철
주   간   정은영
책임편집   서지석
편   집   이수경 황여정 박소이 최민석
디 자 인   여만엽
제   작   장성준 김우진
영   업   조광진 안재임
마 케 팅   원종필 박제연 정지운
웹 홍 보   한설희 전소연 이혜미 김성아

펴 낸 곳   자음과모음
출판등록   2001년 5월 8일 제20-222호
주   소   121-753 서울시 마포구 동교동 165-1 미래프라자빌딩 7층
전   화   편집부 02) 324-2347, 경영지원부 02) 325-6047~8
팩   스   편집부 02) 324-2348, 경영지원부 02) 2648-1311
이 메 일   munhak@jamobook.com
홈페이지   www.jamo21.net
커뮤니티   cafe.naver.com/cafejamo

ISBN 978-89-5707-558-6 (03810)

• 잘못된 책은 교환해드립니다.
• 저자와의 협의하에 인지는 붙이지 않습니다.
• 가격은 뒤표지에 있습니다.

• 한국문화예술위원회 2008년 문학창작기금을 지원받았습니다.